ノーサンガー・アビー

ジェイン・オースティン
中野康司 訳

筑摩書房

目次

登場人物

キャサリン・モーランド　ヒロインらしからぬヒロインで、田舎育ちの平凡な少女。最大の長所は性格の良さ。最大の欠点は小説の読みすぎ。十七歳。
モーランド氏　キャサリンの父。ウィルトシャー州フラートン村の牧師。平凡な常識人で、高収入の二つの聖職禄と独立財産を持つ。
モーランド夫人　キャサリンの母。十人の子供と、健全な常識と、健康な体に恵まれる。
ジェイムズ・モーランド　キャサリンの兄。オックスフォード大学在学中。イザベラに夢中。
ティルニー氏（ヘンリー）　ティルニー家の次男。ウッドストン村の牧師。知性と教養と機知にあふれ、無知で無教養なキャサリンを導く。二十五歳。
ミス・ティルニー（エリナー）　ティルニー家の長女。イザベラと対照的な、清楚で気品のある美人。良識、誠実さ、やさしさ、率直さを備える。
ティルニー将軍　グロスター州ノーサンガー・アビーの当主。威風堂々たる美男子で、洗練された態度と、暴君的性格をあわせ持つ。
ティルニー大尉（フレデリック）　ティルニー家の長男。うぬぼれ屋のプレイボーイ。
イザベラ・ソープ　派手なタイプの美人。虚栄心が強くて計算高い。二十一歳。
ジョン・ソープ　イザベラの兄。ジェイムズの友人。大変な馬車好きで、うぬぼれ屋。
ソープ夫人　イザベラの母。アレン夫人の旧友。親バカぶりが際立つ。
アレン氏　フラートン村の大地主。浅薄な妻に似合わぬ、分別も知性もある人物。
アレン夫人　キャサリンの付き添い役。衣装道楽しか能のない、おっとりタイプの喜劇的人物。

ノーサンガー・アビー

『ノーサンガー・アビー』の読者へ、作者からのお知らせ

この作品は一八〇三年に完成され、すぐに出版される予定だった。原稿はある出版社に渡され、広告も出たが、なぜか出版されなかった。その事情は私にはわからない。原稿を買う値打ちはあるが、本にして出版する値打ちはないと思ったらしい。ずいぶん不思議な話である。しかし、その件は作者にも読者にもいっさい関係ない。ただ、ひとつだけお断わりしておかなくてはならない。この作品は、完成してから十三年という歳月が経過しているため、少々時代遅れになってしまった部分があるということである。完成から十三年、執筆開始からはそれ以上の歳月が経過しており、そのあいだに、町も風俗も、書物も人の意見も大きく変わったということを、ぜひ心に留めてお読みいただきたいと思います。

第一章

　子供のころのキャサリン・モーランドを知っている人は、彼女が小説のヒロインになるように生まれついたなんて絶対に思わないだろう。彼女の境遇、両親の人柄、彼女自身の容姿と性格など、どこから見てもヒロインとしては完全に失格だった。父親は牧師だが、世間から冷遇されてはいないし、貧乏でもないし、名前はリチャード（シェイクスピア『リチャード三世』の主人公は極悪非道の大悪人として描かれている）だが、たいへん立派な人物だし、残念ながら美男子でもなかった。かなり高収入の二つの聖職禄のほかに、かなりの額の独立財産を持っており、自分の娘を秘密の部屋に監禁するようなこともなかった。そして母親も、とても現実的な常識を備え、きわめて善良な性格であり、さらに注目すべきことに、たいへん丈夫な体に恵まれていた。キャサリンの前にすでに三人の男の子がいたが、キャサリンを産んではかなくこの世を去ったと思いきや、なおも生きつづけてさらに六人の子供をもうけ、全員が立派に成長するのを見守り、自分もすばらしい健康に恵まれた。子供が十人もいて、しかも全員が五体満足となれば、これはもうすばらしい家族と言うほかないだろう。ところがモーランド家は、それ以外は何の取り柄もない一家だった。家族全員が不器量だったからだ。

　そしてキャサリンも、生まれてこのかた誰にも負けないくらい不器量だった。みっともないほど痩せっぽちで、青白い肌でひどく血色が悪いし、髪も美しい巻き毛ではなくて、まっすぐな黒い貧弱な髪で、目鼻立ちもすごくきつい感じだった。容姿はこんなところだが、性格のほうも、小説のヒロインとしてはまことに不向きなものだった。男の子の遊びなら何でも大好きで、お人形さん遊びよりもクリケットのほうが大好きだし、ヒロインが幼いころに熱中しそうな遊び、たとえばヤマネを飼ったり、カナリアに餌をあげたり、バラに水をやったりすることよりも、クリケットのほうが断然好きだった。園芸趣味はまったくなくて、たまに花を摘んでも、たいていいたずらが目的だった。摘んではいけないと言われた花ばかり摘むのだから、そうとしか考えられない。性格はこんなところだが、勉強や芸事の能力も、じつに驚くべきものだった。誰かに教えてもらわないと何も覚えられないし、何も理解できないし、教えてもらってもどうしても駄目なときもあった。しばしば集中力に欠け、本質的に知能がついてゆけないときもあるからだ。母親はキャサリンに、「乞食の嘆願」（トマス・モス『折々の詩』（一七六九年）の最初の詩）を覚えさせたが、それだけで三カ月もかかったし、結局、妹のサリーのほうがずっと上手に暗誦できるようになった。といっても、キャサリンの知能がいつもついてゆけなかったわけではない。

けっしてそんなことはない。たとえば、「ウサギとたくさんのお友達」（ジョン・ゲイ『寓話』（一七二七年）より）という寓話は、イギリス中のどの少女にも負けないくらい早く覚えてしまった。

あるとき母親は、キャサリンに音楽を習わせたいと思った。キャサリンもこれは好きになれそうだと思った。誰も使っていない古いスピネット（チェンバロの一種。十八世紀のヨーロッパの家庭で流行した）の鍵盤をポンポン叩くのが気持ちよかったからだ。そこで八歳のときに習いはじめたが、一年ほどすると、もうスピネットを見るのも嫌になってしまった。モーランド夫人は、音楽の能力も趣味もない娘にむりやり習わせる気はないので、すぐにやめさせることにした。音楽の先生を解雇した日は、キャサリンには生涯最良の日であった。絵画の趣味も大したことはなかった。母親の手紙の裏や何かの紙切れをもらうと、家や木やニワトリやひよこなどを描いて彼女なりに努力はしたが、家も木もニワトリもひよこも、彼女が描くとみんな同じに見えた。字の書き方と計算は父親に教えてもらい、フランス語は母親に教えてもらったが、どちらも上達がはかばかしくなく、どちらの勉強も怠けられるだけ怠けた。

なんとも奇妙で不可解な性格である！　というのは、十歳にしてこれだけ十分な堕落の兆候があったにもかかわらず、キャサリンは心も性格もけっして悪くはないのだ。ぜんぜん強情ではないし、すぐに喧嘩するようなこともないし、妹や弟たちにはとてもやさしくて、ほんのときたま姉貴風を吹かせる程度なのだ。さらにつけ加えると、キャサリンは騒々しくて乱暴で、束縛されることと、清潔なことが大嫌いで、家の裏の丘の斜面を転がりおりるのが何よりも大好きだった。

これが十歳のときのキャサリン・モーランドだった。十五歳になると、顔立ちも体つきもだんだん良くなってきて、髪をカールして舞踏会を待ちこがれるようになった。顔色が良くなり、ふっくらして血色が良くなったので、きつい感じが取れてやさしい顔つきになり、目も以前より生き生きして、体つきもずいぶんしっかりしてきた。泥んこ遊びよりもきれいな服のほうが好きになり、お洒落になるにつれて清潔好きになってきた。最近では両親も、キャサリンの器量が良くなったことをときどき話題にするようになり、「キャサリンは最近とてもきれいになりましたね」「もう美人と言ってもいいんじゃないかな」などという両親の会話を、キャサリンはときどき耳にした。なんといううれしい響きだろう！　生まれてから十五年間ずっと不器量だった娘にとって、「もう美人と言ってもいいんじゃないかな」と言われることは、赤ん坊のときから美人だった娘には想像もつかないほどうれしいことなのだ。

モーランド夫人はたいへん善良な女性で、子供たちを全員きちんと育てたいと思ってはいたが、なにしろ十人の子沢山なので、たびたびのお産と幼い子供たちの教育だけで手いっぱいだった。年長の娘たちは自由放任状態となり、それぞれ自分でなんとかやっていくほかなかった。生まれつきヒロインらしいところがまったくないキャサリンが、十四歳のときに、本よりもクリケットや球技や乗馬や、野原を駆けまわるほうが好きだったのも不思議はない。といっても彼女が嫌いなのは、有益な知識がどっさり書かれた本であり、有益な知識など何も得られないような本、たとえば全部お話で、何も考える必要がない本なら、けっして嫌いではなかった。ところがキャサリンは、十五歳から十七歳にかけて、小説のヒロインになるための修行を猛然と始めた。つまり、ヒロインになるための必読書を読み、ヒロインの波瀾万丈の人生に役立って、心の慰めになるような引用句を覚えようと思ったのだ。

アレグザンダー・ポープからは、

「どこへ行っても不幸をからかう」（「ある不幸な女性の思い出に寄せて」）

ような人たちを非難することを学んだ。

トマス・グレイからは、

「紅《くれない》の花が、人知れず咲き乱れ
無人の荒野に、いたずらに香りを送る」（「田舎の教会墓地にて詠める挽歌」一七五一年）

ジェイムズ・トムソンからは、

「若い思想に芽の出し方を教えるのは、楽しい仕事だ」（『四季』一七三〇年）

そしてシェイクスピアからはじつに多くの知識を得たが、なかでも、

「空気のように軽いものでも、

嫉妬に狂う男には、聖書のことばと同じ重みのある証拠の品となる」（『オセロー』第三幕第三場三二三行。小田島雄志訳）

あるいは、

「実際の死の苦痛は、私たちに踏みつぶされるあわれな虫けらも、私たちをひねりつぶす巨人も、その大きさに変わりはないわ」（『尺には尺を』第三幕第一場七九行。同訳）

そして恋をしている若い女性は、

「石に刻んだ〈忍耐〉の像のように、悲しみにほほえみかけていました」（『十二夜』第二幕第四場一一六行。同訳）

ということを学んだ。

キャサリンの上達ぶりは、ここまでは申し分なかった。ほかの点でも、その上達ぶりはめざましいものがあった。自分でソネット（十四行詩）を書くことはできなかったが、なんとか読む気にはなってきた。自作の前奏曲をピアノで演奏して客間の人々を感動させる、ということは永遠にありそうにないが、人の演奏をそれほど疲れずに聴くことができるようになった。だが彼女の最大の弱点は鉛筆だった。絵の才能がまったくないのだ。好きな人の横顔をスケッチして恋心を伝える、などという芸当はもちろんできない。残念ながらこの点では、真のヒロインになる資格はない。でもいまのところ彼女は、自分のその弱点に気づいていなかった。横顔のスケッチを描きたくなるような好きな人がいないからだ。もう十七歳だが、恋愛感情を目覚めさせてくれるようなすてきな男性にはまだ会ったことがないし、ほんとうの恋心をかきたてられたこともない。一瞬の淡い恋心のようなものなら感じたことはあるけれど、それ以上の経験はないのである。じつに不思議なことである！　だが不思議なことというのは、その原因を調べればたいてい説明がつく。近隣には貴族はいないし、准男爵（ナイト爵の上だが貴族ではない）もいない。そしてモーランド家の知り合いには、玄関前に捨てられた男の子を拾って育てた家などないし、素性のわからぬ若者もいなかった（フィールディングの小説『トム・ジョーンズ』の主人公は捨て子）。それに、キャサリンの父親は誰の後見人にもなっていないし、教区の大地主には子供がいなかった。

しかし、若い女性がヒロインになるときは、近所じゅうの四十軒の家が邪魔をしても、その勢いを止めることはできない。必ずや何かが起きて、彼女の行く手にヒーローが現われるにちがいないし、実際現われるのである。

モーランド一家が住むウィルトシャー州フラートン村の大地主アレン氏は、痛風の持病を治すために、温泉行楽地バースでの治療を医者から勧められた。アレン夫人はとてもおっとりした人で、キャサリンをとてもかわいがっていたが、若い娘が自分の村ですばらしい男性と出会えない場合は、よその土地で探さなければいけないと思ったらしく、キャサリンに一緒にバースへ行こうと声をかけてくれた。モーランド夫妻は二つ返事で承知し、キャサリンは小躍りして喜んだ。

第二章

キャサリン・モーランドの容姿と知的能力についてはすでに述べたが、これからバースに六週間滞在して、さまざまな困難と危険に遭遇することになるので、その前に、読者の皆さまにさらに確かな情報をお伝えしたほうがいいだろう。彼女がどういう人物か、いまここでしっかり説明しないと、説明しそこなってしまうかもしれない。まず、彼女は愛情深い心を持ち、とても明るい率直な性格で、うぬぼれや気取りはまったくない。彼女の態度は、少女時代のぎこちなさと内気さがやっと抜けたところで、容姿はとても感じが良くて、きれいに見えるときには美人の部類に入る。そして頭のほうは、十七歳の娘の例に漏れず、無知で無教養だった。

さて、出発の時が近づいたが、娘の身を心配するモーランド夫人の心中は察するに余りある。恐ろしい別れのあと、最愛の娘の身に無数の災難がふりかかるかもしれないと思うと、母の胸は悲しみで押しつぶされ、共に過ごす最後の数日は、さめざめと涙を流すことだろう。そして母の部屋で別れの言葉が交わされるときは、賢い母の口からきわめて重要かつ適切な忠告が与えられることだろう。若い娘をかどわかして人里離れた農家へ連れ去る不届き者の貴族や准男爵がいるから、くれぐれも気をつけなさいと忠告し、心配で張り裂けそうな胸の重荷をすこしは軽くすることだろう。誰だってそう思うのが当然だろう。ところがモーランド夫人は、貴族や准男爵のことなどご存じないので、そういう連中がいたずら好きだということもご存じないし、そんな悪だくみの危険が娘の身に迫っていようなどとはこれっぽっちも思っていなかった。したがって、モーランド夫人の忠告はつぎの二点に絞られていた。

「いいかい、キャサリン、夜に社交会館（アセンブリー・ルームズ。舞踏会や演奏会が開かれ、バース社交界の中心地であり、アパー・ルームズとロウアー・ルームズがあった）から帰ってくるときには、必ず喉のまわりを温かくくるむんですよ。それから、いくらお金を使ったか書いておいたほうがいいわね。ほら、それ用にこの手帳をあげますからね」

　妹のサリーすなわちセアラ——良家の令嬢たるもの、十六歳になれば自分の呼び名を変えるのが当然だろう——は、こういうときは姉の親友となり、大事な秘密を打ち明け合う友となるのが当然だろう。ところが驚いたことに、セアラはキャサリンに、「毎日手紙を書いてね」とも言わないし、「新しい知り合いができたら、どんな人か教えてね」とも言わないし、「バースの面白い話を教えてね」とも言わなかった。モーランド家の人々は、この重大な旅に関するすべてのことを、驚くほどの節度と落ち着きをもって行なった。それはまさに、日常生活のごく普通の感情がなせるわざであり、ヒロインが生まれて初めて家族と別れるときにかきたてられる繊細な感情や思いやりとは、まったく無縁なものだった。父親は娘に、銀行から好きなだけお金を引き出してもいいとは言わないし、別れぎわに百ポンド紙幣を渡すどころか、たった十ギニーだけ渡して、必要になったらもっとあげると約束しただけだった。

あまり幸先はよろしくないけれど、とにかくこうして出発し、キャサリンの旅が始まった。何事もない平穏無事な旅であり、強盗にも嵐にも見舞われなかったし、馬車が転覆してヒーローが助けに現われることもなかった。ひやりとしたのは一度だけ、アレン夫人が宿屋に皮のオーバーシューズを忘れて大騒ぎしたときだが、それも結局は夫人の思い違いで、ちゃんと荷物の中に入っていた。

一行は無事バースに到着した。馬車は、バース周辺の美しい景色の中を通り過ぎ、それから町の通りを走って宿へと向かったが、キャサリンはうれしさいっぱいで、わくわくぞくぞくしながら、あちこちきょろきょろ見まわした。もちろん幸せになるためにバースに来たのだが、これだけでもう十分幸せだった。

まもなく一行は、パルトニー・ストリートの快適な宿に落ち着いた。

さてこのへんで、付き添い役《シャペロン》のアレン夫人についてすこし説明したほうがいいだろう。これからアレン夫人の行動が、この小説の悲劇をどのように助長するのか、最後の巻でかわいそうなキャサリンをどのように絶望の淵に追いやるのか、その原因はアレン夫人の軽率さなのか、下品さなのか、嫉妬なのか、それとも、キャサリンの手紙を横取りして彼女の評判を台無しにしたからなのか、あるいは彼女を家から追い出したからなのか――こうしたことを、読者の皆さまがご自分で判断するためにも、ぜひ説明すべきだろう（ゴシック小説に登場する付き添い役は老獪な人物が多いが、アレン夫人はそのパロディで何もしない）。

世の中には、よくもまあこんな女性と結婚する男性がいたものだと、みんなから呆れられる女性がいるけれど、アレン夫人はまさにそういう女性だった。アレン夫人は美人でもないし、頭も良くないし、芸事もさっぱりだし、立ち居振る舞いも洗練されていない。ただ、なんとなく生まれが良さそうで、とても穏やかでのんびりしていて、善良そうで軽薄なところがある。アレン氏のような分別のある知的な男性が彼女を妻に選んだ理由は、それくらいしか考えられない。でもアレン夫人はある点では、若いお嬢さんを世間に紹介するにはうってつけの人物だった。というのは、夫人はどんなお嬢さんにも負けないくらい、外出好きで見物好きだったからだ。衣装道楽が夫人の情熱のすべてであり、自分がきれいに着飾ることにたいして、まことに無邪気な喜びを感じるのだった。したがって、まず、いまバースで流行している服はどんな服か調べるのに三、四日が費やされ、付き添い役のアレン夫人が最新流行のドレスを手に入れてから、やっとキャサリンの社交界デビューが実現の運びとなった。もちろんキャサリンもいくつかの買い物をし、すべての準備が整うと、いよいよ社交会館のアパー・ルームズへと案内される大事な夜がやってきた。熟練の髪結いの手でキャサリンの髪がカットされ、きれいに整えられ、細心の注意を払って服の着付けがなされ、これならどこへ出ても恥ずかしくないと、アレン夫人もメイドも太鼓判を押した。キャサリンはそう励まされ、初めての舞踏会で後ろ指だけは差されないことを願った。とてもきれいだと褒められればもちろんうれしいけれど、そこまでは期待しなかった。

アレン夫人の髪結いと着付けにもたっぷり時間がかかったため、彼女たちが舞踏会場に入ったのはかなり遅かった。いままさに社交界シーズンたけなわという感じで、舞踏会場は大勢の人でごった返していた。アレン夫人とキャサリンは、なんとか割り込むようにして部屋に入った。アレン氏はすぐにトランプ室へと直行し、イモ洗いのような人込みを楽しむのは女性たちに任せた。アレン夫人はキャサリンのことよりも、自分の新しいドレスのほうが心配で、入口付近にたむろする男性たちのあいだを、新しいドレスをかばいながら大急ぎで進んでいった。でもキャサリンは夫人にぴったりくっついて、夫人の腕にしっかりしがみついていたので、少々の押し合いへし合いくらいで夫人から引き離されることはなかった。ところが驚いたことに、進んでも進んでも人込みから抜け出すことができなかった。それどころか、進めば進むほどますます混雑がひどくなるようだった。キャサリンは、なんとか舞踏会場に入ったらすぐに座席を見つけて、ゆっくりとダンスを見物できると思っていたのだが、現実はそれほど甘くなかった。脇目も振らず前へ前へと進んで、やっと部屋の奥にたどり着いたが、イモ洗いのような状況はまったく変わらなかった。踊っている人たちの姿はまったく見えないし、女性たちの帽子の長い羽根飾りがちらちら見えるだけだった。ふたりがなおも進むと、やっとすこしだけ視界が開けてきたので、力と技を使ってさらに進むと、ついにいちばん高いベンチのうしろの通路に出た。そこは下よりも多少混雑が少なかった。キャサリンは眼下の人の群れを見下ろし、いま進んできた危険地帯さながらの舞踏会場を見渡した。じつにすばらしい眺めだった。キャサリンはその晩はじめて、「ああ、私は舞踏会に来ているんだわ」と実感した。自分もぜひダンスをしたいけれど、舞踏会場に知り合いはひとりもいなかった。アレン夫人は精いっぱいの努力をしてくれた。つまり、ときどきとても穏やかな調子で、「あなたもダンスができたらいいわね。お相手が見つかるといいわね」と言ってくれたのだ。キャサリンは夫人のやさしい言葉に感謝したが、夫人はその言葉を何度もくり返すだけで、それ以上のことは何もしてくれそうにないし、その言葉は何の効果もなさそうだった。キャサリンはその言葉にうんざりし、もう夫人に感謝する気持ちもなくなってしまった。

しかし、艱難辛苦の末に手に入れた高台での休息も、そう長くは楽しめなかった。まもなくみんなお茶のために移動を始めたので、アレン夫人とキャサリンも、またみんなと押し合いへし合いしながら舞踏会場を出て行かなくてはならなかった。キャサリンはふと失望感に襲われた。絶えず人に押されてばかりいることにうんざりしたし、どの顔を見てもつまらない顔ばかりだし、まったく知らない人ばかりなので、そばの誰かと言葉を交わしてそのうんざりした気持ちを和らげることもできないのだ。やっと喫茶室にたどり着くと、ますます居心地の悪さを感じずにはいられなかった。どの仲間にも入れないし、あいさつを交わす知り合いもいないし、助けてくれる紳士もいない。アレン氏はトランプ室に行ったままで、影もかたちも見えないのだ。もうすこし居心地の良さそうな場所はないかと、空しくまわりを見まわしてから、ふたりは仕方なく、大勢の人たちが座っているテーブルの隅っこに腰をおろしたが、何もすることがないし、話し相手もいなかった。

アレン夫人は腰をおろすと、さっそく新しいドレスをあちこち調べて、何の被害もなかったことを喜んだ。

「かぎ裂きでもこしらえたら大ショックよね」と夫人は言った。「ね、そうでしょ？これはとてもデリケートなモスリン（いろいろな柄が可能で、くり返し洗濯が可能なため、十八世紀末から絹に代わって爆発的に流行した。イギリスのインド支配の産物）なの。会場のどこを見まわしても、これ以上気に入ったドレスはなかったわ」

「舞踏会に来て知り合いがいないのは、ものすごく居心地が悪いですね！」とキャサリンはささやいた。

「そうね、ほんとに居心地が悪いわね」とアレン夫人は落ち着き払って言った。「私たち、どうしたらいいのかしら？　このテーブルの方たちは、私たちを不思議そうに見ているわ。人さまのテーブルに割り込んでしまったみたい」

「そうね、そうらしいわね。ほんとに困ったわね。知り合いがたくさんいるといいんですけどね」

「誰でもいいわ。そうすればその方のところへ行けますもの」

「そうね、ほんとにそうね。ひとりでも知り合いがいれば、すぐにその方のところへ行くわ。去年はスキナー博士のご一家がいらっしゃったのよ。今年もいらっしゃればいいのにね」

「とにかく、ここを離れたほうがよくないかしら？　私たちのお茶の用意はありませんもの」

「そうね、ほんとにないわね。ずいぶん失礼ね！　でも、ここに座っていたほうがいいわ。こんな人込みを歩いたら、つまずいて転んでしまうわ。ねえ、私の髪飾りの具合はどう？　さっき誰かに押されたの。どこか崩れていないかしら？」

「いいえ、とってもすてきですわ。でもおばさま、こんなにたくさんの人がいるのに、ほんとにひとりも知り合いがいらっしゃらないんですか？　誰かいらっしゃると思うんですけど」

「ほんとにひとりもいないのよ。いればいいんですけどね。知り合いがたくさんいればいいなって、ほんとに心の底から思うわ。そうすれば、あなたにダンスのお相手を探してあげられますもの。あなたにもぜひ踊ってほしいわ。あら、変な女性がいるわ！　なんてみっともないドレスなんでしょう！　流行遅れもはなはだしいわ！　ほら、あの背中を見て！」

しばらくすると、近くの席にいた人がお茶を勧めてくれたので、ふたりはありがたく頂戴し、お茶を勧めてくれた紳士とほんのすこしだけ会話を楽しむことができた。その晩ふたりに話しかけてくれたのは、その紳士ひとりだけだった。ダンスが終わると、やっとアレン氏がふたりを見つけにきて一緒になった。

「どうです、ミス・モーランド、舞踏会は楽しかったでしょうね」とアレン氏は言った。

「はい、とても楽しかったですわ」キャサリンは大きなあくびをかみ殺そうとしたが、やはり出てしまった。

「この人も踊れればよかったんですけど」とアレン夫人は言った。「ダンスのお相手を見つけてあげられればよかったんですけど。スキナー家の皆さんが、去年の冬ではなくて今年の冬にいらっしゃればよかったのにって、さっきから言っていましたの。あるいは、パリー家の皆さんがいらっしゃればよかったわね。バースに行くって、いつかおっしゃっていたんですもの。そうすればジョージ・パリーと踊れたわ。ダンスのお相手がいなくて、ほんとに残念だったわ！」

「つぎの舞踏会はうまく行くさ」というのがアレン氏の慰めの言葉だった。

ダンスがすべて終わると、客たちは三三五五連れ立って会場を出てゆき、残った人たちは、前よりもゆったりと部屋を歩きまわれるようになった。今夜の舞踏会でまだ目立った活躍をしていないヒロインが、いまこそ注目されて称賛されるときである。人の群れは五分ごとに見る見る減ってゆき、キャサリンの魅力が人目につくチャンスが大きくなり、いままで彼女の近くにいなかった大勢の若い男性たちの目に触れることとなった。ところが彼女を見ても、誰も驚きの目を見張らないし、「あの方はどちらのお嬢さまですか？」という熱心なささやき声が部屋を駆けめぐることもないし、「まるで天使のようだ」とささやく者もいなかった。でもキャサリンはとてもきれいに見えたし、三年前の彼女を知っている人がいたら、今夜のキャサリンはものすごくきれいだと思ったことだろう。

しかし、キャサリンはやはり見られていたのであり、賛嘆のまなざしを向けられていたのだった。ふたりの紳士が、彼女の聞こえるところで、「きれいな子だね」とたしかに言ったのである。こういう言葉はまさに効果てきめんであり、たちまちキャサリンは、今夜はとても楽しい舞踏会だったと思いはじめた。キャサリンのささやかな虚栄心は満たされ、この単純な賛辞をささやいてくれたふたりの紳士に彼女は心から感謝した。そしてその感謝の気持ちは、ほんもののヒロインが、彼女の美しさを称えた十五編のソネットにたいして感じる感謝の気持ちよりも、はるかに大きいものだった。こうしてキャサリンは、会場のすべての人に好意を感じながら椅子駕籠（女性たちの屋外の移動に使われた）へとおもむき、今夜の舞踏会で自分が注目を浴びたことにすっかり満足したのだった。

第三章

午前中（当時は一日二食で、朝食は午前十時ごろ、ディナーは午後三時か四時ごろが普通で、ディナーの前を午前中〈モーニング〉、ディナーのあとを晩〈イーヴニング〉と言った）は、毎日日課のようにあちこちへ出かけた。いろいろなお店に行かなくてはならないし、町のまだ行っていない所を見物しなくてはならないし、もちろんポンプ・ルーム（鉱泉水を飲ませる部屋。楽団の演奏などもあり、社交場でもあった）にも行かなくてはならない。ポンプ・ルームでは、みんなの顔を眺めながら、誰にも話しかけずに一時間ほど部屋を歩きまわった。「バースにたくさんの知り合いがいればいいのに」という願いは、相変わらずアレン夫人の最大の関心事だったが、知り合いがいないという事実は毎日新たに証明され、夫人はそのたびにその願いを口にした。

アレン夫人とキャサリンはロウアー・ルームズ（十七頁の注参照）にも姿を現わしたが、われらがヒロインはここで幸運に恵まれた。社交会館の司会進行役である儀典長が、彼女のダンスのお相手として、とても紳士的な青年を紹介してくれたのである。青年の名前はヘンリー・ティルニー氏といい、年齢は二十四、五歳で、かなり長身で、とても感じのいい顔立ちで、知的な生き生きとした目をし、絶世の美男子とまではいかないが、かなりそれに近い美男子だった。それに態度も申し分ないし、こんなすてきな人を紹介されて、自分は最高に運がいいとキャサリンは思った。踊っているあいだは言葉を交わす暇はなかったが、お茶の席について話をすると、思ったとおりの好青年だった。とても流暢に元気よく話し、茶目っ気たっぷりで、冗談好きな感じで、よくわからないが面白い人だと思った。しばらくはまわりのことを話題にしていたが、ティルニー氏は突然キャサリンにこう言った。

「申し訳ありません、お嬢さま。ダンスのパートナーとしての義務を怠っていました。あなたにまだ何も伺っていませんでしたね。バースにいつから滞在していらっしゃるのか、前にも来たことがおありかどうか、アパー・ルームズや劇場や演奏会には行かれたかどうか、バースは気に入ったかどうか、こうしたことを何も伺っていませんでした。申し訳ありません。あらためておたずねします。こうした質問にお答えいただくお時間がありますか？　おありでしたら、すぐに質問を始めたいのですが」

「そんな面倒なことをする必要はありませんわ」

「ぜんぜん面倒ではございません、お嬢さま」とティルニー氏は作り笑いをし、気取ったやさしい声で、にやにや笑いながら言った。「バースに長いことご滞在ですか、お嬢さま？」

「一週間ほどになりますわ」キャサリンは笑いをこらえて答えた。

「えっ、ほんとですか?」わざとらしく驚いたように彼は言った。

「なぜそんなに驚くんですか?」

「さあ、なぜでしょうね?」と彼はふつうの声に戻って言った。「ぼくはあなたの返事を聞いて、なんらかの感情を示さなくてはいけませんが、驚いて見せるのがいちばん簡単で、いちばん自然だからでしょう。では質問をつづけます。バースは初めてですか、お嬢さま?」

「はい、初めてです」

「えっ、ほんとに? アパー・ルームズにはもう行かれましたか?」

「はい、先週の月曜日に行きました」

「劇場にも行かれましたか?」

「はい、火曜日に芝居見物をしました」

「演奏会は?」

「はい、水曜日に」

「それで、バースは気に入りましたか?」

「はい、とても気に入りました」

「では、もう一度作り笑いをしなくてはなりません。それからふつうの会話に戻りましょう」

キャサリンは、ここで笑うべきかどうかわからないので顔をそむけた。

「あなたがぼくのことをどう思っているか、ちゃんとわかります」とティルニー氏はまじめな調子で言った。「あなたの明日の日記には、ぼくは哀れな男として登場するでしょうね」

「私の日記?」

「そうです。あなたがなんて書くか、ぼくにはわかります。『金曜日、ロウアー・ルームズに行く。青い縁飾りのついた、小枝模様のモスリンの服。飾りのない黒い靴。とても引き立って見えた。でも、頭のおかしい変な男に悩まされた。その男は強引に私とダンスをし、馬鹿な質問をして私を困らせた』」

「私、そんなこと絶対に書きませんわ」

「では、どう書けばいいかお教えしましょうか」

「どうぞご自由に」

「『儀典長のキング氏の紹介で、とてもすてきな青年とダンスをした。たくさんお話もした。ものすごく頭が良さそうだ。彼のことをもっと知りたい』と、まあ、こんなふうに書いていただきたいですね、お嬢さま」

「でも、私は日記なんてつけていないかもしれないわ」

「もしかしたら、あなたはこの部屋にいないかもしれないし、ぼくはあなたのそばにいないかもしれない。疑い出したらこういうことだって疑えます。日記をつけていない？それじゃ、あなたの親戚の方たちは、あなたのバースでの様子をどうやって知るんです？　毎晩日記に書きとめなければ、毎日のあいさつや褒め言葉もきちんと伝えられないし、どんな服を着たか忘れてしまうし、顔色やヘアスタイルだって説明できない。お嬢さま、ぼくはあなたが思っているほど、若い女性の生活習慣に無知ではありません。女性が書く文章はとても自然だと、よく褒められますが、そういう文章を書けるのは、日記というすばらしい習慣のおかげなんです。すばらしい手紙を書く才能は女性特有のものだということは、万人の認めるところです。生まれつきということもあるかもしれないけど、日記をつける習慣が重要な助けになっていると、ぼくは確信しています」

「私、ときどき思うんですけど」とキャサリンは疑わしそうに言った。「女性は男性より手紙を書くのが上手だというのはほんとかしら？　必ずしも女性のほうが上手だとは思えませんけど」

「ぼくが見たところ、女性の手紙の書き方は、三つの点を除いて完璧だと思います」

「三つの点というのは？」

「主題の欠如、句読点にたいする無神経さ、文法の無視、この三点です」

「あら、あなたのお世辞を辞退する必要なんかなかったわね。あなたは女性の才能をそんなに高く評価していませんもの」

「女性はみんな男性よりも手紙を書くのが上手だと、ぼくは言ってるわけではありません。女性はみんな男性よりデュエットが上手だとか、風景画が上手だとか、そんなことを言うつもりはありません。趣味の善し悪しが基礎になる場合は、上手な人は男女両方にいるでしょうね」

ふたりの会話はアレン夫人によって中断された。

「ねえ、キャサリン」と夫人が言った。「この髪飾りのピンを袖から抜いてくれない？穴があいたんじゃないかしら。ショックだわ。このドレスはとても気に入っているんですもの。一ヤードたったの九シリングでしたけど」

「ぼくもそれくらいだと思いました、奥さま」とティルニー氏が夫人のドレスを見ながら言った。

「モスリンがおわかりになりますの？」

「ええ、ぼくはモスリンにはくわしいんです。自分のクラヴァットはいつも自分で買うし、趣味がいいといつも褒められます。妹のドレスもぼくが選んであげるんです。ついこのあいだも買いましたけど、すごいお買い得だってみんな驚いてました。一ヤードたったの五シリングでしたが、本物のインド・モスリンです」

アレン夫人はティルニー氏の意外な才能に感心した。

「男性は、こういうことにはたいてい無関心よね。うちの主人なんか、私のドレスの違いもわからないわ。頼りになるお兄さまがいて、お妹さんは心強いわね」

「そうだといいのですが」

「では、ミス・モーランドのドレスはどう思いますか？」

「とてもすてきです、奥さま」ティルニー氏はまじめな顔でキャサリンのドレスを見つめて言った。「でも、何度も洗えるか心配ですね。何度も洗うとほつれてきそうです」

「あなたはほんとに――」とキャサリンが笑いながら言った。もうすこしで、「変な人ね」と言うところだった。

「私もまったく同じ意見よ」とアレン夫人が答えた。「ミス・モーランドがこれを買うときに私もそう申しましたの」

「でも奥さま、モスリンはいろいろな利用法がございます。ミス・モーランドはこのモスリンのドレスから、ハンカチや帽子や袖なし外套など何でも作れます。モスリンは絶対に無駄にはなりません。妹がそう言うのを、ぼくは四十回は聞きました。妹はモスリンを必要以上に買ったり、うっかり切り間違えたりすると、そのたびにそう言うんです」

「バースはほんとにすてきな所ね」とアレン夫人が言った。「いいお店がたくさんありますもの。田舎ではこうは行かないわ。ソールズベリーにもいいお店はありますけど、とにかく遠すぎるわ。八マイルといえばたいへんな距離ですもの。うちの主人は九マイルだと申しますの。ちゃんと測量して九マイルだって。でも絶対に八マイル以上はないと思うわ。それでも、ソールズベリーに買い物に行くのは大仕事よ。帰ってくるとへとへとで死にそうよ。でもバースなら、玄関を出て五分で買い物ができるわ」

ティルニー氏はつまらなそうな顔をせず、ちゃんと夫人の話に耳を傾けた。それでアレン夫人は、ダンスが再開されるまで彼を相手にモスリンの話をつづけた。キャサリンはふたりの会話を聞きながら、「ティルニー氏は他人の欠点を面白がる癖があるのではないかしら」と思った。

「そんなに真剣に何を考えているんですか?」とティルニー氏が、舞踏室に戻るときにキャサリンに言った。「ダンスのパートナーのことではないでしょうね? その頭の振り方を見ると、あまり楽しいことではなさそうですね」

キャサリンは顔を赤らめて、「何も考えていませんわ」と言った。

「それはじつに巧妙で意味深長なお返事ですね。いっそのこと、「教えてあげない」と言ってほしいですね」

「それじゃ教えてあげないわ」

「ありがとうございます。これでぼくたちは親しくなれます。ぼくはこのことであなたをいじめる権利を得たわけで、これからあなたに会うたびにあなたをいじめることができる。親密さを増すにはこれが一番なんです」

ふたりは再びダンスを楽しみ、舞踏会が終わると、少なくともキャサリンのほうは、これからもおつきあいを続けたいという強い希望をもって別れた。帰宅してお湯割りのワインを飲んで寝支度をしているときに、彼女がティルニー氏のことをどれくらい思っていたか、寝てから夢に見るほどの熱い思いを寄せていたかどうか、それはしかとはわからない。しかし作者としては、彼女がたとえ夢を見たとしても、浅い眠りか、明け方のまどろみの中の夢であってほしいと願っている。なぜなら、ある有名な作家が言ったように（『ランブラー誌』第二巻九十七のリチャードソンの手紙の言葉。――オースティン自身による脚注）、「若い女性が恋に落ちるのは、男性から愛を告白されたあとでなければならない」というのがほんとうなら、「あなたの夢を見ました」と男性から言われる前に、女性が男性の夢を見るのは、非常に不謹慎なことにちがいないからだ。ところで、ティルニー氏はキャサリンの夢を見る男性として、つまりキャサリンを愛する男性として、どの程度適切な人物なのか、アレン氏はまだそこまでは考えていなかった。でもアレン氏は、この青年は自分が預かっているお嬢さまの単なる知り合いとしては問題はないと安心していた。なぜならアレン氏は、舞踏会が始まってすぐに、キャサリンのダンスの相手はどんな人物か調べ、ティルニー氏は牧師で、グロスター州の非常に立派な家柄の出だということをちゃんと確認していたのである。

第四章

翌日キャサリンは、いつもより張り切った気持ちで大急ぎでポンプ・ルームへ出かけた。午前中に絶対にティルニー氏に会えると思い、ほほえみを浮かべて今か今かと待ち構えた。だが残念ながらほほえみは必要なかった。結局ティルニー氏は現われなかったのである。ポンプ・ルームは午前中の社交場の中心なのだから、バースじゅうの人間が午前中に一度は顔を出すはずなのに彼は現われなかった。大勢の人たちがひっきりなしに出たり入ったりし、階段を上がったり下りたりし、どうでもいいような人たちや、会いたくないような人たちはたくさんいたけれど、彼の姿を見ることができなかった。

「バースはほんとにすてきな所ね」とアレン夫人は、へとへとになるまでポンプ・ルームを歩きまわってから、大時計のそばに座って言った。

「知り合いがいたらほんとに楽しいでしょうね」

アレン夫人はこの願望をたびたび口にしたのに何の効果もなかったのだから、またこのお祈りを唱えても何のご利益も期待できそうにないが、しかし、よくこう言うではないか。「たゆまぬ努力は必ず目的を達成する。何事もあきらめてはいけない」と。アレン夫人はまさにそのたゆまぬ努力によって、毎日同じ願いを口にしたおかげで、ついに努力が報われる時が来た。大時計のそばに座って十分もしないうちに、そばに座っていた同年輩の女性が、アレン夫人をじろじろ見てから愛想よくこう話しかけてきたのである。

「あの、奥さま、人違いではないと思います。ずいぶんお久しぶりですが、アレンさんではありませんか？」

アレン夫人がすぐに「そうです」と答えると、その見知らぬ女性は、「私はソープと申します」と自分の名前を言った。アレン夫人は、昔の学校友達の顔をすぐに思い出した。大の親友だが、それぞれ結婚したあとは、ずいぶん前に一度会っただけだった。十五年間お互いに音信不通だったので、再会したふたりの喜びようはたいへんなものだった。「相変わらずおきれいね」と、まずはお世辞を言い合い、「最後にお会いしてからあっという間の十五年ね」「バースでお会いするなんて思ってもいなかったわ」「旧友に会うのはほんとにうれしいわね」などと言ってから、お互いの家族や親戚のことを質問したり報告したりした。ふたりとも同時にしゃべり、相手の話を聞くよりも自分の話をするのに夢中で、お互いに相手の話はほとんど聞いていなかった。しかし、アレン夫人には子供がいないが、ソープ夫人には六人も子供がいるので、家族の話題ではソープ夫人のほうが断然優勢だった。ソープ夫人は三人の息子たちの有能さと、三人の娘たちの美人ぶりを長々と説明し、とくに三人の息子たちの現在の身分と、将来への期待について滔々としゃべりまくった。長男のジョンはオックスフォード大学に在学中、次男のエドワードはマーチャント・テイラーズ校（有名パブリック・スクールの一つ）に在学中、三男のウィリアムは海軍に入っており、三人ともそれぞれの場所で、誰よりも愛され誰よりも尊敬されているそうだ。アレン夫人は子供がいないので子供の自慢話はできないから、この話題がつづいているあいだは黙って聞いているしかなかった。聞く気もないし信じる気もないソープ夫人の耳にむかって、同じような話題をまくしたてたいが、それもできず、とめどなく溢れ出るソープ夫人の自慢話に黙って耳を傾けるしかなかった。でもアレン夫人の鋭い目は、ソープ夫人のペリース外套のレースが自分のよりもみすぼらしいことに気がついて、大いに慰められた。

「あら、うちの娘たちが来たわ」とソープ夫人が、三人で腕を組んでやってくるエレガントなお嬢さんたちを指差して言った。「ね、アレン夫人、ぜひ娘たちをご紹介したいわ。娘たちもあなたにお目にかかれて、きっと大喜びするわ。いちばん背の高いのが、長女のイザベラよ。ね、とても美人でしょ？　下のふたりもきれいだって言われるけど、イザベラがいちばん美人だと思うわ」

ソープ家のお嬢さまたちの紹介が終わると、しばらく忘れられていたミス・キャサリン・モーランドも紹介された。モーランドという名前を聞くと、みんな一瞬はっとしたようだった。イザベラはキャサリンに丁重にあいさつしてから、みんなにむかって大きな声で、「ミス・モーランドはお兄さまにそっくりね！」と言った。「ほんとに瓜二つだわ！」とソープ夫人が大きな声で言い、「どこでお会いしても彼の妹さんだとわかるわ！」と全員が何度も言った。キャサリンはびっくりしたが、ソープ夫人とお嬢さんたちが、ジェイムズ・モーランド氏と知り合いになったいきさつを話すと、自分も兄の話を思い出した。いちばん上の兄ジェイムズが、オックスフォード大学の同じコレッジのジョン・ソープという青年と親しくなり、ロンドン近郊のその青年の家で、クリスマスの最後の一週間を過ごしたというのである。

すべての説明がなされ、ソープ家のお嬢さまたちからキャサリンにむかって、親切な言葉がつぎつぎにかけられた。「もっともっとお知り合いになりたいわ」「兄同士が親友なのですから、私たちももう親友よ」などなど。キャサリンはうれしそうにこれらの言葉を聞き、精いっぱい飾った言葉でこれに答えた。友情の最初のしるしとして、キャサリンはさっそくイザベラから、「腕を組んで一緒にお部屋を歩きましょうよ」と誘われた。キャサリンは、バースでこんなすばらしい知り合いができたことを喜び、イザベラと話しているときはティルニー氏のことを忘れてしまった。たしかに、友情は失恋の痛手にたいする最高の良薬である。

ふたりはポンプ・ルームを歩きながら楽しいおしゃべりをしたが、もちろん話題は、若い女性をあっという間に仲良しにしてしまう話題、すなわちドレス、舞踏会、恋のたわむれ、そして奇人変人の噂などだった。イザベラはキャサリンよりも四歳年上で、四年分知識の量が多いので、こういうおしゃべりでは断然有利だった。彼女はバースの舞踏会とタンブリッジ（バースと並ぶ有名な温泉リゾート地）の舞踏会の比較もできるし、バースの流行とロンドンの流行の比較もできるし、「趣味の良い服装とはどういうものか」という話題になると、キャサリンの意見の間違いをいくつも指摘することができた。また、ほほえみを交わし合った男女を見ただけで、恋のたわむれを嗅ぎつけることができるし、ごった返す人込みの中で奇人変人を見つけることもできた。キャサリンは、こういう能力を持った女性に会うのは初めてなので、ただもう感心するばかりだった。仰ぎ見るような尊敬の念が湧いてきて、軽々しく親しくなれないような気持ちにさえなってきた。でもイザベラがとても陽気な打ち解けた態度を示してくれて、「お友達になれてほんとにうれしいわ」とたびたび言ってくれるので、畏敬の念もなんとか和らぎ、やさしい愛情だけを感じられるようになった。

こうして友情が高まると、ポンプ・ルームを五、六回歩きまわったくらいでは気がすまなくなり、みんなでポンプ・ルームを出ると、イザベラはキャサリンをアレン氏の宿まで送っていった。そして玄関先で立ち話をし、今夜また劇場で会えるということや、翌朝は同じ教会で礼拝をするということを知って大喜びし、愛情をこめた長い握手をして別れた。キャサリンはすぐに二階へ駆けあがり、通りを歩いてゆくイザベラを客間の窓から見送り、その優雅な歩き方や、洗練された姿と服装に感心し、こんなすばらしい友達にめぐり会えたわが身の幸せに感謝した。

ところで、ソープ夫人は未亡人で、あまりお金持ちではないが、とても明るくて、善人で、子供たちにはとても甘い母親だった。長女のイザベラはたいへんな美人だが、次女と三女も、姉と同じくらい美人だと自任し、姉の態度を真似て、姉と同じような服装をし、やはりなかなかの美人ぶりだった。

こうしてソープ家について簡単に説明したのは、ひとえに、ソープ夫人本人による長い説明を省くためである。さもないと、夫人の過去の冒険談や苦労話をえんえんと聞かされて、たちまち三、四章が費やされ、貴族や弁護士の無能ぶりや非道ぶりが糾弾され、二十年前の会話が事こまかにくり返されることになるだろう。

第五章

その晩、キャサリンは劇場で、イザベラのうなずきとほほえみに応えるのに忙しかったが、ティルニー氏の姿を探すのを忘れたわけではなく、彼がどこかに来ていないかと、目が届くかぎりのボックス席を必死に見まわした。だが残念ながらどこにも見当たらなかった。ティルニー氏はポンプ・ルームも芝居もあまり好きではないらしい。キャサリンは明日に期待をかけた。そして翌日、期待どおりの晴天に恵まれて美しい朝を迎えると、キャサリンは自分の幸運を露ほども疑わなかった。なぜならバースでは、晴れた日曜日はどの宿も空っぽになり、バースじゅうの人が散歩に繰り出して、知り合いに会うたびに「いいお天気ですね」とあいさつを交わすのではないかと思ったからだ。

教会での礼拝が終わると、ソープ家とアレン家の人たちはただちに合流してポンプ・ルームへと繰り出したが、耐えがたいほどの混雑ぶりで、しかも（これはシーズン中の日曜日に誰もが経験することだが）上品な顔がひとつも見当たらないので、もっと上品な顔を眺めながら新鮮な空気を吸うために、クレッセント広場へと急いだ。キャサリンとイザベラは、仲良く腕を組んで歩きながら、打ち解けた会話を交わして再び友情の甘さを味わった。ふたりは大いにしゃべり大いに楽しんだ。でもここでもキャサリンは、ティルニー氏ともう一度会いたいという希望をくじかれた。どこへ行っても彼に会うことができないし、どこを探しても彼の姿を見ることができなかった。午前中の散歩でも夜のパーティーでも、アパー・ルームズでもロウアー・ルームズでも、盛装の舞踏会でも平服の舞踏会でも、彼の姿は見当たらなかった。昼間町を歩いている人や、馬に乗っている人や、馬車に乗っている人の中にも見当たらなかった。ポンプ・ルームの芳名帳にも彼の名前は見当たらないし、これ以上いかなる好奇心を発揮してもどうすることもできなかった。あの人はもうバースを去ってしまったのだ。でも、こんなにすぐにバースを去るとは言っていなかったのに！　小説のヒーローにふさわしいこの謎めいた出来事は、ティルニー氏の容姿と態度にたいするキャサリンの想像力に新たな魅力を加え、彼のことをもっと知りたいという気持ちを一層かきたてることとなった。ソープ家の人たちからは何の情報も得られなかった。ソープ家の人たちはバースに来たばかりで、ポンプ・ルームでアレン夫人に会った二日前に来たのだ。でもキャサリンがイザベラとたびたび語り合ったのはこの話題だった。「ぜったいに彼のことを思いつづけるべきよ」とイザベラはたびたびキャサリンを励ました。だからキャサリンのティルニー氏への思いはすこしも弱まることはなかった。イザベラはこう確信していた。テイルニー氏はすてきな青年にちがいないし、彼がキャサリンに惹かれていることも間違いないし、だから彼はすぐに帰ってくるはずだ、と。そして彼が牧師だと聞いて、イザベラはいっそう彼のことが気に入った。「だって私、牧師さまが大好きなんですもの」とイザベラは告白するように言ったが、そのとき彼女の口からため息のようなものが洩れた。このとき当然キャサリンは、イザベラのため息の理由を聞いてやるべきだったが、うかつにも聞かなかった。キャサリンは何事も経験不足で、恋の技巧も友情の義務もご存じないので、デリケートなからかいの言葉を親友にいつ言ってやるべきか、親友の打ち明け話をいつ聞いてやるべきか、まったくわかっていないのだ。

アレン夫人はいまはすっかり幸せで、バースにもすっかり満足していた。あれほど待ち望んでいた知り合いがようやく見つかり、幸運なことに、立派な旧友の一家であり、しかもうれしいことに、この一家の女性たちのドレスは、自分のドレスほど高価ではないとわかったのである。アレン夫人が毎日洩らす言葉は、「バースにお知り合いがいればいいんですけどね!」ではなく、「ソープ夫人にお会いできてほんとによかったわ!」に変わった。そして夫人は、キャサリンとイザベラに負けないくらい、両家の親交を深めることに熱心であり、一日の大部分をソープ夫人と過ごして会話を楽しまないと満足できなかった。ただし、ふたりは「会話」と言っているけれど、意見の交換はほとんどないし、共通の話題がないこともしばしばだった。ソープ夫人は子供の話ばかりしていたし、アレン夫人はドレスの話ばかりしていたからである。

キャサリンとイザベラの友情は、始まりも熱烈だし進展も速かった。友情のあらゆる段階をあっという間に通過し、友情のあらゆる証拠を短期間に全部示してしまい、これ以上は知人たちにも自分たちにも、友情の新しい証拠を示すことはできなくなってしまった。お互いに洗礼名で呼びあい、散歩のときはいつも仲良く腕を組み、ダンスのときは、お互いの服の裾をピンでとめてダンスの組が離れないようにした。午前中ずっと雨になって、ほかの楽しみが奪われても、雨も泥も物ともせずに会い、ふたりで部屋にこもって一緒に小説を読んだ。

そう、われらがヒロインは作品の中で小説を読んだのである。なぜなら私は、小説家たちのあのけちくさい愚かな慣習に従うつもりはないからだ。小説家は、自分も書いているその数を増やしている小説というものを、自分で軽蔑して非難して、その価値をおとしめたり、自分の敵と一緒になって、小説に情け容赦のない悪罵を浴びせ、自分の小説のヒロインが作品の中で小説を読むのを許さず、ヒロインが偶然小説を手にしても、つまらないページをつまらなそうにめくる姿ばかりが描かれる。ああ！　小説のヒロインが、別の小説のヒロインから贔屓にされなければ、いったい誰が彼女を守ったり、尊敬したりするだろうか？　私はあのような愚かな慣習に従うつもりはまったくない！　想像力の営みを罵倒し、新刊小説が出るたびに、最近の新聞雑誌を埋め尽くす陳腐な言葉であれこれ論評するのは、批評家の先生方にお任せしよう。私たち小説家は、虐げられた者たちなのだから、お互いに仲間を見捨てないようにしようではないか。小説家が生み出した作品は、ほかのどんな文学形式よりも多くの真実と喜びを読者に提供してきたのに、小説ほどひどい悪口を言われたものはない。プライドや無知や流行のおかげで、小説の敵は、小説の読者の数と同じくらい存在するのである。長大な英国史の九百分の一の縮約版をつくった人。ミルトン（『失楽園』一六六七年刊行）とポープ（十八世紀イギリス新古典主義の代表的詩人）とマシュー・プライアー（一六六四—一七二一）の詩の十数行の抜粋と、『スペクテイター紙』（一七一一年にスティールとアディソンが創刊した日刊紙）のエッセイ一編と、スターン（『トリストラム・シャンディ』一七五九—六七年）の小説の一章を集めて一冊の本にした人。こういう人たちの才能は、千人のペンによって称賛されるのに、どうやら世の人々は、小説家の才能をけなしてその努力を過小評価し、才能と機知と趣味の良さにあふれた作品を無視したいらしい。私たちはこういう言葉をよく耳にする。「私は小説など読みません——小説はめったに開きません——私がしょっちゅう小説を読むなんて思わないでくださいね——小説にしてはよくできていますね」などなど。あるいはこういう会話をよく耳にする。「ミス・××、何を読んでいらっしゃるの？」と聞かれ、「あら！　ただの小説よ！」と若い女性は答え、関心なさそうに、恥ずかしそうに本を閉じる。「なんだったかしら。『セシーリア』（ファニー・バーニーの小説。一七八二年）だか、『カミラ』（ファニー・バーニーの小説。一七九六年）だか、『ベリンダ』（マライア・エッジワースの小説。一八〇一年）よ」

つまり小説とは、偉大な知性が示された作品であり、人間性に関する完璧な知識と、さまざまな人間性に関する適切な描写と、はつらつとした機知とユーモアが、選び抜かれた言葉によって世に伝えられた作品なのである。ところで、もしその若い女性が、小説ではなく『スペクテイター紙』を読んでいたら、誇らしげに本を差し出して題名を言ったことだろう。ただし、趣味の良い若い女性がほんとにその分厚い本を読んだら、その内容にも文章にも嫌悪感を抱くことだろう。現実にあり得ない出来事や、ひどく不自然な人物や、現代人には関心のない話題が多いし、それに、下品な言葉がたくさん使われているので、そんな下品な言葉を許容した時代にたいしても不快感を抱くことだろう。

第六章

　これからご紹介するのは、キャサリンとイザベラが知り合ってから八日か九日目に、ポンプ・ルームで交わされたふたりの会話である。ふたりの熱烈な友情がいかなるものか、ふたりの繊細さと慎重さと独創的考え方がいかなるものか、そしてこの友情をなるほどと思わせる、ふたりに共通した文学的趣味がいかなるものか、それを読者の皆さまにお示しするものである。

　ふたりは約束をしてポンプ・ルームで会ったが、イザベラのほうが五分ほど早く着いたので、彼女はキャサリンの顔を見るなりこう言った。

「あなた、なぜこんなに遅くなったの？　私、百年は待ったわよ！」

「あら、ほんとに？　ごめんなさい。でも充分間に合うと思ったの。いまちょうど一時だわ。そんなに長く待ったわけではないでしょ？」

「いいえ、千年は待ったわ！　ほんとに、たっぷり三十分は待ったわ。とにかく向こうへ行って、座ってお話ししましょ。お話ししたいことが山ほどあるの。今日は雨になるんじゃないかと、すごく心配したわ。家を出るとき空を見たら、いまにも降り出しそうなんですもの。ほんとに降り出したら、ほんとに私、死んじゃうかと思ったわ！　それから、さっきミルソム・ストリートのショーウィンドーで、とってもすてきな帽子を見たわ。あなたの帽子にそっくりだけど、リボンが緑色ではなくて、赤いヒナゲシ色なの。ほんとに欲しかったわ。でもキャサリン、今日はいままでひとりで何をしていたの？『ユードルフォの謎』（アン・ラドクリフのゴシック小説。一七九四年）を読んでいたの？」

「ええ、今朝起きてからずっと読んでいたの。いまちょうど黒いヴェールのところよ」

「ほんとに？　まあ、すてき！　でも、黒いヴェールのうしろに何があるか、ぜったい教えてあげないわ！　ものすごく知りたいでしょ？」

「ええ、すごく知りたいわ。いったい何かしら？　でも言わないで。言ってもぜったい聞かないわ。たぶん骸骨ね。きっとローレンティーナ（『ユードルフォの謎』に登場する悪女）の骸骨だわ。『ユードルフォの謎』はほんとに面白いわね。一生読んでいたいくらい。あなたに会う約束がなかったら、ぜったいに途中でやめたりしなかったわ」

「あら、それじゃあなたにお礼を言わなくちゃ。『ユードルフォの謎』を読み終えたら、いっしょに『イタリア人』（同じくアン・ラドクリフのゴシック小説。一七九七年）を読みましょうね。あなたのために、怖い小説を十冊ほどリストにしたわ」

「えっ、ほんと？　まあ、うれしい！　どんな小説？」

「いま読み上げるわ。手帳に書いてあるの。ええと……『ヴォルフェンバッハ城』（イライザ・パーソンズ作。一七九三年）、『クレアモント』（レジーナ・マライア・ロッシュ作。一七九八年）、『謎の警告』（イライザ・パーソンズ作。一七九六年）、『黒い森の魔術師』（ロレンス・フラメンベルク作、ピーター・チュートホールド訳。一七九四年）、『真夜中の鐘』（フランシス・レイサム作。一七九八年）、『ライン河の孤児』（エリナー・スリース作。一七九八年）、それから、『恐ろしき謎』（グロース侯爵作、ピーター・ウィル訳。一七九六年）。これだけあれば、当分大丈夫ね」

「そうね、大丈夫ね。でも、それ全部怖い小説なの？　ほんとに全部怖いの？」

「ええ、ぜったい全部怖いわ。私のお友達のミス・アンドリューズが全部読んだんですもの。彼女はとってもすてきな人よ。世界一すてきな人よ。ぜひご紹介したいわ。あなたもきっと彼女を好きになるわ。彼女はいま、とってもすてきな袖なし外套を編んでいるの。天使のように美しい人よ。彼女を褒めない男性がいるとものすごく腹が立つの。そういう男性は猛烈に叱ってやるわ」

「えっ、男性を叱るの？　ミス・アンドリューズを褒めない男性を叱るの？」

「ええ、そうよ。私は親友のためなら何でもするわ。中途半端に人を愛することができないの。それが私の性分なの。私の愛情は過剰なほど強烈なの。この冬うちのパーティーで、ハント大佐にこう言ってやったわ。ミス・アンドリューズが天使のように美しいということを認めなければ、私に一晩中せがんでも踊ってあげないって。女性は真の友情を結べないと男性は思ってるのよ。だから私は、そうじゃないってことを男性に見せてあげようと決心したの。もし誰かがあなたの悪口を言ったら、私はすぐに爆発してやるわ。でもそんなことありっこないわね。あなたはどんな男性からも好かれるタイプですもの」

「あら、いやだわ！　なぜそんなことをおっしゃるの？」キャサリンは赤くなって言った。

「私、あなたのことはよくわかってるわ。あなたはいつも元気はつらつとしているけど、ミス・アンドリューズにはそういうところがまったくないの。正直言って、彼女はすっごく退屈なところがあるの。あ、そうだわ、あなたに言っておかなくては。きのう別れたとき、若い男性があなたを真剣に見つめていたわ。きっとあなたに恋をしているのね」

キャサリンはまた赤くなってまた否定した。イザベラは笑ってつづけた。

「ほんとよ。誓ってもいいわ。でも、あなたがなぜそんなに否定するかわかるわ。あなたは誰かさん以外から見つめられても、まったく関心がないのね。いいえ、あなたを非難してるわけではないわ。（すこしまじめな口調で）あなたの気持ちはよくわかるわ。ほんとに誰かを愛しているときは、ほかの男性に見つめられてもぜんぜんうれしくないものよ。愛する人に関係のないものはすべて退屈で面白くないのよ！　あなたの気持ちはほんとによくわかるわ」

「でも私は、そんなにティルニー氏のことばかり考えているわけではないわ。だって、もう二度と会えないかもしれないんですもの」

「もう二度と会えない？　ねえ、そんなことを言ってはだめよ。そんなことを考えたらみじめになるだけよ」

「いいえ、そんなことないわ。彼を愛していないとは言わないわ。でも『ユードルフォの謎』を読んでいれば、何があってもみじめな気持ちになんかならないわ。ああ！　あの恐ろしい黒いヴェール！　ねえ、イザベラ、黒いヴェールのうしろにあるのは、ぜったいにローレンティーナの骸骨だと思うわ」

「あなたがまだ『ユードルフォの謎』を読んでいなかったなんて不思議ね。あなたのお母さまは小説がお嫌いなのね」

「いいえ、そんなことないわ。母はよく『サー・チャールズ・グランディソン』（イギリス小説の父と呼ばれるサミュエル・リチャードソン作。一七五三―四年。全七巻。オースティンに大きな影響を与えたことで知られる）を読んでいますもの。でも、うちには新しい本があまりないの」

「『サー・チャールズ・グランディソン』？　それはすっごく退屈な小説でしょ？　覚えてるわ。ミス・アンドリューズは第一巻も読み通せなかったそうよ」

「『ユードルフォの謎』とはぜんぜん違うタイプの小説よ。でもとても面白いと思うわ」

「ほんとに？　驚いたわね。ものすごくつまらない小説だと思っていたわ。ところでキャサリン、今夜の髪飾りを何にするか、もう決めた？　私はあなたとまったく同じ服装にすることに決めたの。男性はそういうことに注目するのよ」

「でも、注目されても意味ないわ」キャサリンは単純にあっさりと言った。

「意味ない？　そうよ、それはそうよ。私は男性の言うことなんて聞かないことにしているの。女性がきびしい態度を取って距離を取るようにしないと、男性はすっごくずうずうしくなるものよ」

「えっ、ほんとに？　でも、私はそんな失礼な男性に会ったことないわ。みんなとても礼儀正しく振る舞ってくれるわ」

「あら、あの人たちは気取ってるのよ。男は世界一うぬぼれの強い生き物よ。自分たちが世界一偉いと思ってるのよ。あ、そうだわ、あなたにいつも聞こうと思っていたことがあるの。あなたはどんな顔色の男性が好き？　あなたがいちばん好きなのは浅黒い男性？　色白の男性？」

「わからないわ。そんなことあまり考えたことないわ。でもたぶんその中間ね。色白でもなくて、そんなに浅黒くもなくて、小麦色くらいの感じが好きだわ」

「わかったわ、キャサリン。それはまさにティルニー氏のことね。あなたがティルニー氏のことを説明したのを覚えているわ。小麦色の肌、黒い瞳、黒っぽい髪、ね、そうでしょ？　でも私の趣味は違うわ。澄んだ淡い色の目が好きだし、青白い顔がいちばん好きなの。でも、いまの説明にぴったりの男性に会っても、私の秘密をしゃべっちゃだめよ」

「あなたの秘密をしゃべる？　それどういう意味？」

「あら、そんなに私を苦しめないで。私、しゃべりすぎたわね。もうこの話はやめましょうよ」

キャサリンはあっけに取られてイザベラの言葉に従い、しばらく黙ってから、いまいちばん興味のある話題、ローレンティーナの骸骨の話題に戻ろうとすると、イザベラがさえぎってこう言った。

「ねえ、お願い！　ここを離れましょうよ。あそこにすごく感じの悪い若い男がふたりいるの。さっきからずっと私を見ているの。私、どうしていいかわからないわ。到着者の芳名帳を見に行きましょう。あそこまではついて来ないわ」

ふたりは入口に置かれた芳名帳のところへ行き、イザベラが名前を調べているあいだ、キャサリンはふたりの怪しい青年の動きを見張った。

「こっちへ来ないでしょ？」とイザベラが言った。「あとをつけてくるほどずうずうしくないわよね。でもこっちへ来たら教えてね。私はぜったい顔を上げないから」

しばらくするとキャサリンが、「もう心配ないわ。ふたりともポンプ・ルームを出て行ったわ」とうれしそうに言った。

「どっちへ行ったの？」イザベラが急いで振り向いて言った。「ひとりはとても美男子だったわね」

「バース教会の広場のほうへ行ったわ」

「やっと追っ払えてよかったわ。これからいっしょに、エドガーズ・ビルディングズの私の宿へ行って、私の新しい帽子を見ない？　あなたも見たいって言ってたでしょ？」

キャサリンはすぐに賛成したが、「でも、あのふたりに追いついてしまうわ」と言った。

「あら、大丈夫よ。急いで行けばすぐに追い越すわ。私の帽子を早くあなたに見せたいの」

「でも二、三分待てば、あのふたりに会う危険がなくなるのに」

「追いついてもあいさつなんかしないわ。男性にそんなふうに敬意を表するつもりはないわ。そんなことをするから男がつけあがるのよ」

キャサリンはこんな理屈にはとても反論できなかった。そこでふたりは、イザベラ・ソープの独立心を示し、男の高慢の鼻をへし折るためにただちに出発し、早足でふたりの青年のあとを追ったのだった。

第七章

キャサリンとイザベラは、三十秒後にはポンプ・ルーム前の広場を抜けて、ユニオン小路の手前のアーチ道まで来たが、そこで足止めを食ってしまった。バースを知っている人なら、チープ・ストリートを渡るのがどんなにたいへんかご存じだろう。これはまことに腹立たしい通りで、不幸にも大ロンドン街道とオックスフォード街道に通じ、おまけにバース一の宿屋にも通じているので、女性たちがここで足止めを食わない日は、三百六十五日一日たりとないのである。彼女たちにどんなに大事な用事があっても、たとえばお菓子屋に行くときも帽子屋に行くときも、馬車や馬や荷車のおかげで、あるいは（いまのイザベラとキャサリンの場合のように）若い男性を追いかけるときも、必ずここで足止めを食わされるのだ。イザベラもバースに来てから、一日に三度はこの不愉快な足止めを食っていつも嘆いていたが、いままたそれを嘆かねばならぬ運命にあった。ふたりがチープ・ストリートを渡ろうとしたとき馬車が突進してきたのだ。通りの向こう側のユニオン小路には、例のふたりの青年の姿が見える。彼らは人込みを抜け、楽しい小路の端を縫うように進んでゆく。ああそれなのに、自信たっぷりな御者が運転する二輪馬車が、チープ・ストリートのでこぼこ道を、御者の命も連れの命も馬の命も危うくするような猛スピードで突進してきたので、渡れなくなってしまったのだ。

「憎たらしい馬車ね！　大嫌い！」とイザベラは馬車をにらんで言った。大嫌いと思うのは当然だが、でもその気持ちは長くは続かなかった。イザベラはもう一度馬車をにらむとこう叫んだのだ。

「まあ、うれしい！　あなたのお兄さまと私の兄だわ！」

「あら、ほんと！　ジェイムズお兄さまだわ！」とキャサリンも叫んだ。

むこうも彼女たちに気がついて、馬車は急停車した。危うく馬が尻餅をつきそうだった。すぐに馬屋の召使が駆け寄り、ふたりの紳士は馬車をとびおり、馬車は召使の手に任せた。

キャサリンは、こんな所で兄に会うとは思ってもいなかったので、大喜びで兄を迎えた。ジェイムズ・モーランドは心のやさしい性格で、妹を心から愛しているので、同じくらい喜んで妹を迎え、そのうれしさを示そうとした。だがジェイムズは、イザベラ・ソープの輝く目に見つめられていることに気がつき、喜びと当惑の入り混じった顔で、急いでイザベラにあいさつをした。もしキャサリンが、自分の感情のことばかり考えないで、他人の感情の動きを見ることができたら、兄もイザベラを美しいと思っているのだと、すぐに気づいたことだろう。

　ジョン・ソープは、馬のことを召使に指図していたが、まもなくみんなと一緒になった。そしてキャサリンは、兄から受けそこなったあいさつをジョン・ソープから受けることになった。ジョンはイザベラの手には無造作に軽く触れただけだが、キャサリンにたいしては、右足をうしろに引いて、頭を軽く下げて丁重なあいさつをしたのである。ジョン・ソープは、中背のでっぷり太った青年で、ぜんぜん美男子ではないし、体つきも優雅なところがまったくないのだが、どういうわけか、いつもこんな心配をしていた。「ぼくは召使のお仕着せを着ていないと、美男子に見えすぎるかな？　礼儀正しくすべきときはくつろいで、くつろいでいいときは厚かましくしないと、紳士に見えすぎるかな？」と。さて、ジョンは懐中時計を取り出して言った。

「ミス・モーランド、ぼくたちの馬車はテトベリー（グロスター州の町）から何時間走ってきたと思いますか？」

「距離がわかりませんから」とキャサリンが言うと、ジェイムズが、二十三マイルだと妹に教えてくれた。

「二十三マイル？　冗談じゃない！　二十五マイルはあるさ」とジョンが大きな声で言った。

　ジェイムズは道路地図や、宿の主人の言葉や、里程標などをもちだして抗議したが、ジョンはそれをすべて無視した。彼にはもっと正確な距離の測定法があるのだ。

「間違いなく二十五マイルはある」とジョンは言った。「馬車が走った時間でわかるんだ。いま一時半で、ぼくたちがテトベリーの宿を出発したのは、町の時計が十一時を打ったときだ。ぼくの馬が引いた馬車を、時速十マイル以下で走らせる人間なんて、イギリスじゅう探したっていやしない。だから間違いなく二十五マイルはあるんだ」

「きみは一時間間違えてる。ぼくたちがテトベリーを出発したのは十時だよ」とジェイムズが言った。

「十時？」とジョンは言った。「いや、十一時だ。ぼくは鐘を一つ一つ数えたから間違いない。ミス・モーランド、あなたのお兄さんは、ぼくの頭がおかしいと言いたいらしい。ぼくの馬を見てください。こんなに速く走れそうな馬を見たことがありますか？（ちょうど召使が馬車に乗って立ち去るところだった）正真正銘の純血種です！　たった二十三マイル走るのに三時間半もかかるなんてあり得ない！　あの馬を見れば、そんなことあり得ないってわかるでしょ？」

「たしかに、馬はすごく暑そうですね」とキャサリンが言った。

「暑そう？」とジョンは言った。「とんでもない！　ウォールコット教会に着くまで、汗もかかずに平然と走ってましたよ。あの首を見てください。あの腰を見てください。あの歩き方を見てください。あの馬が時速十マイル以下で走るなんてあり得ない。足を縛られたって走りますよ。ミス・モーランド、ぼくの二輪馬車をどう思います？　なかなかすてきでしょ？　乗り心地もすばらしいし、最新流行のロンドン製です。手に入れてからまだ一カ月も経ってない。オックスフォード大学のクライストチャーチ・コレッジにいる友人が作らせたものです。彼はすごくいいやつですが、数週間乗っただけで手放したんです。ちょうどそのとき、ぼくもああいう軽装馬車を探していたんです。ぼくが探していたのはカリクル馬車（二頭立て二輪馬車）だけど、先学期、オックスフォードのモードリン橋で、あのギグ馬車（一頭立て二輪馬車）に乗った友人にばったり会って、彼がこう言うんです。「やあ、ソープ君、この馬車を欲しくないかい？　このタイプとしては最高なんだけど、ぼくはもう乗り飽きちゃってね」って。だからぼくはこう言ったんです。「ちぇっ！　親友だからしょうがない、買ってやるよ。いくらだい？」って。ミス・モーランド、彼はいくらで売ると言ったと思います？」

「さあ、わかりませんわ」

「乗り心地はカリクル馬車並みで、座席、車体、剣箱、泥よけ、ランプ、銀の飾り細工、すべて完璧です。鉄の部分は新品同様、いや、新品以上です。彼は五十ギニーと言ったので、ぼくはすぐに買うことに決めて金を払い、馬車はぼくのものになったんです」

「ほんとに私、馬車のことは何も知りませんので、安いのか高いのかさっぱりわかりませんわ」とキャサリンは言った。

「安いとも高いとも言えない」とジョンは言った。「たぶんもっと安く買えたでしょうが、ぼくは値切るのは嫌いなんです。それに、フリーマンは現金を欲しがっていましたからね」

「あなたはとてもやさしいんですね」とキャサリンは感心したように言った。

「ちぇっ！　友達を助けてやれる金があるのにけちけちするのは嫌いなんだ」

お嬢さまたちはこれからどちらへ？　という質問がなされ、ソープ家が滞在しているエドガーズ・ビルディングズへ行くのだとわかると、男性たちも同行してソープ夫人にあいさつすることになった。ジェイムズとイザベラが先頭を歩いた。イザベラは自分の運命に大いに満足し、ジョンの親友でありキャサリンの兄でもあるという、二重の推薦状を持ったジェイムズにすばらしい散歩を楽しんでもらおうと、一生懸命気をつかった。でもイザベラの気持ちは純粋なもので、色っぽさとは関係ないものであり、その証拠に、ミルソム・ストリートで例のふたりのいやな青年に追いつき、追い抜いたときも、彼らの気を引こうとはせず、ほんの三回うしろを振り返っただけだった。

ジョン・ソープはもちろんキャサリンと一緒に歩いた。彼はしばらく黙ってから、また自分の馬車の話を始めた。

「でもミス・モーランド、あれは安い買い物だと言う人もきっといますよ。つぎの日に十ギニー高く売ることもできたんです。オーリエル・コレッジのジャクソン君が六十ギニーの値をつけたんです。そのときジェイムズも一緒にいましたよ」

「そうだね」それを聞いたジェイムズが言った。「でもきみは、馬も含めた値段だということを忘れてるよ」

「馬も？　ちぇっ、とんでもない！　あの馬は百ギニーもらったって売るもんか！　ミス・モーランド、オープン型の馬車はお好きですか？」

「ええ、大好きですわ。乗る機会はほとんどありませんけど、大好きですわ」

「それはうれしい。ぼくの馬車でよければ、毎日でもお乗せしますよ」

「ありがとうございます」とキャサリンは、ちょっと困ったように言った。そういう申し出を受けていいかどうかわからないからだ。

「明日、ぼくの馬車でランズダウン・ヒルへ行きましょう」

「ありがとうございます。でも、あの馬は休息が必要なのではありませんか？」

「休息？　今日はたったの二十三マイル走っただけです。冗談じゃない！　休息ほど馬をだめにするものはないんです。ぼくはバースにいるあいだ、あの馬を毎日四時間は走らせるつもりです」

「えっ、ほんとに？　それじゃ、毎日四十マイル走ることになりますわ」とキャサリンは心配そうに言った。

「四十マイル？　いや、五十マイルだって構わない。とにかく明日、ぼくの馬車でランズダウン・ヒルへ行きましょう。いいですね、約束しましたよ」

「まあ、すてき！」イザベラが振り返って大きな声で言った。「ねえキャサリン、あなたが羨ましいわ。でもジョンお兄さま、あの馬車にもう一人乗るのは無理でしょうね」

「もう一人？　だめだめ！　ぼくは妹を馬車に乗せるためにバースに来たわけじゃない。冗談じゃない！　ジェイムズがおまえのお相手をしてくれるよ」

これを聞いて、イザベラとジェイムズは礼儀正しい会話を始めたが、キャサリンにはその詳細も結果も聞こえなかった。キャサリンのお相手ジョン・ソープは、馬車と馬の話題が終わると急に口数が少なくなり、女性とすれちがうたびに顔の品定めをして、賛辞か罵倒の断定的な短い言葉を発するだけになってしまった。キャサリンは、若い女性にふさわしい礼儀正しさとうやうやしさを失わないように、黙って相づちを打って聞いていた。自信たっぷりな男性の意見に異論をさしはさむのは恐れ多いし、話題が女性の美貌に関することなので、なおさら何も言えなかった。でもとうとう思いきって、ずっと自分の頭を占領していた質問をして話題を変えた。

「あの、ソープさん、『ユードルフォの謎』をお読みになったことはありますか？」

「『ユードルフォの謎』？　とんでもない！　読んでません。ぼくは小説なんて読みませんよ。ほかにすることがありますからね」

キャサリンは恥ずかしくなって小さくなり、そんな質問をしたことを謝ろうとしたが、ジョンがさえぎってこう言った。

「小説って、馬鹿なことばかり書いてありますね。『トム・ジョーンズ』（ヘンリー・フィールディング作。一七四九年）のあとは、ろくな小説はありませんね。まあ、『修道士』（M・G・ルイスのゴシック小説。一七九六年）くらいですね。『修道士』はこのあいだ読みました。でもそのほかは、どれもこれも馬鹿な小説ばかりです」

「でも、『ユードルフォの謎』をお読みになれば、きっと気に入ると思いますわ。ほんとに、ものすごく面白い小説なんです」

「いや、ぼくは結構。もし読むなら、ラドクリフ夫人の小説だな。彼女の小説は面白い。読む値打ちがある。すごく面白いし、とても自然です」

「あの……『ユードルフォの謎』はラドクリフ夫人の小説ですけど」キャサリンは、ジョン・ソープ氏を傷つけるのではないかと心配して、ためらいがちに言った。

「えっ？ ほんとに？ あ、思い出した、そうでしたね。ぼくは別の馬鹿な小説のことを考えていたんです。最近みんなが大騒ぎしている、例の女性が書いた小説です。ほら、フランスから亡命してきた軍人と結婚した女性（『カミラ』の作者ファニー・バーニー。オースティンの先駆者的な女性作家）が書いた――」

「『カミラ』のことですか？」

「そう、そう、それです。あれはものすごく不自然な小説ですよ。だって、老人がシーソー遊びをするんですからね。第一巻をほんのちょっと読んだけど、こいつは駄目だと思ってすぐにやめました。読む前から、だいたいどんなものかわかっていたんです。フランスからの亡命者と結婚した女性が書いたものだと聞いて、こいつは最後まで読み通せないなと思いましたよ」

「私はまだ読んでいません」

「いや、あんなものは読まなくても損はしませんよ。とんでもなく馬鹿々々しい小説です。だって、シーソー遊びをしてラテン語の勉強をする老人のことしか書いてないんですからね。ほんとにそれしか書いてないんです」

この批評が正しいかどうかは、残念ながらキャサリンにはわからなかったが、こんな話をしているうちに、四人はソープ夫人の宿に到着した。そしてこの烱眼かつ公平無私な『カミラ』の読者、ジョン・ソープ氏の感情は、廊下で母親に会ったとたん、愛情深い孝行息子の感情に変わった。夫人は二階から彼らを見て、急いで部屋から出てきたのだ。

「やあ、母上！　お元気ですか？」とジョンは、心をこめた握手をしながら言った。「その変てこな帽子はどこで買ったんですか？　魔法使いのお婆さんみたいですね。ジェイムズ・モーランド君とぼくを二、三日泊めてください。この近くに上等なベッドを二つ見つけてください」

盲目的愛情にあふれた母心は、こんなあいさつでも満足したらしく、ソープ夫人は、愛情たっぷりに大喜びで息子を迎えた。ジョンは下のふたりの妹にも、兄らしい愛情をたっぷりとふりまき、「やあ、元気かい？　ふたりとも相変わらず不美人だね」とあいさつした。

キャサリンは、ジョン・ソープの態度を不愉快に思ったが、彼は兄ジェイムズの友人であり、親友イザベラの兄である。さらにつぎのような言葉によって、キャサリンの判断は曇らされてしまった。イザベラの新しい帽子を見るために部屋を出たとき、イザベラはキャサリンに、「ジョンお兄さまはあなたのことを、世界一すてきな女性だと思っているのよ」と言い、ジョンは別れぎわにキャサリンに、「今夜ぜひぼくと踊ってください」と言ったのである。もしキャサリンが、もうすこし歳を取っていて、もうすこしうぬぼれが強ければ、この程度の言葉で判断を曇らされることはないだろう。しかしまだ十七歳で、自分の魅力に自信のないキャサリンが、世界一すてきな女性だと言われたり、こんなにすぐにダンスを申し込まれたりしたのである。よほどしっかりした理性を備えていなければ、こうした言葉の魅力に抵抗するのは不可能だろう。案の定、結果はこうだった。キャサリンとジェイムズは、ソープ家で一時間ほど過ごしたあと、アレン氏の宿へ向かったが、うしろで玄関ドアが閉まるとジェイムズが、「ねえ、キャサリン、ぼくの友人のジョン・ソープをどう思う？」と言った。もし友情もお世辞も絡んでいなければ、たぶんキャサリンは、「あんな人、大嫌いよ」と答えただろう。ところがなんとキャサリンは、すこしもためらわずに、「あの人、大好きよ。とても感じがいいわね」と答えてしまったのである。

「うん、あいつはものすごくいいやつなんだ」とジェイムズは言った。「ちょっと騒々しいけど、ああいうタイプのほうが女性には人気があるだろうな。ソープ家のほかの人たちのことはどう思う？」

「大好きよ。とくにイザベラさんは大好きよ」

「それはうれしいね。ぼくはおまえに、イザベラ・ソープのような女性を好きになってほしいと思っていたんだ。あの人は良識があるし、気取りがないし、とても感じのいい人だ。おまえがあの人と知り合いになってくれればいいと、いつも思っていたんだ。あの人もおまえをとても気に入っているようだね。おまえのことをすごく褒めていたよ。イザベラ・ソープのような女性から褒められたら、（愛情をこめて妹の手を取って）ね、キャサリン、おまえだって鼻が高いだろ？」

「ええ、そうね」とキャサリンは答えた。「私はイザベラさんが大好きよ。お兄さまもあの人が好きだとわかってうれしいわ。でもお兄さまは、ソープ家でクリスマスを過ごしたあとに手紙をくださったとき、イザベラさんのことは何も言ってなかったわね」

「すぐにおまえに会えると思っていたからさ。バースにいるあいだ、いつもあの人と一緒に過ごせるといいね。あの人はほんとにすてきな女性だ。頭もすごくいいし！　家族もみんなあの人が大好きだ。いや、あの人はどこへ行っても人気者だ。バースのような土地では賛嘆の的だろうな。ね、そうだろ？」

「ええ、そうだと思うわ。アレン氏も、イザベラ・ソープがバースで一番の美人だと言っているわ」

「うん、そうだろうな。美人の鑑定では、アレン氏の右に出る者はいない。ね、キャサリン、おまえがバースで幸せかどうかなんて聞く必要はないね。イザベラ・ソープのようなすばらしい友達といつも一緒にいられるんだから、幸せでないわけがない。それに、アレン夫妻も親切にしてくれるだろ？」

「ええ、とっても。私、こんなに幸せなのは生まれて初めてよ。それに、お兄さままで来てくださったんですもの、ますます幸せだわ。私のためにこんなに遠くまで来てくださるなんて、お兄さまはほんとにやさしいのね」

ジェイムズは、妹の感謝の言葉を黙って受け入れ、その良心のとがめを和らげるために、「キャサリン、心からおまえを愛しているよ」と心をこめて言った。

それからふたりは、弟たちや妹たちのこと、その近況や成長ぶりなど、自分たちの家族の話題に移った。一度だけジェイムズが、またイザベラ・ソープを褒めたたえてちょっと脱線したほかは、パルトニー・ストリートのアレン夫妻の宿に着くまで家族の話題がつづいた。ジェイムズは、アレン夫妻から心のこもった歓迎を受け、アレン氏からはディナーの招待を受け、アレン夫人からは、「私の新しいマフ（毛皮などで作った筒状のもの。手の防寒用。十九世紀初頭に大流行した）と肩掛けをよーく見て値段を当てて」と言われた。だがジェイムズは、エドガーズ・ビルディングズのソープ家と先約があるので、ディナーの招待は仕方なく断わり、新しいマフと肩掛けの値段を言って、夫人を満足させると、急いでそこを立ち去った。ソープ家とアレン家の一行が社交会館のオクタゴン・ルームで落ち合う時間も決まったので、キャサリンは『ユードルフォの謎』を読みはじめ、ワクワク、ハラハラ、ドキドキのすばらしい想像力の世界に浸った。舞踏会のための着替えのことも、食事のことも、俗事はいっさい忘れ、仕立て屋の到着の遅れを心配するアレン夫人をなだめることもせず、今夜の舞踏会のダンスの相手がすでに決まっているわが身の幸せさえ、一時間のあいだにたった一分思い出しただけだった。

第八章

キャサリンは『ユードルフォの謎』を読みふけり、仕立て屋の到着も多少遅れたけれど、アレン夫妻とキャサリンは、約束の時間どおりアパー・ルームズに到着した。ソープ一家とジェイムズ・モーランドも、二分前に到着したばかりだった。イザベラが満面の笑みをたたえて、いそいそと愛情たっぷりにキャサリンを迎え、ドレスを褒めて髪のカールを羨ましがるという、毎度おなじみの儀式をすませると、付き添い役のアレン夫人とソープ夫人のあとにつづいて、ふたり仲良く腕を組んで舞踏室へと入っていった。何か思いつくたびに小声でささやき合い、お互いの手を握りしめたり、愛情をこめたほほえみを交わしたりして、言葉にできないいろいろな思いを伝え合いながら進んでいった。

みんなが腰をおろすと、数分後にダンスが始まった。「早く踊りましょう」とジェイムズがイザベラをせきたてた。ふたりは、すでにパートナーの約束ができていたのだ。しかし、ジョンが友人に話があると言って、トランプ室に行ったまま戻ってこないので、イザベラは、キャサリンが踊れないうちは自分も踊りたくないと言い、ジェイムズにこう言った。

「あなたの妹さんと一緒でなければ、私は絶対に踊らないわ。そうしないと、一晩じゅう離ればなれになってしまいますもの」

キャサリンはこの親切な申し出に感激し、三人はそれから三分ほどそのまま座っていたが、向こう隣りのジェイムズと何か話していたイザベラが、またキャサリンのほうを向いてこうささやいた。

「ねえ、キャサリン、悪いけど先に踊るわ。あなたのお兄さまが、早く踊りたくてうずうずしているの。行っても構わないわね？　ジョンお兄さまはすぐに戻ってくるわ。そうすればすぐに私を見つけられるわ」

キャサリンはちょっとがっかりしたが、やさしい性格なので何も反対しなかった。イザベラとジェイムズは立ち上がり、イザベラはキャサリンの手を握り、「それじゃ、キャサリン」と言ってさっさと行ってしまった。イザベラの妹たちももう踊っているので、キャサリンはたったひとり、ソープ夫人とアレン夫人のあいだに取り残され、ジョン・ソープが現われないことに腹を立てずにはいられなかった。早く踊りたいのももちろんだが、こういう事実を意識せざるを得ないからだ。自分には立派なパートナーが決まっているが、それを大きな声で言うわけにはいかないので、まだ座っているたくさんのお嬢さまたちと一緒に、まだパートナーが見つからないという不名誉に耐えなくてはならないのだ。彼女の心は清らかそのもので、行ないも清廉潔白で、この不名誉の原因はすべて他人の不行跡にあるというのに、公衆の面前でこのような辱めを受け、不名誉な汚名を着せられているのだ。ああ、しかし、これこそまさにヒロインの運命であり、この過酷な運命に耐える力こそ、ヒロインの人格をいっそう高めるのである。そしてわれらがキャサリンも、その耐える力をみごとに備え、たいへんな苦しみを味わいながらも、ひと言も不平を洩らさなかった。

だが十分後、キャサリンの屈辱的な気持ちはすばらしい感情に変わった。座っている場所から三メートルも離れていない所に、なんとジョン・ソープではなく、ティルニー氏の姿を認めたのである。彼はこちらへ向かってくるようだが、まだ彼女に気がついていなかった。突然の再会に彼女は思わずほほえんで赤くなってしまったが、彼には見られずにすみ、ヒロインとしての威厳も損なわれずにすんだ。彼は相変わらず美男子で、はつらつとしており、彼の腕にもたれた、上品な美しい女性と楽しそうに話しているが、キャサリンは、その女性は彼の妹だろうと即座に思った。うかつにも、こういう可能性は考えなかった。ティルニー氏はすでに結婚していて、キャサリンとは永遠に無縁な人かもしれないではないか。でも彼女は、ごく単純な可能性だけを考え、ティルニー氏の結婚の可能性はまったく頭に浮かばなかった。彼の態度や話し方は、これまで彼女が見慣れてきた既婚男性とどこか違うところがあるし、彼は妻という言葉を一度も口にしていないし、妹がいると言っていた。そういうわけでキャサリンは、ティルニー氏の腕にもたれた女性は妹さんだと、即座に結論をくだしたのである。おかげでキャサリンは、ショックで青ざめることもなく、発作を起こしてアレン夫人の胸に倒れこむこともなかった。いつもよりすこし頬が紅潮しているが、すこしも取り乱すことなく、背筋をぴんと伸ばして座っていた。

ティルニー氏とその若い女性は、ゆっくりとこちらへ近づいてきたが、先頭を歩いている年配の女性は、ソープ夫人の知り合いだった。その年配の女性がソープ夫人に話しかけるために立ちどまったので、連れのティルニー氏と若い女性も立ちどまった。彼はキャサリンに気がつくと、にっこりほほえんで会釈した。キャサリンがうれしそうにほほえみ返すと彼は近寄ってきて、キャサリンとアレン夫人の両方に話しかけた。アレン夫人は彼に丁重なあいさつをした。

「またお目にかかれて、ほんとうにうれしゅうございます。もうバースにはいらっしゃらないと思っていましたわ」

ティルニー氏は夫人の心づかいに感謝し、「先日お会いした日の翌朝から、一週間ほどよそへ行っていたのです」と言った。

「まあ、そうでしたの」とアレン夫人は言った。「でも、戻ってきてよかったとお思いでしょ? バースは若い人にぴったりな町ですもの。いいえ、誰にとってもすばらしい町だわ。うちの主人は、もうバースに飽きたなんて申しますけど、私は主人に言ってやりますの。バースはすばらしい所なんですから、文句を言うもんじゃありません。こんな退屈な真冬には、家にいるよりここにいるほうがずっといいわ。痛風の治療に来てほんとによかったわ、と言ってやりますの」

「奥さま」とティルニー氏は言った。「そのうち温泉の効き目が現われて、ご主人もバースを好きになりますよ」

「ありがとうございます。きっとそうなると思うわ。ご近所にお住まいのスキナー博士も、去年の冬にバースにいらして、すっかりお元気になったんですもの」

「それは心強いお話ですね」

「ええ、そうですとも。スキナー博士のご家族は、三カ月もここにいらっしゃったの。だからそんなに帰りを急いではだめだって、主人に言っていますの」

だが会話はここで中断された。ソープ夫人がアレン夫人に、「すこし席をつめていただけませんか? ヒューズ夫人とミス・ティルニーがお仲間に入ってくださいますの」と言ったのだ。そこで席がつめられて、ふたりの女性が座ったが、ティルニー氏は立ったままだった。彼はちょっと考えてから、キャサリンにダンスを申し込んだ。この申し込みは飛び上がりたいほどうれしいが、残念ながら先約があるので、彼女にたいへんな苦しみをもたらし、彼女は心の底から残念そうに断わった。ジョン・ソープは三十秒後に戻ってきたが、このときこの場にいたら、キャサリンのあまりにも残念そうな断わり方を見て、少々気を悪くしたかもしれない。戻ってきたジョンは、「お待たせしました」とのんきな調子で言った。キャサリンはあらためて自分の運命を嘆き、ますますあきらめきれない気持ちになった。ダンスのために向かい合うと、ジョンは、いま別れてきた友人の馬や犬の話や、その友人とテリヤ犬を交換する話などをこまごまと始めたが、キャサリンは、そんな話などまったく興味がないので、さっきティルニー氏がいた場所にたびたび目をやらずにはいられなかった。

キャサリンは、ティルニー氏がいることを早くイザベラに教えたいのだが、イザベラの姿はどこにも見当たらなかった。イザベラとジェイムズは別の組にいるのだ。キャサリンは仲間からも知り合いからも離れてしまった。いやなことがあまりにもつぎつぎに起きるので、キャサリンはこういう有益な教訓を得た。舞踏会であらかじめパートナーが決まっているということは、必ずしも若い女性の威厳や楽しみを増すとはかぎらないということだ。この教訓的な物思いにふけっていると突然肩を叩かれて、彼女は我に返った。振り返ると、ヒューズ夫人とミス・ティルニーと若い紳士が立っていた。

「ミス・モーランド、お邪魔して申し訳ありません」とヒューズ夫人は言った。「どうしてもミス・ソープ（イザベラは長女なのでこう呼ばれる）が見つかりませんの。それでソープ夫人が、あなたならこのお嬢さまを隣りに入れてくださるだろうっておっしゃいますので」

キャサリンはヒューズ夫人の願いを喜んで受け入れた。これほど喜んで受け入れてくれる人は、部屋じゅうどこを探してもいないだろう。ふたりのお嬢さまはお互いに紹介され、ミス・ティルニーは、キャサリンの親切に心から感謝の言葉を述べ、一方、ほんとうの心のやさしさを持ったキャサリンは、それを恩に着せるようなことはまったくなかった。ヒューズ夫人は、自分の預かったお嬢さまをこのような立派なお嬢さまに託したことに満足し、ソープ夫人のところへ戻っていった。

ミス・ティルニーはスタイルがよくて、美しい顔立ちで、とても感じのいい表情をしていた。イザベラ・ソープのような際立った派手さはないし、流行の最先端という感じもないが、ほんものの優雅さが感じられた。その態度には、良識と育ちの良さが現われ、すこしも内気な感じはしないが、必要以上にあけっぴろげなところもなかった。とても魅力的なお嬢さまだと誰もが思うだろうが、本人は、舞踏会で男性の注目を集めようとは思っていないし、ちょっとしたことで有頂天になって狂喜したり、信じがたいほど怒り狂ったりすることもなさそうだった。

キャサリンは、ミス・ティルニーの感じの良さと、ティルニー氏の妹という事実に興味を引かれ、ぜひ友達になりたいと思った。だから、話題が見つかってそれを言う勇気と時間があるときは、すぐにミス・ティルニーに話しかけた。しかし、これらの条件がいつも揃うというわけにはいかないので、そう急に親しくなることはできなかった。あなたはバースが好きですか？　バースの建物とまわりの景色を美しいと思いますか？　絵は描きますか？　ピアノやハープは弾きますか？　歌は歌いますか？　馬に乗るのは好きですか？　といった会話で、交際の第一歩を踏み出すことしかできなかった。

二回目のダンス（同じ相手と二回つづけて踊るのが当時の慣例だった）が終わると、キャサリンは誰かに腕をつかまれるのを感じた。忠実な親友イザベラだった。イザベラはひどく上機嫌に言った。

「ああ、やっと見つけたわ。ねえ、キャサリン、あなたをずっと探していたのよ。なぜこの組で踊っていたの？　私が向こうの組にいるのはわかっていたでしょ？　あなたがいなくてほんとに寂しかったわ」

「まあ、イザベラったら、私があなたのところへ行けるはずがないでしょ？　あなたがどこにいるのかもわからないのに」

「やっぱりね、私もそうだと思って、あなたのお兄さまに何度もそう言ったのよ。でもお兄さまは私の言うことを信じようとしないの。『モーランドさん、キャサリンを探してきて』って私は何度も言ったのに、お兄さまはぜんぜん動こうとしないの。ね、モーランドさん、そうでしょ？　男性って、呆れるほどものぐさね！　ねえ、キャサリン、私はお兄さまを、あなたがびっくりするくらい叱ったのよ。私はこういうものぐさな人には、遠慮なんてしませんからね」

「ねえ、イザベラ」とキャサリンは、イザベラをジェイムズから引き離しながら言った。「頭に白いビーズを巻いたお嬢さまを見て。あれはティルニー氏の妹さんよ」

「えっ？　ほんとに？　よく見せて。まあ、すてきな人ね！　あんな美しい人、見たことないわ！　でも、彼女の麗しきお兄さまはどこにいらっしゃるの？　この部屋にいるの？　いるならすぐに教えて。ああ、早く見たいわ。あら、モーランドさん、あなたは聞いちゃだめ。あなたの話をしてるわけではないわ」

「でも、そのひそひそ話は何ですか？　いったい何事ですか？」とジェイムズが言った。

「ほらね、こうなるとわかっていたの。男性って、ほんとに好奇心旺盛ね！　女性は好奇心が強いなんてとんでもないわ！　男性の好奇心と比べたら無に等しいわ。でもいまは我慢して。この話をあなたに聞かせるわけにはいかないの」

「ぼくが我慢できると思うかい？」とジェイムズが言った。

「まあ！　あなたのような人は見たことないわ。私たちの話を聞いて何になるの？　あなたの噂かもしれないわよ。だから聞かないほうがいいわ。あなたの悪口を聞かされるかもしれないわよ」

このたわいないおしゃべりがつづいているあいだに、ティルニー氏の話題は忘れられてしまったようだ。そのほうがいいとキャサリンは思ったが、あんなにティルニー氏を見たがっていたイザベラがすっかり忘れているのを見ると、首をかしげざるを得なかった。楽団が新しいダンス曲を演奏しはじめると、ジェイムズが美しいパートナー、イザベラ・ソープを連れて行こうとしたが、イザベラは抵抗して、大きな声でこう言った。

「モーランドさん、私はそんなこと絶対にしませんからね。なぜそんなに私を困らせるの？　ね、キャサリン、お兄さまは私になんて言ってると思う？　もう一度踊ってほしいとおっしゃるの。同じ相手と何度も踊るのはよくないし、舞踏会のルールに反するって、いくら言っても聞かないの。パートナーを変えなければ、私たちはバース中の噂になるわ」

「いや、そんなことはない」とジェイムズが言った。「こういう公の舞踏会では、同じパートナーとまた踊るのはよくあることです」

「まあ、よくそんなことが言えるわね！　でも男性は、目的を達するためならどんなことでも平気でするのね。ねえキャサリン、私の味方をしてちょうだい。そんなことは無理だとお兄さまに言ってちょうだい。そんなこととんでもないって、お兄さまに言ってあげて。ね、そうでしょ？」

「いいえ、べつに構わないと思うわ」とキャサリンは言った。「でも、あなたがそう思うなら、パートナーを変えたほうがいいわね」

「ほらね！」とイザベラが大きな声で言った。「妹さんの言うこと聞いたでしょ？　でもあなたは、妹さんの言うことなんて聞かないわね。いいわ、でもこれだけは覚えておいてね。私たちのことがバース中の噂になっても、私のせいではありませんからね。さあ行きましょう、キャサリン、お願いだから私のそばにいてね」

こうしてイザベラとジェイムズは、元の場所へと戻っていった。ジョン・ソープはいつのまにかいなくなっていた。キャサリンは、すでに一度申し込みをしてくれたティルニー氏が、もう一度声をかけてくれないかと思い、アレン夫人とソープ夫人のところへ急いで戻った。彼がまだそこにいるかもしれないと思ったのだ。でももうそこにはいなかったし、まだいるかもしれないと期待したのがおかしいと、キャサリンは反省した。

「ねえ、キャサリン、パートナーはお気に召しましたか？」とソープ夫人が、息子のジョンを褒めてもらいたくて言った。

「ええ、とても」とキャサリンは言った。

「それはよかったわ。ジョンはとても魅力的でしょ？」とソープ夫人は言った。

「ティルニー氏にお会いになった？」とアレン夫人が言った。

「いいえ。どこにいらっしゃるんですか？」

「ついさっきまでここにいらっしゃったの。ぶらぶらしているのも飽きたから踊ってくると言っていたわ。だからあなたに会えば、あなたに申し込むと思ったの」

「どこにいらっしゃるのかしら？」とキャサリンは部屋を見まわした。だがすぐに、若い女性の手を引いてダンスに加わるティルニー氏の姿が目に入った。

「あら、お相手が見つかったのね。あなたに申し込んでくだされればよかったのに」とアレン夫人は言い、ちょっと間を置いてから、「とても感じのいい青年ね」とつけ加えた。

「ほんとにそうなのよ、アレン夫人」とソープ夫人が満足そうにほほえみながら言った。「母親の私が言うのもなんですけど、あんな感じのいい青年はどこを探したっていませんわ」

この見当違いの返事を聞いたら、たいていの人は面食らうだろうが、アレン夫人はすこしも当惑した様子はなく、ちょっと考えてからキャサリンにささやいた。

「ソープ夫人は、息子さんのことと勘違いしたのね」

キャサリンはがっかりして無性に腹が立った。狙っていたものをわずかな差で取り逃がしたらしいのだ。そう思うと悔しくて、ジョン・ソープに愛想のいい返事をする気にはとてもなれなかった。すぐあとにジョンがやってきて、「ミス・モーランド、ぼくたちはもう一度いっしょに踊ることになりそうですね」と言ったのである。

「あら、とんでもありません」とキャサリンは言った。「私たちはもう二回踊りましたわ（七十七頁の注参照）。ありがとうございました。私は疲れましたのでもう踊りません」

「おや、そうですか？　それじゃ舞踏室を歩きまわって、みんなをからかいましょう。ぼくについていらっしゃい。この部屋の一番おかしな四人をお見せしますよ。ぼくのふたりの妹とそのパートナーです。さっきから彼らをからかっていたんです」

キャサリンはまた固く辞退した。仕方なくジョンは、ひとりで妹たちをからかいに行った。そのあとはとても退屈な晩となった。ティルニー氏はお茶のときもキャサリンたちから離れて、パートナーのグループに加わってしまった。ミス・ティルニーは同じグループにいたが、キャサリンのそばには座らなかった。ジェイムズとイザベラは自分たちの話に夢中で、イザベラは一度だけキャサリンにほほえみかけて、手を握って、「ね、キャサリン」と一回言ってくれただけだった。

第九章

昨夜の出来事はキャサリンをみじめな気持ちにしたが、その不幸はつぎのように進行した。まず、舞踏会場にいるときに、まわりのすべての人間に漠然と不満を感じはじめ、突然猛烈な疲労感に襲われ、一刻も早く家に帰りたくなった。そしてパルトニー・ストリートの宿に帰ると、こんどは猛烈な空腹感に襲われ、空腹を満たすと、一刻も早くベッドに入りたくなり、これが苦しみのピークだった。なぜなら、ベッドに入るとたちまちすやすやと眠りに落ち、九時間ぐっすりと眠り、翌朝目が覚めると気分爽快で、すっかり元気を取り戻し、ただちに新たな希望と新たな計画へと向かったからである。最初に思いついたのは、ぜひミス・ティルニーと親交を深めたいということであり、最初に決意したのは、昼ごろにポンプ・ルームに行って彼女を探すことだった。バースに着いたばかりの人はたいていポンプ・ルームに行くから、そこで彼女に会えるにちがいない。ポンプ・ルームは、すてきな女性を見つけて友情を深めるにはとても都合のいい場所だし、内緒話や打ち明け話をするにはもってこいの場所なので、キャサリンがここでもうひとり友達をつくろうと決心したのは、きわめて当然のことだった。

今日の計画が決まったので、キャサリンは朝食を終えると、静かに座って本を読みはじめた。時計が一時を打つまでは、ここを動かずに本を読みつづけるのだ。そう決心すると、アレン夫人が何か言っても、大きな声を出しても、キャサリンはもう慣れっこになっているので、読書の妨げにはならなかった。アレン夫人は頭がからっぽで、物事を考える能力がないので、長いおしゃべりはしないが、まったく黙っていることもできないのだ。夫人は刺繡仕事をしているときも、針がなくなったり糸が切れたりするたびに、あるいは通りから馬車の音が聞こえたり、服にシミを見つけたりするたびに、返事をする人がいてもいなくても、大きな声でそれを口にせずにはいられないのだ。

十二時半ごろ、びっくりするような大きなノックの音が聞こえたので、アレン夫人は急いで窓に駆け寄って外を見た。

「あら、玄関にオープン型の馬車が二台とまっているわ。一台は召使が乗っているだけ。もう一台には、あなたのお兄さまとミス・ソープが乗っているわ」

夫人がキャサリンにそう言うか言わないうちに、もうジョン・ソープが階段を駆け上がってきて、大声でこう言った。

「さあ、ミス・モーランド、お迎えに来ましたよ。だいぶ待ちましたか？　でも、これ以上早く来られなかったんです。馬車屋の馬鹿おやじが、ましな馬車を見つけるのに時間がかかってしまって。でもあの馬車は間違いなく、この通りを出る前にこわれちゃいますよ。こんにちは、アレン夫人。昨夜の舞踏会は最高でしたね。さあ、ミス・モーランド、急いでください。みんな早く出発したくてうずうずしてるんです。早く馬車を転覆させたいんですよ」

「あの、何のことですか？　皆さんどこへ行かれるんですか？」とキャサリンが言った。

「どこへ行く？　おや、約束を忘れたんですか？　今日みんなでドライブに行く約束をしたじゃないですか！　頭のほうは大丈夫ですか？　クラヴァートン丘陵（バースの南東にあり、きのう約束したランズダウン・ヒルとは反対方向にある）へ行くんですよ」

「そういえば、そんな話が出たことは覚えていますけど」キャサリンはアレン夫人の意見を求めるかのように、夫人のほうを見ながら言った。「でも、ほんとにいらっしゃるとは思わなかったわ」

「来ると思わなかった？　そいつはいいや！　でも、もし来なかったら大騒ぎになっただろうな」

キャサリンはアレン夫人にさかんに目配せをして、無言の訴えを行なったが、夫人からはまったく反応がなかった。そもそもアレン夫人は、自分の気持ちを目配せで伝える習慣がないので、誰かにそうされても気がつかないのである。キャサリンは、ミス・ティルニーとの再会はすこし遅らせても構わないと思い、それに、イザベラが兄のジェイムズとドライブに出かけるのだから、自分がジョン・ソープとドライブに出かけても問題ないだろうと思い、目配せはやめて、アレン夫人にこう言った。

「おばさま、どう思いますか？　一、二時間出かけてもよろしいですか？　ドライブに行ってもよろしいですか？」

「どうぞお好きなように」とアレン夫人は、キャサリンの付き添い役なのに、自分には関係のない話であるかのように、穏やかな調子で言った。

キャサリンは忠告に従い、着替えをするために急いで部屋を出た。ジョン・ソープは、窓から見える自分の二輪馬車をアレン夫人に褒めてもらってから、ふたりでキャサリンを褒めようとすると、部屋を出て数分後だがもうキャサリンが戻ってきた。「行ってらっしゃい」という夫人の言葉に送られて、キャサリンとジョンは急いで階段をおりて外へ出た。そして馬車に乗る前にキャサリンは、友達の義務としてイザベラのところへ駆け寄った。

「まあ、キャサリン！」とイザベラは大きな声で言った。「あなた、身支度に三時間はかかったわね。体の具合が悪いんじゃないかと心配したわ。昨夜の舞踏会はほんとに楽しかったわね。話したいことが山ほどあるわ。でも急いで馬車に乗って。早く出発したいのよ」

キャサリンはイザベラの命令に従って、自分が乗る馬車へ向かったが、イザベラがジエイムズに大きな声でこう言っているのが聞こえた。

「ほんとにかわいい人ね！　私は彼女に夢中なの！」

「怖がってはいけませんよ、ミス・モーランド」ジョン・ソープはキャサリンに手を貸して馬車に乗せながら言った。「出発のときに、馬がちょっと暴れるかもしれません。いつも出発のときに、突然後ろ脚で一、二度蹴り上げるんです。それから一分ほど、てこでも動きません。でも、ご主人さまは誰かすぐにわかります。元気がよくて、ふざけるのが大好きですが、悪いやつじゃありません」

キャサリンはこの説明を聞いて怖くなったが、引き返すにはもう遅すぎるし、若いので、正直に怖いと言うこともできなかった。それで運を天に任せ、この馬のことは何でもわかっていると豪語するジョンを信頼し、おとなしく座席に座り、ジョンが隣りに座るのを見守った。すべての用意が整い、馬の鼻先に立っている召使にむかって、「出せ！」とジョンが偉そうに命令をくだすと、馬は信じられないほど静かに出発した。突然後ろ脚で蹴り上げたり跳ねたりすることはいっさいなかった。キャサリンは危うく難を逃れたことを喜び、感謝と驚きをもってその喜びを口にした。するとジョンは、待ってましたとばかりにこう説明した。馬がこんなに静かに出発したのは、自分の巧みな手綱さばきと、的確かつ機敏な鞭の使い方のおかげである、と。そんなに完璧に馬を御せるのなら、馬が暴れるかもしれないなんて、私を不安にさせるようことを言わなくてもいいのに、とキャサリンは思ったが、ともかく、すばらしい腕前の御者に乗せてもらってよかったと思った。馬はそのままおとなしく走りつづけ、元気すぎる様子などまったくないし、(この馬は時速十マイル以下で走るなんてあり得ない、とジョンは言っていたけれど)それほどびっくりするような速さでもなかった。それがわかるとキャサリンは安心し、二月の晴れた穏やかな日に、気分爽快な外気を吸って、大いにドライブを楽しもうと思った。最初の短い会話のあと、数分間沈黙がつづいたが、ジョン・ソープが突然こう言った。

「アレン老人はものすごい金持ちなんでしょうね?」

キャサリンには何のことかさっぱりわからなかった。ジョンはもう一度質問をくり返し、「アレン老人ですよ。あなたと一緒にいる」とつけ加えた。

「あら、アレン氏のことですか? ええ、お金持ちだと思います」とキャサリンは言った。

「それで、子供は一人もいないんですか?」

「ええ、一人も」

「子供のつぎに権利がある相続人にはおいしい話だな。アレン氏はあなたの名親なんでしょ?」

「私の名親? いいえ、違います!」

「でも、あなたはいつもアレン夫妻と一緒にいるじゃないですか」

「ええ、いつも一緒にいますけど」

「やっぱりね。それが聞きたかったんです。あの老人はすごくいい人みたいだな。若いころは贅沢な暮しをしたんだろうな。派手に飲み食いしなけりゃ、痛風になるわけないもの。いまでも、毎日ワインを一本飲むのかな？」

「毎日ワイン一本？　とんでもない！　なぜそんなことを考えるんですか？　アレン氏はたいへんな節制家よ。昨夜だって酔っ払っていなかったでしょ？」

「おやおや！　女性というのは、男がいつも酔っ払うと思ってるんだな。でもまさか、男がワイン一本でへべれけになるとは思わないでしょ？　ぼくはこう信じてる。世界中の男が毎日ワインを一本飲めば、現在の世の中の混乱は半分に減るだろうって。これはわれわれにとってじつに喜ばしいことですよ」

「そんなこと信じられません」

「いや、ほんとにそうなれば、何千人もの人々が助かるはずだ。イギリスにおけるワインの消費量は、消費されるべき量の百分の一にすぎない。わが国の霧の多い気候には、ワインが絶対に必要なのに」

「でもオックスフォード大学では、大量のワインが飲まれていると聞いていますけど」

「オックスフォード大学？　いやオックスフォード大学では、いまはそんなに飲みません。大酒飲みなんていませんよ。四パイント（約二・三リットル）以上飲むやつなんてめったにいない。このあいだのぼくの部屋のパーティーでは、一人平均五パイント飲んだけど、その程度で、常軌を逸してるって言われましたからね。ぼくのワインはとびきり上物ですよ。オックスフォード大学じゃめったにお目にかかれない。ね、どれくらい上物かおわかりでしょ？ とにかくこれで、オックスフォード大学の連中がどれくらい飲むかわかったでしょ？」

「ええ、よくわかりましたわ」キャサリンはむきになったように言った。「私が思っていたよりもたくさんお飲みになるということがわかりましたわ。でも私の兄はそんなに飲まないと思います」

キャサリンがこう言うと、ジョンは大声で何か叫んだが、呪いの言葉みたいな叫び声以外は、何を言っているのかわからなかった。ジョンが言い終わるとキャサリンは、オックスフォード大学では大量のワインが飲まれているという確信をますます深め、兄は飲まないほうだとわかってほっとした。

それからジョンの話題は、自分の馬車の自慢話に戻った。彼の馬が元気に自由自在に走り、馬車のすばらしいスプリングと、馬のすばらしい走り方のおかげで、いかに快適に進むかということを、キャサリンはむりやり褒めさせられた。ジョンが褒めたことを彼女も褒めたが、彼より先に褒めることはできないし、彼以上に褒めることもできなかった。馬車に関するジョンの豊富な知識と、キャサリンの無知ゆえに、そしてジョンの早口と、キャサリンの内気さゆえに、それは不可能なことだった。キャサリンは新しい褒め言葉を思いつくことなどできないし、ジョンが褒めたことをおうむ返しにくり返すだけだった。そしてすぐにこういう結論に達した。ジョン・ソープ氏の馬車は、このタイプとしてはイギリスで最もすばらしい馬車であり、馬車はイギリス一すてきで、馬はイギリス一速くて、ジョン・ソープ氏はイギリス一の御者である、と。

キャサリンは、ジョンの馬車自慢は終わったと思い、すこしだけ話題を変えてこう言った。

「あの、ソープさん、私の兄の馬車がこわれるって、ほんとにそう思ってるわけではないでしょ？」

「こわれる？　ああ！　あんなおんぼろ馬車を見たことがありますか？　鉄は全部錆びてるし、車輪は十年前からすり減ってるみたいだし、おまけにあの車体ときたら！　ちょっとさわっただけでばらばらになりそうだ。あんな老いぼれ馬車は見たことがない！　いや、ありがたい！　われわれの馬車は立派です。五万ポンドもらっても、あんなおんぼろ馬車に乗るのはご免だな。二マイルだって走りたくない」

「まあ！」ぎょっとしたようにキャサリンは叫んだ。「それじゃ、すぐに引き返してください。私たちがどんどん先に行ったら、兄の馬車は絶対に事故を起こすわ。お願いです、ソープさん、すぐに引き返してください。兄の馬車をとめて、その馬車は危険だって教えてあげてください」

「危険？　それがどうしたって言うんです？　馬車がこわれても、転がり落ちるだけですよ。道路には泥がたっぷりあるから、転がり落ちるのも気持ちいいんじゃないかな。いや、御者の腕が確かなら馬車は安全です。ああいう馬車は、腕の確かな御者が運転すれば、おんぼろになったあとも二十年は使える。ぼくに五ポンドくれたら、あのおんぼろ馬車で、釘一本なくさずにヨークまで往復してみせますよ」

キャサリンは目を丸くして聞いていた。結局、兄の馬車はすぐにばらばらになってしまうのだろうか？　それとも、あと二十年使えるのだろうか？　同じ馬車に関するこれほど違った説明を聞いて、彼女は途方に暮れてしまった。キャサリンはその生まれ育ちゆえに、おしゃべりな人間の癖を知らないし、過剰な虚栄心をもった人間がくだらない主張をしたり、恥知らずな嘘をついたりするということを知らなかった。キャサリンの両親は、ごく平凡な現実的な人たちで、機知を楽しむ習慣はなく、父親はときどき駄洒落を言う程度だし、母親はときどきことわざを口にする程度だった。だから彼女の両親は、自分を偉く見せるために嘘をついたり、いまこう言ったのにつぎの瞬間に正反対のことを言ったりすることはいっさいなかった。

そういうわけでキャサリンは、しばらくのあいだ途方に暮れてこの問題を思案し、一度ならずジョンにむかって、「兄の馬車のことを、ほんとはどう思っているのですか？はっきり説明してください」と問いただそうとしたが、思いとどまった。ジョンははっきりした意見を述べるのは得意ではなさそうだし、前にあいまいに言ったことをはっきり説明することはできそうにないと彼女は思ったからだ。それにまさかジョンが、自分の妹であるイザベラと、自分の親友であるジェイムズを、ほんとに危険にさらすようなことをするはずがない。いま言えば簡単に危険を避けられるのに、そうしないのはどう考えてもおかしい。つまりジョンは、馬車が安全だということを知っているのだ。キャサリンはそう結論し、馬車のことを心配するのはやめることにした。

ジョンは、馬車のことはもう忘れてしまったようだった。そのあとの会話、というより彼の一方的なおしゃべりは、最初から最後まで全部自分の自慢話だった。たとえば、ある馬をただ同然で買って、とんでもない高値で売ったこと。ある競馬で彼の予想が的中したこと。ある狩猟会で、仲間の獲物を全部合わせたよりもたくさんの獲物を仕留めたこと（でもなぜか、弾は一発も命中しなかったそうだ）。それから、あるキツネ狩りで、犬を指図する彼の先見の明と熟練の技が、経験豊富な猟犬係の失策を救ったこと。同じくそのキツネ狩りのときだが、彼の馬の乗り方があまりにも大胆なので（といっても、なぜか彼だけは生命の危険にさらされることはないのだが）、ほかの連中は絶えず生命の危険にさらされ、首の骨を折った者が続出したこと（ジョンは平然とそう言った)。などなど。

キャサリンは、物事を自分で判断する習慣がないし、理想の男性像についてはっきりした考えを持っているわけではないが、ジョン・ソープのとめどない自慢話を我慢して聞いているうちに、「この人はほんとに感じのいい人なのかしら?」という疑問を抑えられなくなった。でもそんな疑問を抱くのは非常に大胆なことだった。ジョン・ソープは親友イザベラの兄であり、おまけに兄ジェイムズが、ジョン・ソープはどんな女性にも好かれるタイプだと太鼓判を押しているのだ。でもやはり、ジョンと一緒にいると一時間もしないうちにうんざりしてきたし、そのうんざりした気持ちは、パルトニー・ストリートの家に戻るまでますます募るいっぽうだった。だからキャサリンは、兄の言葉に逆らいたい気持ちになり、どんな女性にも好かれるジョン・ソープの魅力に疑いを持ちはじめたのだった。

四人がアレン夫人の宿に到着すると、イザベラがびっくりするような驚きの声を上げた。みんなでキャサリンを家の中まで送るには時間が遅すぎるとわかったからだ。

「あら! もう三時過ぎなの?(二十七頁の注参照)驚いたわ! 信じられないわ! そんなことあり得ないわ!」

イザベラは自分の時計を信じようとしないし、ジョンの時計も召使の時計も信じようとしなかった。理性によって言い聞かせても、事実によって言い聞かせても信じようとしなかった。しかし、ジェイムズ・モーランドが時計を取り出して事実であることを確認すると、ようやく納得した。するとこんどは、三時過ぎだという事実を自分が疑ったことが、驚くべきことであり、信じられないことであり、あり得ないことだった。そこでイザベラは、「二時間半がこんなにあっという間に過ぎたのは生まれて初めてだわ！」と何度もくり返し、「ね、キャサリン、あなたもそうでしょ？」とキャサリンに賛同を求めた。キャサリンは、いくらイザベラを喜ばすためでも、ジョン・ソープとの二時間半のドライブがあっという間に過ぎたなどと、嘘をつくことはできなかった。でもイザベラは、キャサリンの返事など待っていなかったので、その反対意見は聞かずにすんだ。イザベラは自分の思いに没頭していた。キャサリンを家の中まで送らずに帰らなければならないということが、身を切られるほど残念なのだ。「ね、キャサリン、あなたとはもうずいぶん話らしい話をしていないわね。一緒にお話ししたいことが山ほどあるのに、私たち、もう二度と会えないような気がするわ」というわけでイザベラは、哀切きわまりないほほえみを浮かべ、目は笑っているけれど、意気消沈したように別れを告げて立ち去った。

キャサリンが家に入ると、アレン夫人も、午前中の暇つぶしをあれこれ済ましてちょうど戻ったところだった。

「あら、戻ったのね。ドライブは楽しかったでしょ？」と夫人は言った。

キャサリンは、ドライブが楽しかったかどうかについて反論するつもりはないし、その気力もないので、「はい、ありがとうございます。ほんとにすばらしいお天気でした」と言った。

「ソープ夫人もそう言っていたわ。若い人たちがドライブに出かけたことをとても喜んでいたわ」

「ソープ夫人にお会いになったんですか？」

「ええ、あなたたちが出かけたあと、すぐにポンプ・ルームへ行ったの。そこでソープ夫人にお会いして、たくさんお話をしたの。今朝は市場へ行っても牛肉を買えなかったそうよ。とても品薄なんですって」

「ほかにお知り合いの方にお会いになりましたか？」

「ええ、一緒にクレッセント広場を散歩することになって、そこでヒューズ夫人とティルニー兄妹にお会いしたわ」

「えっ、ほんとに？　それで、お話もしたんですか？」

「ええ、三十分ほど一緒にクレッセント広場を散歩したわ。とても感じのいいご兄妹ね。ミス・ティルニーは、とてもきれいな水玉模様のモスリンの服を着ていたわ。いつもすてきな服を着ていらっしゃるんでしょうね。ヒューズ夫人が、ティルニー家のことをいろいろ話していたわ」

「たとえばどんなことですか？」

「いろいろおっしゃっていたわ。ティルニー家のことばかり話していたわ」

「グロスター州のどこのご出身か言っていましたか？」

「もちろんよ。でも、ちょっと忘れたわ。でもとにかく、とても立派な人たちで、たいへんなお金持ちなんですって。ティルニー夫人は、旧姓ミス・ドラモンドで、ヒューズ夫人の学校友達なんですって。ミス・ドラモンドはたいへんな財産家で、結婚したときに、お父さまから二万ポンドと、婚礼衣装代として五百ポンドもいただいたんですって。お店から届いた婚礼衣装を、ヒューズ夫人は全部見せていただいたそうよ」

「ティルニーご夫妻は、いまバースにいらっしゃるんですか？」

「ええ、いらっしゃると思うけど、ちょっとわからないわ。あ、そうだわ、おふたりとも、もう亡くなったんじゃないかしら。少なくとも、お母さまは亡くなったはずよ。そう、間違いないわ。ティルニー夫人はもう亡くなったわ。ヒューズ夫人がこうおっしゃっていたもの。ティルニー夫人つまりミス・ドラモンドは、結婚式のときに、とても美しい真珠の装身具一式をお父さまからいただいたんだけど、その真珠の装身具一式を、いまはミス・ティルニーがお持ちなの。つまり、ティルニー夫人が亡くなったときに、形見としてミス・ティルニーに贈られたの」

「私と踊ってくださったティルニー氏には、男のご兄弟はいらっしゃらないんですか？」

「さあ、それはちょっとわからないわね。男のご兄弟はいらっしゃらないと思うけど……でもとにかく、とても立派な青年だし、将来有望だって、ヒューズ夫人がおっしゃっていたわ」

キャサリンはこれ以上質問するのはやめた。アレン夫人がティルニー氏に関する情報を何も持っていないことはわかったし、ほんとうに残念なことに、ティルニー兄妹に会う絶好の機会を逃したこともわかった。こうなるとわかっていたら、絶対にドライブなんかに出かけなかっただろう。でも事実はこうなのだから、キャサリンは自分の不運を嘆いて、失ったものの大きさを考えるしかなかった。そしてはっきりしたことは、今回のドライブはぜんぜん楽しくなかったし、ジョン・ソープはじつに不愉快な人物だということだった。

第十章

アレン夫妻とソープ一家とモーランド兄妹は、その日の晩、劇場で顔を合わせた。キャサリンとイザベラは並んで座ったので、イザベラは、長いこと別れ別れになっていたあいだに積もりに積もった話を、すこしでも話す機会を与えられた。「ああ、大好きなキャサリン！　やっと会えたわね！」キャサリンがボックス席に入って隣りに座ると、イザベラは言った。それから、反対側の隣りに座っているジェイムズ・モーランドにむかって、「ねえ、モーランドさん、今夜はもう、あなたとはひと言もお話をしないわよ。いいわね、そのつもりでいてね」そしてまたキャサリンにむかって、「ああ、キャサリン、あれからずっとどうしていたの？　でも、そんなこと聞く必要はないわね。相変わらずとてもおきれいですもの。今日の髪型はいつもよりすっごくすてきよ。ほんとにいけない人ね。すべての男性を虜《とりこ》にするつもり？　ジョンお兄さまは、間違いなくあなたに夢中よ。それからティルニー氏は――いいえ、これももうはっきりしてるわね。いくらあなたが謙虚でも、もう彼の愛情を疑うことはできないわね。

バースに戻ってきたことが何よりの証拠よ。ああ！ 早くティルニー氏にお会いしたいわ！ ほんとにじれったいわね。世界一すばらしい青年だって、私の母が言っていたわ。母は今朝、クレッセント広場で彼にお会いしたのよ。私にも早く紹介してね。いまこの劇場にいるかしら？ ね、いないかどうか見まわしてみて。ほんとに、ティルニー氏を見るまでは生きた心地がしないわ」

「いいえ、ここにはいないわ。どこにも見当たらないわ」とキャサリンは言った。

「ああ、憎たらしい！ 私は永遠にティルニー氏にお会いできないのかしら？ ところで、今日の私のドレスはどうかしら？ 悪くないと思うけど。袖は全部私のアイデアよ。でも、私がもうバースにうんざりしたのはご存じ？ 今朝、あなたのお兄さまと私は完全に意見が一致したの。バースは、二、三週間過ごすにはとてもいい所だけど、ここに住みたいとは思わないって。どんな都会よりも田舎のほうが好きだという点で、お兄さまと私は完全に趣味が一致したの。ほんとにおかしかったわ、何から何までぴったり一致するんですもの！ 意見が合わないことなんて一つもなかったわ！ あのときあなたがそばにいなくてよかったわ。あなたはとてもお茶目さんだから、お兄さまと私を冷やかすようなことを言ったにちがいないもの」

「とんでもないわ。そんなこと言わないわ」

「いいえ、ぜったいに言ったわ。あなたのことは私が一番よく知ってるわ。お兄さまと私はお互いのために生まれてきたようなものだとか、馬鹿なことを言って、私たちを冷やかしたにちがいないわ。お兄さまの前でそんなことを言われたら、私、困っちゃうわ。あなたの服のバラの刺繡みたいに、私の頰は真っ赤になってしまうわ。あなたがそばにいなくてほんとによかったわ」

「あんまりだわ。私は冷やかしたりなんかしないわ。それに、私の兄とあなたがお互いのために生まれてきたなんて、私は思ったこともないわ」

イザベラは、信じられないといった顔でほほえみ、そのあとは一晩中ジェイムズとばかり話していた。

ミス・ティルニーにもう一度会いたいというキャサリンの気持ちは、翌日になっても変わらなかった。それで、ポンプ・ルームに行く前にまた邪魔が入ったらどうしようと心配したが、幸い何の邪魔も入らず、突然の訪問客に足止めを食うこともなく、アレン夫妻とキャサリンは、いつもの時間にポンプ・ルームへ出かけた。そしていつもどおりの出来事と会話がくりひろげられた。アレン氏は鉱泉水を一杯飲むと、紳士たちの政治談議に加わり、自分たちが読んだ新聞記事についてあれこれ論評しあった。アレン夫人とキャサリンは一緒に部屋を歩きまわり、新しい顔や新しい帽子を見るたびに目を輝かせた。

それから十五分ほどすると、ソープ家の女性たち——ソープ夫人とイザベラとふたりの妹たち——がジェイムズ・モーランドに付き添われて、人込みのなかに姿を現わした。キャサリンはいつものように、すぐにイザベラと一緒になった。最近いつもイザベラに付き添っているジェイムズも一緒になり、三人はほかの連中から離れて、しばらく三人で部屋を歩きまわっていたが、やがてキャサリンは疑問を抱きはじめた。こうして三人だけでいて、しかも、ふたりから除け者同然の扱いをされている自分の状況は、はたして幸せなのだろうか？　イザベラとジェイムズは、感傷的な議論や活発な口論に夢中だが、感傷的な議論はささやき声で行なわれ、活発な口論には大きな笑い声が混じるので、キャサリンはその内容をひと言も聞き取れなかった。だから、たびたびふたりから賛同を求められても、意見の言いようがなかった。

だがとうとうキャサリンは、「ミス・ティルニーにお話があるので失礼します」と言ってイザベラから離れることができた。うれしいことに、ミス・ティルニーとヒューズ夫人が部屋に入ってくる姿が見えたのだ。こんどこそ絶対に友達になるのだという固い決意をもって、キャサリンはミス・ティルニーのところへ歩み寄った。きのう絶好のチャンスを逃したという悔しさがなかったら、これほどの勇気は出なかっただろう。ミス・ティルニーはとても丁重にキャサリンを迎え、熱心に交際を求めるキャサリンの態度に、同じくらいの熱意で応えた。こうしてふたりは、双方の連れがポンプ・ルームにいるあいだ、ずっとふたりだけで語り合った。ふたりの会話の内容と表現は、バースの社交シーズン中にこの部屋で何千回となく交わされたものと似たり寄ったりだと思う。しかし、これほど素朴で、正直で、うぬぼれとまったく無縁な会話が交わされたのは、きわめて珍しいことだろう。

「あなたのお兄さまは、ダンスがとてもお上手ですね!」とキャサリンは、会話が終わりに近づいたころ、大きな声で無邪気に言った。ミス・ティルニーはびっくりして、面白そうにほほえんで言った。

「ヘンリーお兄さま? ええ、兄はダンスがとても上手ですわ」

「このあいだの舞踏会の晩、お兄さまは私のことをずいぶん変だと思ったでしょうね。私は椅子に座っていたのに、先約がありますってお断わりしたの。でもあの晩はほんとうに、ジョン・ソープ氏と約束がしてあったんです」

ミス・ティルニーはただうなずくしかなかった。キャサリンはちょっと黙ってからつづけた。

「お兄さまにまたお会いしたときは、ほんとにびっくりしたわ。もうバースにはいらっしゃらないと思っていたんですもの」

「前にお目にかかったときは、兄はバースに二日しかいなかったんです。私たちの宿の手配をしに来たんです」

「そんなこととは知らず、どこへ行ってもお見かけしないので、もうバースにはいらっしゃらないと思ったの。月曜日にお兄さまと踊っていたお嬢さまは、ミス・スミスという方ですか?」

「ええ、ヒューズ夫人のお知り合いです」

「あなたのお兄さまと踊ることができてうれしかったでしょうね。ミス・スミスは美人だと思いますか?」

「さあ、とくに」

「お兄さまはポンプ・ルームにはいらっしゃらないんですね?」

「いいえ、ときどき来ます。今朝は、父と乗馬に出かけたんです」

ヒューズ夫人がやってきて、「帰る支度はできましたか」とミス・ティルニーに言った。

「ぜひ、すぐにまたお会いしたいですね」とキャサリンは言った。「明日の舞踏会にはいらっしゃいますか? コティヨン・ダンス(二人から八人で踊る活発なフランス舞踏)があるんです」

「たぶん行きます。いいえ、きっと行くと思います」

「まあ、うれしい。私たちもみんなで行きます」

ミス・ティルニーも「まあ、うれしい」と答え、ふたりは別れた。ミス・ティルニーは、新しい友人キャサリン・モーランドの心の内をいくぶん悟ったが、キャサリンのほうは、ティルニー氏にたいする思いを打ち明けてしまったとは思ってもいなかった。

キャサリンは幸せいっぱいな気分で帰宅した。今日の午前中は、彼女のすべての希望を叶えてくれた。つぎは明日の舞踏会に期待をかける番だ。楽しい未来が待っているのだ。どんなドレスを着て、どんな髪飾りにすればいいだろう。彼女はそのことで頭がいっぱいになってしまった。でもそれはあまり賢明なことではない。ドレスや髪飾りで目立とうとするのは愚かなことだ。衣装のことばかり心配していると、肝心の舞踏会の楽しみが台無しになってしまう。それはキャサリンにもよくわかっている。このあいだのクリスマスのときに、大叔母からそのことを説教されたばかりなのだ。それにもかかわらずキャサリンは、水曜日の夜はベッドに入ってもすぐには寝つかれず、明日は水玉模様のモスリンにしようか、刺繡つきのモスリンにしようか、十分間ほど大いに悩んでしまった。もし時間があったら、その舞踏会のためにドレスを新調したことだろう。それは珍しいことではないが、じつに大きな間違いである。そしてそれを忠告してやるのは、女性よりも男性、つまり、大叔母よりも兄のほうが適任かもしれない。新しいドレスにたいする男性の無関心ぶりは、男性のほうがよく知っているからだ。男性の心は、高価なドレスや新しいドレスにはほとんど影響されないものだ。その事実を知ったら、女性たちは大いに悔しがることだろう。男性の心は、モスリンの生地の風合いにも無関心だし、水玉模様や小枝模様や、薄地のモスリンや薄地のコットンにたいする特別な感受性も持ち合わせてはいない。つまり、女性は自己満足のために着飾っているのである。女性がいくら着飾っても、それだけよけいに男性から称賛されることはないだろうし、それだけよけいに女性から好かれることもないだろう。小ぎれいでまあまあ当世風の服なら、男性はそれで十分満足だし、女性は、すこしみすぼらしい服や、すこしおかしな服のほうに、かえって好感を持つことだろう。しかし、こういうまじめな意見がキャサリンの心を乱すことはなかった。

キャサリンが木曜日の晩にアパー・ルームズに入っていったときの気持ちは、この前の月曜日の晩とはまったく違っていた。あの晩は、ジョン・ソープとのダンスの約束で有頂天になっていたが、今夜は、また彼から申し込まれたら大変だと思い、ジョンの視線を避けることばかり考えていた。ティルニー氏から三度目の申し込みを期待することはできないし、期待するのもおかしいが、それでもやはり、今夜の彼女の願いと希望と計画は、その一点に集中しているのだ。若い女性なら、このような危機的状況に立たされたヒロインに必ずや同情してくださるだろう。若い女性なら、同じような心の動揺を経験したことがおありだろう。会うのを避けたい男性に追いかけられる危険を経験したことが、少なくともそういう危険を感じたことがきっとおありだろう。そして、好かれたい男性の関心を引こうと必死になった経験もきっとおありだろう。

舞踏室でソープ一家と合流すると、たちまちキャサリンの苦悩が始まった。ジョン・ソープがそばに来るのではないかと思うと落ち着かず、できるだけ彼の視界に入らないように身を隠し、彼から話しかけられると聞こえないふりをした。コティヨン・ダンスが終わってカントリー・ダンスが始まったが、ティルニー兄妹の姿はどこにも見当たらなかった。

「びっくりしないでね、キャサリン」とイザベラがささやいた。「私、あなたのお兄さまとまた踊るのよ。ね、ほんとにひどいでしょ？　恥を知りなさいって、お兄さまに言ったの。でも、あなたもまたジョンと踊れば、私が恥をかかなくてすむわ。ね、キャサリン、急いで私たちのところへ来てね。ジョンはいま向こうへ行ったけど、すぐに戻ってくるわ」

キャサリンには答える時間もなかったし、答える気もなかった。イザベラとジェイムズは行ってしまったし、ジョン・ソープはまだ見えるところにいるし、キャサリンは万事休すとあきらめた。でも、ジョン・ソープを見ているとか待っているとか思われたくないので、下を向いてじっと扇を見つめていた。この人込みのなかで、タイミングよくティルニー兄妹に会えるかもしれないと期待した自分の愚かさを反省したが、そのとき、突然誰かから声をかけられた。なんと、そのティルニー氏からまたダンスの申し込みをされたのだった。キャサリンがどんなに目を輝かせて返事をし、どんなに胸をときめかせて彼と踊りの組に加わったか、容易に想像できるだろう。こんな危ういところでジョン・ソープから逃れることができるなんて！　しかもティルニー氏から、顔を合わせたとたんダンスを申し込まれるなんて！　まるで私と踊るために私を探していたかのようではないか！　この世にこれ以上の幸せがあるだろうか！

ところが、ふたりが静かな場所に落ち着くと、キャサリンは突然ジョン・ソープから声をかけられた。なんと彼はすぐうしろに立っていたのだ。

「やあ、ミス・モーランド！　これは一体どういうことですか？　あなたはぼくと踊るのだと思っていたのに」

「あら、それは変ですわ。あなたは私にダンスの申し込みなどしていませんもの」

「とんでもない！　ぼくは舞踏室に来たときにすぐにあなたに申し込んだし、もう一度言おうと思って振り向いたら、あなたはもういなかったんです。こいつはとんでもないペテンだ！　ぼくはあなたと踊るために来たんです。このあいだの月曜日から約束ができていたと思っていたのに。そうだ、思い出した。あなたがロビーで外套を待っていたときに、ちゃんと申し込みましたよ。それにぼくは、この部屋の一番きれいな女性と踊るって、みんなに言ってあるんです。あなたがほかの男性と踊っていたら、ぼくはみんなの笑いものです」

「あら、それなら大丈夫。この部屋の一番きれいな女性は私だなんて、誰も思わないわ」

「冗談じゃない！　そう思わないやつがいたら、ぼくが蹴飛ばして部屋から追い出してやる！　ところで、あそこにいるあなたのお相手は誰？」

とキャサリンが彼の好奇心を満足させてやると、ジョン・ソープは言った。

「ティルニー氏です」

「ティルニー氏？　ふーん、知らないな。がっちりして、いい体格をしてるな。あの男は馬を欲しがってませんか？　ぼくの友人のサム・フレッチャーが、万人向きの馬を一頭売りたがっているんです。道路用としてはとびきり最高の馬で、しかもたったの四十ギニーです。ぼくが買いたいくらいです。いい馬を見たらすぐに買うのが、ぼくの信条ですからね。でも残念ながら、ぼくの目的には合わない。狩猟向きじゃないんです。ほんとに狩猟向きの馬なら、ぼくはいくらだって出す。いま三頭持ってるけど、三頭ともとびっきりの名馬です。八百ギニーもらったって手放すもんか。フレッチャーとぼくは、つぎの狩猟シーズンに備えて、レスター州に家を一軒買うつもりなんです。宿屋暮らしはじつに不愉快ですからね」

ジョン・ソープがキャサリンをうんざりさせる言葉はこれが最後となった。女性たちの一団が長い列となってふたりの間を通り過ぎ、ジョンは向こうへ押しやられてしまった。するとティルニー氏がキャサリンに歩み寄って言った。

「あの紳士があと三十秒あなたと一緒にいたら、ぼくの堪忍袋の緒は切れていただろうな。彼には、ぼくのパートナーの注意を奪う権利はないはずだ。ぼくはあなたにダンスの申し込みをし、あなたはそれを受け入れた。つまりあなたとぼくは、この舞踏会を楽しく過ごすために契約を結んだんです。だからこの舞踏会では、ぼくはあなただけを楽しませなくてはいけないし、あなたはぼくだけを楽しませなくてはいけない。誰かがふたりの間に割り込んだら、あなたかぼくか、どちらかの権利が侵害されることになる。カントリー・ダンス（二列の男女が向かい合って踊る）と結婚はじつによく似ていると、ぼくは思っています。お互いに忠節を誓い、お互いに相手を思うことが、ふたりのいちばん重要な義務なんです。ダンスのパートナーを選ばない者は、隣人のパートナーにたいしていかなる権利もないし、結婚相手を選ばない者は、隣人の奥さんにたいしていかなる権利もないんです」

「でも、カントリー・ダンスと結婚はぜんぜん違うわ！」

「つまり、比較するのは無理だとおっしゃるんですか？」

「ええ、ぜったい無理よ。結婚したふたりは簡単に別れることはできないし、一緒に家庭を築かなくてはならないけど、カントリー・ダンスをするふたりは、大きな部屋でほんの三十分向かい合うだけですもの」

「なるほど。それがあなたの、結婚とダンスの定義ですね。そういう見方をすると、結婚とダンスにあまり類似点はない。でも、結婚とダンスにつぎのような類似点があることは、あなたも認めるでしょう。つまり、結婚の場合もダンスの場合も、相手を選ぶ権利は男性にあって、女性は断わる権利しかない。そして結婚もダンスも、お互いの幸せのために結ばれた男女間の契約であり、ひとたび契約を結んだら、その契約が解消されるまで、ふたりはお互いの占有物となる。そしてお互いに、ほかの人と契約したほうがよかったと後悔させないように努力することが、いちばん重要な義務となる。そしてお互いに、隣人の美点に心を動かされないように心がけ、ほかの人と契約を結んだほうが幸せだったなどと思わないようにすることが、いちばん賢明なことです。どうです、以上の類似点はお認めになりますか？」

「ええ、たしかにそういう類似点はありますね。でもやはり、結婚とダンスはぜんぜん違うわ。結婚とダンスを同じように見ることは私にはできないし、同じような義務が伴うとも思えないわ」

「ひとつの点では、たしかに違いがある。結婚の場合は、男性は女性を経済的に支える義務があり、女性は男性のために楽しい家庭を築く義務がある。つまり、男性は食糧を供給し、女性はほほえみを供給するのです。でもダンスの場合は、男女の義務はまったく逆になる。ほほえみを浮かべて相手を気づかうのは男性の役目で、女性の役目は、扇とラヴェンダーの香水を供給することです。結婚とダンスの比較は無理だというのは、この義務の違いがあるからじゃないですか？」

「いいえ、そんなこと考えたこともありません」

「それは困ったな。でもひとつだけ言わせてください。あなたのお返事はちょっと問題です。結婚とダンスに同じような義務があることを、あなたはまったく認めないんですね。つまり、こう考えてよろしいですか？　ダンスのパートナーはお互いに重大な義務があると、ぼくは思っていますが、あなたはそう思っていないということですね？　たとえば、さっきの紳士が戻ってきたり、ほかの紳士があなたに話しかけた場合、あなたはその紳士と好きなだけおしゃべりをつづけて構わないし、パートナーのぼくは、いっさい文句は言えないということですね？」

「ジョン・ソープ氏は私の兄の親友ですから、話しかけられたらお話ししなければなりません。でも彼のほかには、この部屋に私の知り合いの男性は三人もいませんわ」

「ぼくが安心できる材料はそれだけですか？　ああ、情けない！」

「いいえ、これ以上の安心材料はありませんわ。知り合いの男性がいなければ、私から話しかけることは不可能ですし、だいいち私は、誰にも話しかけたくないんですもの」

「わかりました。どうやら安心してもよさそうですね。これで勇気をもって話をつづけられる。初めてお会いしたとき、あなたはぼくの質問に答えて、バースが大好きだとおっしゃったけど、いまでも大好きですか？」

「ええ、大好きですわ。ますます好きになったわ」

「ますます？　ほう、それは気をつけたほうがいい。さもないと、バースに飽きるのを忘れてしまう。バースに六週間も滞在したら、退屈するのが当然なんだけど」

「いいえ、私は六カ月滞在したって退屈しないわ」

「いや、バースはロンドンに比べると変化に乏しい町です。毎年みんなこう言います。「バースは、六週間くらい滞在するには楽しい町だけど、それ以上滞在すると、世界一退屈な町になるね」って。彼らは毎年冬にバースにやってきて、六週間の滞在を十週間か十二週間に延ばし、そろそろ金がなくなると帰っていくんですが、みんなそう言いますよ」

「他人は他人、私は私ですわ。ロンドンへたびたび行く人にとっては、バースなんてつまらないかもしれないけど、私は片田舎の小さな村に住んでいるので、自分の村よりバースのほうが退屈だなんて思いません。ここには面白いことがたくさんあるし、一日じゅう見たりしたりすることがありますけど、私の村には何もありませんもの」

「あなたは田舎が嫌いなんですか？」

「いいえ、大好きですわ。私は生まれたときから田舎に住んでいますけど、とても幸せです。でも、田舎の生活はバースの生活より単調です。田舎の生活は、来る日も来る日もまったく同じですもの」

「でも田舎の生活のほうが、時間の過ごし方が理性的ではありませんか？」

「私が？」

「そうじゃないですか?」

「そんなに違いはないと思うわ」

「バースにいると、一日じゅう娯楽を追い求めていませんか?」

「村にいるときだってそうですわ。でも村では、楽しいことはあまり見つかりません。私は毎日バースの町を歩きまわっていますけど、村にいるときも同じです。でもバースでは、どの通りでもいろいろな人に会いますけど、村ではアレン夫人を訪問するしかないんです」

ティルニー氏はひどく面白がって言った。

「アレン夫人を訪問するしかない? まさに、知的貧困を絵に描いたようですね! でも、あなたがこんどその知的貧困の生活に戻ったときは、話題がぐんと増えていますね。バースのことや、バースで経験したことをいくらでも話すことができますからね」

「ええ、そうですわ。アレン夫人にたいしても誰にたいしても、話題に困ることはないわ。村に帰ったら、バースの話ばかりするでしょうね。私はバースが大好きですもの。お父さまもお母さまもほかの人たちも、みんなバースに来てくれたら、私は幸せすぎて死にそうよ! ジェイムズお兄さまが来てくれてほんとにうれしかったわ。それに、私たちがここで親しくなったご家族は、以前から兄が親しくしていたご家族なんですって。バースに飽きるなんて考えられないわ!」

「あなたのような新鮮な気持ちで滞在している人にとってはそうでしょうね。でもバースの常連客にとっては、両親や兄弟や親友たちと一緒に来ることも、ぜんぜん珍しいことではないんです。それに常連客は、舞踏会や芝居見物を心から楽しむこともできないし、毎日の光景に感動することもできないんです」

キャサリンとティルニー氏の会話はここで終わった。いよいよダンスが始まるので、ほかのことに頭を使う余裕がなくなったのだ。

ふたりがダンスの組の最後尾につくと、キャサリンは、ひとりの紳士から見つめられていることに気がついた。見物人に交じって、ティルニー氏のすぐうしろに立っている紳士だ。堂々たる風格を備えた美男子で、若さの盛りは過ぎているが、活力の盛りは過ぎていない。その紳士は依然としてキャサリンを見つめたまま、ティルニー氏に何やら親しげにささやいた。キャサリンはその紳士の執拗な視線に狼狽し、自分の服装や態度が変なので見つめられているのかと思って赤面し、あわてて顔をそむけた。でも彼女が下を向いているあいだにその紳士は立ち去り、ティルニー氏が彼女に歩み寄ってささやいた。

「私があの紳士に何を聞かれたかおわかりでしょ？　私はあの人にあなたの名前を教えましたから、あなたもあの人の名前を知る権利があります。あの人はティルニー将軍、つまり私の父です」

「まあ！」とキャサリンは答えただけだったが、その「まあ！」には、必要なことがすべて表現されていた。つまり、ティルニー氏の言葉にたいする彼女の強い関心と、その言葉の真実性にたいする絶対的信頼が示されていた。キャサリンは、人込みの中を立ち去ってゆくティルニー将軍の後ろ姿を、熱烈な関心と賛嘆のまなざしで見送り、「ティルニー家って、みんな美男美女ぞろいなんだわ！」と心の中でつぶやいた。

舞踏会が終わる前に、ミス・ティルニーとおしゃべりをしたおかげで、キャサリンにまた新しい楽しみが約束された。彼女はバースに来てからまだ一度も田園地帯を散歩したことがないが、バース付近の散歩の名所をよく知っているミス・ティルニーの話を聞いているうちに、自分もぜひ行きたくなった。しかし、一緒に行く人がいないので行かれないと正直に言うと、ティルニー兄妹が、「それでは近いうちに一緒に行きましょう」と言ってくれたのである。

「まあ、うれしい！」キャサリンは思わず大きな声で言った。「私、そういう散歩がぜったい好きになると思うわ。近いうちじゃなくて明日行きましょうよ！」ティルニー兄妹はこの提案にすぐに賛成したが、ミス・ティルニーが、「雨が降らなければ」という条件を出した。でもキャサリンは「ぜったい降らないわ」と言い、明日の十二時に、ティルニー兄妹がパルトニー・ストリートに彼女を迎えにくることに決まった。

「忘れないでね、十二時よ」とキャサリンは別れぎわに、新しい友人ミス・ティルニーに言った。

もうひとりの友人はどうしたのだろう？　キャサリンはすでに二週間にわたって、年上の親友イザベラ・ソープの厚い友情とすばらしい人柄を楽しんだのだが、今夜はあれきり一度も姿を見かけなかった。キャサリンは自分の幸せをイザベラに知らせたいと思ったが、早めに引きあげたいというアレン氏の希望に喜んで従った。椅子駕籠に揺られて家に帰るときも、キャサリンの心は駕籠の揺れに合わせて踊っていた。

第十一章

翌朝はどんよりと曇った空模様で、太陽は二、三度ちょっと顔を出しただけだった。でもキャサリンは、自分の願いに都合がいいように天気のゆくえを占った。二月は、朝晴れていると、午後はたいてい雨になるが、朝曇っていると、午後は晴れてくるとよく言われるが、そのとおりにちがいないと彼女は思った。

「ね、だんだん晴れてくるでしょ？」

と彼女はアレン氏に意見を求めたが、アレン氏は天気を占う習慣もないし、部屋に晴雨計もないので、それは請け合えないと言った。そこでアレン夫人に意見を求めると、夫人の意見は非常にはっきりしていて、夫人はこう言った。

「雲がなくなってお日さまが出れば、今日は絶対にいい天気になりますよ」

ところが十一時ごろ、窓にぽつりぽつりと小粒の雨が落ちてきた。ずっと空を見守っていたキャサリンはすぐに気がつき、「ああ！　今日はやっぱり雨だわ」と、がっかりしたように言った。

「そうね、雨になると思っていたわ」とアレン夫人は言った。

「今日の散歩は中止だわ」とキャサリンはため息をついた。「でも、たいした雨ではないかもしれないわ。十二時前にやむかもしれないわ」

「そうね、そうかもしれないわね。でも、道がぬかるんで大変じゃないかしら」

「あら、そんなの問題ないわ。私は泥んこ道なんか平気よ」

「そうね、あなたは泥んこ道なんか平気ね」とアレン夫人は落ち着き払って言った。

しばらくすると、窓辺に立って空を見ていたキャサリンが言った。

「あら、ますます降ってきたわ！」

「あら、ほんとね。このまま降りつづいたら、通りは水浸しになるわね」

「もう四人も傘をさして歩いているわ。傘なんて大嫌い！」

「傘をさして歩くのはほんとうにいやね。私は椅子駕籠のほうがいいわ」

「朝はあんなに晴れそうだったのに！　ぜったい雨は降らないと思ったのに！」

「そうね、みんなそう思ったでしょうね。このままずっと雨だと、ポンプ・ルームに行く人は少ないでしょうね。主人は出かけるとき、外套を着ていってくれるといいんだけど、たぶん着ていかないわ。主人は外套が大嫌いなの。なぜ嫌いなのかしら。不思議ね。外套を着ると落ち着くと思うけど」

雨は降りつづき、土砂降りではないが雨足が早くなった。キャサリンは五分ごとに時計を見に行き、戻ってくるたびに、「あと五分たってもやまなかったら、今日の散歩はあきらめるわ」と雨をおどすように言った。時計が十二時を打ったが、雨はまだ降りつづいていた。

「もう散歩はだめね」とアレン夫人が言った。

「いいえ、まだあきらめないわ」とキャサリンは言った。「十二時十五分まではあきらめないわ。いつもそのころ雨が上がるんですもの。ほら、空がすこし明るくなってきたわ。あら、もう十二時二十分ね。それじゃ、もう完全にあきらめるわ。ああ！　ユードルフォみたいにいいお天気だといいのに！　イタリアのトスカーナ地方か南フランスみたいにいいお天気だといいのに！　あの哀れなセント・オーバン（『ユードルフォの謎』のヒロイン、エミリーの父）が死んだ夜みたいに！　あんなふうにすばらしいお天気だといいのに！」

十二時半になり、キャサリンが天気のことで気をもむのをやめ、これから晴れても散歩は中止だと思いはじめると、いつのまにか空が明るくなってきた。薄日が差してきたので彼女はびっくりし、まわりを見まわすと雲の切れ間が見えたので、窓辺に駆け寄って空を見上げ、さんさんと輝く太陽が早く顔を出すことを祈った。それから十分ほどすると、午後はすばらしい天気になることがはっきりし、「きっと晴れると思っていたわ」というアレン夫人の意見が正しいことが証明された。しかし、キャサリンはティルニー兄妹との散歩をまだ期待できるのだろうか？　それともさっきまでの雨で、ミス・

ティルニーは今日の散歩をあきらめたのだろうか？　その点はまだはっきりしなかった。道のぬかるみがひどくて、アレン夫人は外出する気になれないので、アレン氏はひとりでポンプ・ルームに出かけた。キャサリンが二階の窓から通りを眺めてアレン氏を見送っていると、二台のオープン型の馬車がやってきた。数日前にキャサリンを驚かせた馬車と同じで、乗っている人間も同じだった。

「あら！　イザベラと兄とジョン・ソープ氏だわ！　たぶん私を迎えにきたんだわ。でも私は出かけられないわ。ほんとに出かけられないわ。だってミス・ティルニーが来るかもしれないんですもの」

アレン夫人は賛成した。ジョン・ソープがすぐに二階へ上がってきたが、声のほうが先だった。階段を上がりながら、「ミス・モーランド！　急いでください！」と大きな声で叫んだのだ。ドアを開けながらジョンは言った。

「さあ、急いで、急いで！　すぐに帽子をかぶって。ぐずぐずしている暇はないんです。これからみんなでブリストルへ行くんです。こんにちは、アレン夫人」

「ブリストル！」とキャサリンは言った。「ずいぶん遠くへ行くんですね。でも私は今日は行かれません。約束があるんです。お友達を待っているところなんです」

そんなのは理由にならないとジョン・ソープは言って、アレン夫人に賛同を求めた。イザベラとジェイムズも部屋に入ってきてジョンに加勢した。

「ね、キャサリン、すてきでしょ？」とイザベラは言った。「みんなですてきなドライブに行くのよ。この計画を立てたあなたのお兄さまと私に感謝してね。朝食のときにふたりが突然思いついたの。ふたりが同時に思いついたの。憎たらしい雨が降っていなければ、二時間前に出発していたわ。でも大丈夫、夜は月明かりがあるし、きっとすばらしいわ。ああ、田舎の清らかな空気と静けさ！　考えただけでぞくぞくするわ。社交会館へ行くよりずっといいわ。これからクリフトン（温泉リゾート地）へ行って、そこでディナーを取って、そのあと時間があればキングズウェストン屋敷（庭園が有名）へ行くの」

「そんなところまで行けるかな？」とジェイムズ・モーランドが言った。

「悲観論者め！」とジョン・ソープが大きな声で言った。「その十倍だって行けるさ。キングズウェストン屋敷はもちろん、ブレイズ城（一七六六年に、裕福な商人によって、庭園の飾りとして建てられたまがい物の城）だってどこへだって行けるさ。でも、きみの妹さんは行かないと言ってるよ」

「えっ、ブレイズ城？　それは何ですか？」とキャサリンが大きな声で言った。

「イギリスで一番すばらしい城です。五十マイル離れていたって、ぜったいに見に行く価値がある」

「ほんとのお城なんですか？　古いお城なんですか？」

「イギリスで一番古い城です」

「小説に出てくるような古いお城ですか？」

「そのとおり。小説に出てくるような古いお城です」

「それじゃ、塔や長い廊下《ギャラリー》（古いお屋敷では、先祖代々の肖像画などが飾られている）もあるんですか？」

「一ダースはありますね」

「それじゃ私も見たいわ。でも……だめ、私は行かれないの」

「行かれない？」とイザベラが言った。「ねえキャサリン、それはどういう意味？」

「行かれないの。だって……」キャサリンはイザベラの微笑を恐れて、うつむいて言った。「ミス・ティルニーとお兄さまが迎えにきてくださるの。三人で郊外へ散歩に行くことになっているの。十二時に来る約束だったけど、雨が降ったので……でもこんなにいいお天気になったから、もうすぐいらっしゃると思うわ」

「いや、来やしないよ」とジョン・ソープが大きな声で言った。「だって、ぼくらがブロード・ストリートに入ったとき、あのふたりを見たんだ。彼の馬車は、明るい栗毛の馬に引かせたフェートン馬車（二頭立て四輪馬車）だろ？」

「さあ、知りませんけど」

「いや、間違いない。ぼくはこの目で見たんだ。あなたが言っているのは、昨夜あなたと踊っていた男でしょ？」

「ええ」

「それなら間違いない。さっきランズダウン・ロードを走っていくのを見ましたよ。とてもきれいなお嬢さんを乗せてね」

「えっ、ほんとに？」

「ほんとだとも。すぐに彼だとわかりましたよ。なかなかいい馬を持っているということもね」

「おかしいわね！　この泥んこ道では、散歩は無理だと思ったのかしら」

「当然だね。こんな泥んこ道を見たのは生まれて初めてだ。散歩なんてとんでもない！　こんな道を歩けるなら空だって飛べる！　この冬一番の泥んこ道だな。どこもくるぶしまでもぐっちゃうんだから」

イザベラがジョンの言葉を補強した。

「ね、キャサリン、ほんとに想像もできないような泥んこ道よ。さあ行きましょう。断わるなんてだめよ」

「私だってブレイズ城を見たいわ。でも全部見られるの？　どの階段も上がれるの？　どの部屋にも入れるの？」

「もちろんさ。隅から隅まで全部見られるさ」

「でもミス・ティルニーとお兄さまは、道が乾くまで一時間外出しただけかもしれないわ。それから迎えにくるかもしれないわ」

「大丈夫、その心配はない。ちょうど馬で通りかかった男にむかって、ティルニー氏が大きな声で言っているのが聞こえたんだ。「これからウィック・ロックス（風光明媚な小さな村）へ行くんだ」ってね」

「それなら私も行きます。おばさま、行ってもよろしいですか？」

「お好きなようにすればいいわ」

「アレン夫人、ぜひ行くように勧めてください」と三人が口をそろえて言った。

アレン夫人はこの訴えを無視できずに言った。

「そうね、それじゃキャサリン、行くことにしたらどう？」

　こうして二分後に四人は出発した。

　馬車に乗ったキャサリンの気持ちは、まことに落ち着かないものだった。ティルニー兄妹との散歩という大きな楽しみを失った悔しさと、ブレイズ城の見物という新しい楽しみへの期待と、種類はまったく違うが、ほとんど同じ程度の悔しさと期待に心を引き裂かれたのだ。何の伝言も寄こさずに簡単に約束を破るなんて、ティルニー兄妹はあんまりだと、キャサリンは思わざるを得なかった。十二時出発という約束の時間から、まだ一時間しか過ぎていないし、ひどい泥んこ道だと聞いたけど、彼女が見たところ、問題なく散歩ができそうな気がした。ティルニー兄妹に軽んじられたと思うと彼女の胸は痛んだ。でも一方、ユードルフォ城のような古いお城――ブレイズ城はユードルフォ城みたいな古いお城だと彼女は勝手に想像しているのだ――を探検できると思うと、その楽しみは、どんな悔しさも帳消しにできる大きな慰めとなった。

馬車は元気よくパルトニー・ストリートを進み、ローラ・プレイスを抜けていったが、ふたりはほとんど言葉を交わさなかった。ジョン・ソープはもっぱら馬に話しかけ、キャサリンは、破られた約束と壊れたアーチ、フェートン馬車と見せかけのタペストリー、ティルニー兄妹と落とし戸というぐあいに、ティルニー兄妹と古いお城に代わるがわる思いをめぐらせた。だが馬車がアーガイル・ストリートに入ってゆくと、キャサリンはジョンの声で我に返った。

「いますれちがったとき、きみを見つめていた女性は誰かな？」

「えっ？　誰？　どこ？」

「右手の歩道です。もう見えないでしょう」

キャサリンが振り返ると、ミス・ティルニーが兄の腕にもたれてゆっくりと歩道を下っていくのが見えた。向こうも振り返ってキャサリンを見た。

「馬車をとめて！　ソープさん、お願い、とめて！」とキャサリンは必死に叫んだ。「あれはミス・ティルニーよ。ほんとよ。ふたりが馬車で出かけたなんてなぜ言ったの？　とめて！　お願い、とめて！　ここでおりてふたりのところへ行きます」

だが何を言っても無駄だった。ジョン・ソープは馬に鞭を当てて速度を速めただけだった。キャサリンのほうを振り返るのをやめたティルニー兄妹は、ローラ・プレイスの角を曲がって見えなくなり、キャサリンもマーケット・プレイスへと突進していった。でもつぎの通りを走っているあいだも、彼女は馬車をとめてと頼みつづけた。

「お願い、ソープさん、お願いだからとめてください！　私は行かれません。行きたくありません。ミス・ティルニーのところへ戻らなくてはなりません」

だがジョン・ソープは笑いながら馬に鞭を当てて、ますます速度を速め、奇声を発して馬車を走らせつづけた。キャサリンは腹が立ったし困り果てたが、突進する馬車から飛び降りることはできないので、このまま乗っているしかなかった。でもジョン・ソープにたいする非難の言葉はゆるめなかった。

「ソープさん、なぜ私をだましたんですか？　ふたりが馬車でランズダウン・ロードへ走っていくのを見たなんて、なぜ嘘をついたんですか？　こんなこと我慢できません。ふたりは私を変な人だと思ったにちがいないわ。礼儀知らずだと思ったにちがいないわ。ふたりとすれちがったのに、私は声もかけなかったんですもの！　私がどんなに怒っているか、あなたにはわからないでしょうね。私はクリフトンにもどこにも行きたくありません。馬車から飛び降りてでもふたりのところへ戻りたいんです。ふたりがフェートン馬車で出かけたなんて、なぜ嘘をついたんですか？」

だがジョン・ソープは断固として自分を弁護し、あんなによく似た男は見たことがないと断言し、あれは間違いなくティルニー氏だったと言い張った。

ティルニー氏か否かの言い争いが終わっても、キャサリンとジョンのドライブは楽しいものにはなりそうになかった。キャサリンは、このあいだみたいに愛想よくジョンのお相手をすることはできなかった。彼の話にいやいや耳を傾け、返事もぶっきらぼうだった。いまの彼女にはブレイズ城が唯一の慰めであり、これからそこへ行くのだと思うとわくわくしたが、でも、ティルニー兄妹との散歩をあきらめるくらいなら、しかも、ティルニー兄妹から悪く思われるくらいなら、ブレイズ城探索の楽しみをあきらめたほうがましだと思った。たとえば、天井の高い長い続き部屋を歩きまわり、長いあいだ使われていない壮麗な家具の数々を見物する楽しみ。曲がりくねった狭い地下道を進んでゆくと、突然ぎーっと閉まる低い格子戸に行く手を阻まれる楽しみ。そして唯一のランプが突然の風に吹き消されて、真っ暗闇に取り残される楽しみ。こうした楽しみもすべてあきらめたほうがましだとキャサリンは思った。

だがそうするうちにも、ふたりを乗せた馬車は何事もなく走りつづけ、前方にようやくケインシャムの町が見えてきた。するとそのとき、うしろを走っているジェイムズ・モーランドから「おーい」という声がかかったので、ジョン・ソープは何事だろうと馬車をとめた。うしろの馬車が追いついてジェイムズが言った。

「そろそろ引き返したほうがいいよ、ソープ。今日はもう遅いから、これ以上行くのは無理だ。きみの妹さんもそう言ってる。パルトニー・ストリートを出発してからちょうど一時間になるけど、まだ七マイルしか来ていない。目的地までまだ八マイルはある。これじゃとても無理だ。出発するのが遅すぎたんだ。またの機会に延期して、今日は引き返そう」

「ぼくはどっちだっていい」ジョン・ソープはちょっと怒ったように答えた。

二台の馬車は向きを変えてバースへの帰途に着いたが、馬車が走り出すとすジョンが言った。

「あなたのお兄さんの馬があんなのろまじゃなけりゃ、もうとっくにクリフトンに着いてるはずだ。ぼくの馬に好きなように走らせれば、一時間でクリフトンに着いたはずだ。あのおんぼろ馬のペースに合わせて手綱を引きすぎたおかげで、ぼくの腕はへし折れそうだ。自分の馬と馬車を持たないなんて、モーランドも馬鹿なやつだ」

「いいえ、私の兄は馬鹿ではないわ」とキャサリンがむっとして言った。「兄には買えないんです」

「なぜ買えないんです？」

「そんなお金はないんです」

「それは誰の責任です？」

「誰の責任でもありません」

するとジョン・ソープは、ケチがいかにくだらないかということを、いつものわけのわからぬ大声でまくしたて、「あり余るほど金を持ってる人間が、自分の馬と馬車を買えないなら、いったい誰が馬と馬車を買うんです?」と言ったが、キャサリンはジョンの言う意味がわからないし、わかろうともしなかった。ティルニー兄妹との散歩がだめになり、その慰めになるはずだったブレイズ城の探検もだめになり、今日は失望の連続で、ジョン・ソープに愛想よくする気はますますなくなり、彼を感じのいい人だと思う気持ちもますますなくなった。このあとふたりがパルトニー・ストリートに戻るまでの一時間のあいだ、キャサリンはほんの二十語くらいしか話さなかった。

キャサリンが家に入ると、従僕からこういう事実を知らされた。彼女がドライブに出発した数分後に、若い紳士と令嬢が彼女を訪ねてきたそうだ。「ジョン・ソープ氏とドライブにお出かけになりました」と従僕が答えると、「私に何か伝言はありませんか」と令嬢が聞いたので、「いいえ、ございません」と答えると、令嬢は名刺を探していたが、あいにく持ち合わせがないと言って帰ったそうだ。キャサリンは、胸を裂かれるようなこの知らせに思いをめぐらせながら、ゆっくりと階段を上がっていった。階段を上がりきったところでアレン氏に会ったので、こんなに早く戻った理由を説明すると、アレン氏は言った。

「あなたのお兄さんが分別のある人でよかった。いや、みんな帰ってきてほんとによかった。今日のドライブは無謀な計画だったからね」

その晩は、みんなソープ家に集まって過ごした。キャサリンはティルニー兄妹とのことを思うと気持ちが落ち着かず、すっかり落ち込んでいた。でもイザベラはすこぶる上機嫌だった。ジェイムズ・モーランドと組んでやっているコマースというトランプ・ゲームの楽しさは、クリフトンの宿屋の静けさと、田舎の清らかな空気に十分匹敵すると思っているようであり、ロウアー・ルームズに行かないでよかったと何度も言った。「あんな所へ行く人たちはほんとにかわいそうね！　ああいう人たちの仲間にならなくてほんとによかったわ！　今日はちゃんとした舞踏会なのかしら？　まだダンスは始まっていないわね。私はあんな所へぜったい行かないわ。ときにはひとりで夜を過ごすのもすてきだわ。たぶん今日はたいした舞踏会じゃないわ。ミッチェル家の人たちは行かないそうよ。今日の舞踏会に行ってる人たちはほんとにお気の毒ね。でもモーランドさん、あなたは行きたくてうずうずしてるんじゃない？　きっとそうよ。でも私たちに遠慮する必要はないわ。あなたがいなくても私たちは大丈夫よ。でも男性って、自分をたいへんな重要人物みたいに思うのよね」

キャサリンはイザベラを非難したかった。「私にたいしても、私の悲しみにたいしても、あまりにも思いやりがなさすぎる」と思ったからだ。たしかに、誰もキャサリンの気持ちを考えていないようだし、イザベラが彼女に言った慰めの言葉も、まったく思いやりに欠けたものだった。

「ね、キャサリン、そんなに落ち込んではだめよ」とイザベラはささやいた。「そんなあなたを見ていると、私の胸が張り裂けてしまうわ。たしかにすっごくショックでしょうけど、みんなティルニー兄妹が悪いのよ。なぜ時間どおりに来なかったのかしら。たしかに道はぬかるんでいたけど、そんなこと問題じゃないわ。ジョンお兄さまも私も、泥んこ道なんてぜんぜん気にしないわ。友達のためなら、私はどんな泥んこ道だって気にしないわ。それが私の性格よ。ジョンお兄さまだってそうよ。私の兄はすっごく情が深いのよ。あっ、ちょっと待って! あなたにすばらしい札が行ったわね! キングでしょ、ね、そうでしょ? ああ、こんなにうれしいことはないわ! 私よりあなたにいい札が行ったほうが五十倍もうれしいわ」

さてこのへんで、キャサリン・モーランドを眠られぬベッドへ退出させることにしよう。これぞまさに真のヒロインの運命であり、今宵は、イバラがまき散らされた枕が涙に濡れることだろう。そしてこれから三カ月のあいだ、一晩でも安らかに眠れる夜があれば幸せと考えるべきだろう。

第十二章

「おばさま」と翌朝キャサリンがアレン夫人に言った。「今日ミス・ティルニーを訪問してもよろしいですか？　きのうのことをはっきり説明しないと落ち着かないんです」

「ぜひ行ってらっしゃい。でも、白い服を着ていかないとだめよ。ミス・ティルニーはいつも白い服を着ていますからね」

キャサリンは喜んで忠告に従い、白い服で身支度を整えると、ティルニー将軍の宿の住所を知るために、いつもより逸《はや》る気持ちでポンプ・ルーム（バース訪問者の名前と住所が記された芳名帳がある）へと出かけた。ミルソム・ストリートだということはわかっているが、正確な番地は知らないし、アレン夫人に聞くとあいまいな返事が返ってきて、ますますわからなくなってしまったからだ。キャサリンはポンプ・ルームで、ミルソム・ストリートにあるティルニー将軍の宿の正確な番地を確認すると、一刻も早くミス・ティルニーを訪問し、きのうのことを説明して許してもらうために、胸をどきどきさせながら急ぎ足で宿へ向かった。軽い足取りでバース教会の広場を抜け、ミルソム・ストリートのショッピング街に入ると、下を向いて歩いていった。どこかの店にイザベラやその家族がいて、顔を合わすといけないからだ。でも何事もなくティルニー一家の宿に到着すると、番地を確認してドアをノックし、ミス・ティルニーに面会を求めた。召使は、「ミス・ティルニーはご在宅だと思いますが、はっきりとはわかりません。失礼ですが、お名前をお聞かせ願えますか?」と言った。キャサリンは名刺を渡した。召使は二、三分して戻ってくると、明らかに嘘を言っているあわてた表情で、「申し訳ありません、私の思い違いでした。ミス・ティルニーはお出かけになりました」と言った。キャサリンは屈辱感に顔を赤らめて宿をあとにしたが、「いや、彼女は絶対に宿にいるはずだ。きのうのことをまだ怒っていて、私に会おうとしないのだ」と思った。

ミルソム・ストリートを戻りながら、もしかしたらミス・ティルニーの姿が見えないかと、二階の客間の窓を見上げたが、窓には誰の姿も見えなかった。だがミルソム・ストリートが終わるところでもう一度振り返ると、二階の窓ではなく、ちょうど玄関から出てきたミス・ティルニーの姿が目に入った。すぐあとにひとりの紳士が出てきたが、それは父親のティルニー将軍にちがいないとキャサリンは思った。ふたりはエドガーズ・ビルディングズのほうへ歩いていった。キャサリンはさらにひどい屈辱感に打ちのめされて、とぼとぼと帰り道を歩いていった。ミス・ティルニーはきのうのことを怒っていて、このような失礼な振る舞いに出たのだろうが、それにしてもあまりにも失礼だと、こんどはキャサリンが腹を立てそうになった。でもなんとか怒りの気持ちを抑え、こういう場合の上流社会の礼儀作法にたいする自分の無知を思い出した。そもそも自分が散歩の約束を破ったのがいけないのだが、こういう約束破りは、上流社会の礼儀作法の掟に照らすと、どの程度いけないことなのか、どの程度罰せられて当然なのか、つまり、相手からどの程度ひどい仕返しをされても仕方ないのか、そういうことがキャサリンにはまだよくわからなかった。

キャサリンは屈辱感に打ちのめされてすっかりしょげ返り、今夜みんなと芝居見物に行くのはやめようとさえ思った。だがその気持ちが長続きしなかったのも事実だった。というのは、すぐにこういうことを思い出したのだ。第一に、宿にとどまる理由がないこと。第二に、今夜の芝居はとても見たい芝居だということ。この二点である。というわけで彼女はみんなと芝居見物に出かけた。ティルニー家の人たちの姿は見当たらなかった。おかげで彼女は苦しむこともなかったし喜ぶこともなかった。ティルニー家の人たちはいろいろな嗜《たしな》みを身につけているけれど、芝居見物はあまり好きではないのかしら、とキャサリンは思った。でもたぶん、ロンドンですばらしい芝居をしょっちゅう観ているからここへは来ないのだろう。イザベラによると、ロンドンの芝居を観たあとは、「ほかの芝居はひどくて観られない」そうだから。でも今夜の芝居は、キャサリンの期待どおりとても面白かった。その楽しい喜劇は、彼女の心配事を一時的だがすっかり忘れさせてくれた。第一幕から第四幕までを楽しそうに観ていたキャサリンを見た人は、彼女がひどい悩みを抱えているとは夢にも思わなかっただろう。

ところが第五幕が始まったとき、ヘンリー・ティルニー将軍が反対側のボックス席に入る姿が、突然キャサリンの目に入り、彼女はたちまち恐ろしい不安と苦悩へと引き戻された。もう芝居見物を楽しむどころではないし、舞台に目を集中させることさえできず、二回に一回は、反対側のボックス席のほうへ目が行ってしまい、第五幕の第一場と第二場の間じゅう、何度もヘンリー・ティルニーのほうを見たのだが、彼は一度もキャサリンのほうを見なかった。彼は芝居に関心がないどころか、たいへんな芝居好きだということは明らかであり、第一場と第二場の間じゅう、一度も目をそらさずに舞台に見入っていた。だがとうとう彼もキャサリンのほうを見て、軽く会釈した。ああ、しかし、なんという軽い会釈だろう！　まったくにこりともせず、ほんのちょっと見つめ合うこともせず、すぐに舞台のほうへ視線を戻してしまったのだ！　キャサリンはあまりにもみじめで、どうにもじっとしていられない気持ちだった。彼が座っているボックス席にすぐに駆け寄って、きのうの行き違いの説明をいますぐに聞いてもらいたいと思った。小説のヒロインのような感情ではなく、ごく自然な感情が彼女を襲った。彼の非難がましい冷たい態度によって自分のプライドが傷つけられたとは思わなかった。

「自分は無実であり、疑う彼が悪いのだから、こちらが怒っていることを示すべきだ」

とは思わなかったし、「きのうの件は彼のほうから聞いてくるべきであり、こちらは彼を避けたり、ほかの男性とたわむれたりして、彼の過ちを悟らせるべきだ」とも思わなかった。キャサリンは、今回の行き違いという不幸な出来事の責任を、すべてわが身に引き受けた。少なくともそういう態度で、弁明の機会をただひたすら待つことにした。

芝居が終わり、幕がおりた。ヘンリー・ティルニーの姿はボックス席から消えていたが、ティルニー将軍はまだいるので、彼はすぐに戻ってくるだろうとキャサリンは思った。そして思ったとおり、彼は数分後にまた姿を現わし、人がまばらになってきた通路をやってきて、アレン夫人とキャサリンに、同じように穏やかに丁重に話しかけた。だがキャサリンの返事はあまり穏やかではなかった。

「ああ、ティルニーさん！　もっと早くあなたにお会いして、お詫びを申し上げたかったんです。私のことを、ずいぶん失礼な人間とお思いになったでしょうね。でもほんとに、あれは私のせいではないんです。ね、おばさま、そうでしょ？　ティルニーさんと妹さんはフェートン馬車でどこかへ出かけたって、みんなが私に言ったのよね。だから私はみんなとドライブに行くしかなかったの。でも私はその一万倍も、ティルニーさんと妹さんと一緒に散歩がしたかったんです。ね、おばさま、そうでしょ？」

「ね、キャサリン、私のドレスをくしゃくしゃにしないで」というのがアレン夫人の返事だった。

だがキャサリンの訴えは——アレン夫人の保証は得られなかったが——無駄にはならなかった。ヘンリー・ティルニーの顔に温かい自然なほほえみが浮かび、よそよそしさをわざとすこし残した調子で彼は答えた。

「とにかくありがとうございました。アーガイル・ストリートですれちがったとき、ぼくと妹の楽しい散歩を祈ってくれてありがとうございました。あのときあなたは、わざわざ振り返ってくれましたからね」

「でも私はあのとき、おふたりの楽しい散歩を祈ったわけじゃありません。そんなこと考えもしません。私はジョン・ソープさんに、すぐに馬車をとめてって叫んだんです。あのときは、おばさまは馬車に乗っていなかったわね。ね、おばさま、そうでしょ? いいえ、おふたりの姿を見てすぐにそう叫んだんです。もしソープさんが馬車をとめてくれたら、私はすぐに馬車を飛び降りて、おふたりのあとを追いかけたんです」

このような必死の訴えを聞いて、心を動かされない青年がこの世にいるだろうか? 少なくともヘンリー・ティルニーは心を動かされ、さっきよりも温かい微笑を浮かべ、今回のことを妹がどれほど悲しんで残念がっているか、そして、キャサリンのことを妹がどれほど信頼しているかということを、心をこめて説明した。

「いいえ、ミス・ティルニーが怒っていないなどとおっしゃらないでください」とキャサリンは言った。「怒っていることはわかっています。私が今朝面会を求めても、会ってくださらなかったんですもの。私が出たすぐあとに、家から出ていらっしゃるのを私は見たんです。私は傷つきましたが怒ってはいません。私がお伺いしたことを、あなたはご存じなかったんですか？」

「ぼくはそのとき外出していました。でも、その話は妹のエリナーから聞きました。妹は、早くあなたにお会いして、あの失礼のお詫びをしたいと言っています。でも、ぼくが代わってお詫びします。あれはみんな父が悪いんです。あのとき父と妹はちょうど散歩に出かけるところで、父は時間を気にして急いでいて、散歩の時間が遅くなるのがいやなので、留守だと言いなさいと言ったんです。それだけのことなんです。絶対に間違いありません。それで妹は、ほんとに失礼なことをしてしまったと思い悩んで、一刻も早くあなたにお詫びをしたいと思っているんです」

キャサリンはこの説明を聞いてほんとうにほっとしたが、もうひとつ気になることがあるので、つぎのような質問をした。彼女としてはまったく純粋な質問なのだが、ティルニー氏を非常に当惑させる質問だった。

「でもティルニーさん、なぜあなたは妹さんのように寛大ではないんです？　妹さんは、私に悪気がなかったことを信じてくださって、あれはただの行き違いだったと思ってくださったのに、あなたはなぜそんなにすぐに怒るんですか？」

「えっ、ぼくが怒る？」

「ええ、あなたの顔を見ればわかります。あなたはボックス席に入ってきたとき、たしかに怒っていました」

「ぼくが怒っていた？　ぼくには怒る権利なんてありませんよ」

「でもあなたの顔を見たら、あなたに怒る権利はないなんて誰も思いませんわ」

ティルニー氏は返事をする代わりに、すこし席を詰めてくださいと言って、キャサリンたちのボックス席に座って芝居の話を始めた。そしてしばらくおしゃべりを楽しんだが、彼がとても楽しく話をしてくれたので、彼が行ってしまうと、キャサリンはがっかりせずにはいられなかった。でも別れる前にふたりの間で、例の散歩をすぐに実行しようということに話が決まった。だから、彼が立ち去った寂しさを別にすれば、このときのキャサリンは、世界一幸せなお嬢さまと言っても過言ではなかった。

こうしてティルニー氏と話をしているときキャサリンは、ジョン・ソープ――彼は十分間と同じ場所に落ち着いていないのだ――がティルニー将軍と話しているのを見てびっくりした。しかも、どうやらふたりは自分のことを話題にしているらしい。彼女は驚き以上のものを感じた。いったい、私のことで何を話しているのかしら？　ティルニー将軍は私を嫌っているのではないかしら、と彼女は不安になった。あのとき散歩に出かけるのをほんの数分遅らせてくれれば、私はミス・ティルニーに会うことができたのに、将軍はそれを邪魔したのだ。そのことから見ても、自分は将軍から嫌われているのではないかと思わざるを得なかった。

「ソープさんはなぜあなたのお父さまをご存じなのかしら？」とキャサリンは、ジョン・ソープとティルニー将軍を指差しながら、不安そうにティルニー氏に聞いた。

「さあ、わかりませんね。父は軍人ですから顔が広いんです」と彼は答えた。

芝居が終わると、ジョン・ソープは女性たちの帰宅の手助けにやってきた。彼の親切はまずキャサリンに向けられた。ロビーで椅子駕籠を待っているとき、彼女が口先まで出かかった質問をしようとすると、ジョンがそれをさえぎって、ひどくもったいぶった調子で言った。

「ぼくがティルニー将軍と話していたのをご覧になりましたか？　いや、彼はほんとにすばらしい老人です！　恰幅がよくて、矍鑠《かくしゃく》としていて、息子に負けないくらい若々しい。いや、ほんとに心から尊敬します。あんな紳士的な立派な人物は見たことがない」

「でも、どうしてお知り合いになったんですか？」

「どうして知り合った？　ロンドンにはぼくの知り合いでない人なんていませんよ。ベッドフォード（ロンドンのコヴェント・ガーデン劇場のそばにあったコーヒー・ハウス）でしょっちゅう会うし、今日彼がビリヤード室に現われたときにすぐにわかった。ちなみに、彼のビリヤードの腕前は天下一品です。最初はぼくもこわかったけど、さっきちょっと手合わせをお願いしました。勝算は五対四の確率でぼくに不利だった。ぼくがあの世界一の一撃を決めなかったら……つまり、ぼくは彼の玉に命中させせたんです……でも、これはビリヤード台がないと説明できないな。とにかくぼくは彼に勝ったんです。ほんとに立派な人だ。それにユダヤ人みたいに大金持ちだし。ぜひ彼のお屋敷のディナーに呼んでほしいな。ものすごく豪勢なディナーだろうな。ところで、ぼくと将軍が何を話していたと思います？　あなたのことですよ。ほんとです、嘘じゃありません！　将軍はあなたのことを、バースで一番の美人だと言っていますよ」

「まあ、ばかばかしい！　よくそんな冗談が言えますね」

「そしてぼくが何と言ったと思います？（声をひそめて）「将軍、よくぞ言ってくれました。じつはぼくもそう思っているんです」ってぼくは言ったんです」

キャサリンは、ティルニー将軍に褒められたのはすごくうれしいが、ジョン・ソープに褒められてもぜんぜんうれしくないので、このときアレン氏に呼ばれたことを残念とは思わなかった。だがジョンは彼女を椅子駕籠まで送ると言ってついてきて、「もうやめてください」と彼女がいくら言っても、彼女が椅子駕籠に乗り込むまで、歯の浮くようなお世辞を言いつづけた。

キャサリンは、ティルニー将軍が自分を嫌っているどころか褒めていたと聞いてうれしくなり、これでもうティルニー家には、会うのが怖い人はひとりもいないと思うと、ますますうれしくなった。というわけで今夜の芝居見物は、キャサリンに思いもよらぬ大収穫をもたらしたのだった。

第十三章

さて、これで読者の皆さまは、月曜日、火曜日、水曜日、木曜日、金曜日、そして土曜日のすべての出来事をご覧になったことになる。この六日間にキャサリンの身にふりかかったすべての出来事と、その希望と不安と苦しみと喜びが、すべて述べられた。つづいて、日曜日にキャサリンを襲った苦悩について述べれば、めでたく一週間を終えることになる。

クリフトン行きの計画は延期されただけで、断念されたわけではなかった。日曜日の午後、みんなでクレッセント広場を散歩しているとき、この計画がまた話題にのぼった。クリフトン行きにとりわけ熱心なイザベラと、イザベラを喜ばすことにとりわけ熱心なジェイムズが、ふたりで相談し、天気が良ければ明日みんなで行こうということになり、余裕をもって帰宅できるように、朝早く出発することに決まった。そう決まると、ふたりはさっそくジョンに話して賛成を取りつけ、あとはキャサリンに知らせるだけとなった。キャサリンはミス・ティルニーと話をするために、数分前にみんなと別れたが、留守のあいだに計画ができあがり、戻ってくるとさっそく賛成を求められた。ところがイザベラの予想に反して、キャサリンは喜んで賛成するどころか、急に暗い顔をして、「残念だけど私は行かれないわ」と言った。このあいだも先約があって、ほんとは行くべきではなかったのだが、明日も先約があるので、こんどは絶対に行かれないと言った。キャサリンはたったいまミス・ティルニーと、このあいだ約束した散歩を明日しようと決めてきたのだった。「これはもうはっきり決まった固い約束なの。どんなことがあっても取り消すつもりはないわ」とキャサリンは言ったが、すぐにイザベラとジョンが、「いや、取り消さなくてはいけないし、絶対に取り消すべきだ」と猛然と抗議した。「明日は絶対にクリフトンに行かなくてはならないし、キャサリン抜きでは行きたくないし、散歩なんか一日延ばしたってどうってことはない」とイザベラとジョンは言い、キャサリンがいくら断わっても耳を貸そうとしなかった。キャサリンは困り果てたが、屈服するつもりはまったくなかった。

「お願い、無理を言わないで、イザベラ」とキャサリンは言った。「私はミス・ティルニーと約束したの。だから行かれないわ」

だがこの訴えは何の効果もなかった。キャサリンも行くべきだし行くのが当然だと、さっきと同じ言葉で三人から攻め立てられ、キャサリンがいくら断わっても、三人ともまったく耳を貸そうとしなかった。

「ミス・ティルニーにこう言えばいいじゃない」とイザベラは言った。「先約があるのを思い出したから、散歩は火曜日まで延ばしてくださいって。ね、簡単でしょ?」

「いいえ、簡単じゃないわ」とキャサリンは言った。「そんなことできないわ。だって、先約なんてなかったんですもの」

だがイザベラはますます執拗に迫ってきた。ありったけの愛情をこめてキャサリンに訴えかけ、ありったけの親愛の情をこめた名前で呼びかけてきた。

「ね、私の最愛のやさしいキャサリン、あなたが私の頼みごとを断わるはずがないわ。こんなに愛しているあなたの親友の、こんな簡単な頼みごとを、まさか本気で断わるはずがないわ。ね、私の大好きなキャサリン、あなたはとても思いやりのある、とてもやさしい人なんですもの、あなたの愛する人たちから頼まれたら、いやとは言えないわよね」

だがイザベラが何を言っても無駄だった。キャサリンは、イザベラからやさしくお世辞たっぷりに哀願されて心は痛んだが、自分が正しいと思っているので、明日のクリフトン行きを断わる気持ちはまったく変わらなかった。するとイザベラは、がらっと手を変えてキャサリンをこう非難した。

「あなたはミス・ティルニーと知り合ってまだ間もないのに、一番の親友で旧友の私よりも、ミス・ティルニーのほうが好きになったのね。私のことなんてどうでもよくなったのね。ね、キャサリン、私は悔しいわ。あなたをこんなに愛している私が、赤の他人のためにこんな侮辱を受けるなんて、ほんとに悔しいわ！　私は誰かを愛したら、どんなことがあってもその人を愛し通すわ。でもきっと、私の愛情は誰の愛情よりも強いのね。愛情が強すぎて、心の平和が得られないのね。あなたの愛情を赤の他人に横取りされたと思うと、この身を引き裂かれたような気がするわ。あのティルニー兄妹に何もかも奪われてしまったような気がするわ」

この非難はすごくおかしいし、あんまりだとキャサリンは思った。他人の前で自分の感情をこんなふうにさらけだすことが、はたして友情と言えるだろうか？　イザベラは心が狭くて、自分勝手で、自分の欲求を満たすことしか考えない人だと、キャサリンは思った。口には出さないが、そういう悲しい思いがキャサリンの頭をよぎった。一方イザベラは、ハンカチを出してさかんに目に当てていた。ジェイムズ・モーランドはその姿を見て胸を打たれ、こう言わずにはいられなかった。

「だめだよ、キャサリン。これ以上強情を張ってはいけないよ。散歩を延期する犠牲なんてたいしたことじゃない。こんなすばらしい親友の願いをどうしても聞けないというなら、ぼくはおまえを、ほんとに心の冷たい人間だと思うよ」

兄のジェイムズが公然とキャサリンの敵に回ったのは、これが初めてだった。キャサリンは兄の怒りを静めたい一心で、妥協案をもちだした。クリフトン行きを火曜日に延期してくれれば、自分もみんなと一緒に行ける。これは自分たちで決められるから、簡単に変更できるはずだ。そうすればみんなが満足できる結果になる、と。だがすぐにジョン・ソープから反対の声が上がった。

「だめだめ、それはだめだ。ぼくは火曜日にロンドンへ行くかもしれない」

キャサリンは残念に思ったが、これ以上どうしようもなかった。しばらく沈黙がつづいたが、やがてイザベラが、怒ったような冷たい声で言った。

「わかったわ。それじゃこの計画は中止ね。キャサリンが行かないなら、私も行かれないわ。女性ひとりで行くわけにはいかないわ。そんなはしたないことはできないわ」

「キャサリン、行かなくちゃだめだよ」とジェイムズが言った。

「でも、なぜソープさんはほかの妹さんを連れて行かれないの？　どちらの妹さんも喜んで行くと思うけど」

「ご忠告ありがとう」とジョンが言った。「でもあいにくぼくは、妹とドライブするためにバースに来たわけじゃない。そんな間抜けな真似をするために来たわけじゃない。あなたが行かないなら、くそっ、ぼくだって行くもんか！　ぼくはあなたとドライブするために行くんだからね」

「そんなお世辞を言われてもうれしくないわ」とキャサリンは言ったが、ジョンには聞こえなかった。彼は突然立ち去ってしまったのだ。

キャサリンとイザベラとジェイムズは、そのままクレッセント広場の散歩をつづけたが、キャサリンにはまことに居心地の悪い散歩だった。ときには三人ともまったく無言だったし、ときにはイザベラの哀願の言葉と非難の言葉でまた攻め立てられた。しかし、ふたりの心はひどい交戦状態なのに、ふたりの腕はまだ組み合ったままだった。キャサリンはイザベラの言葉にときにはほろりとし、ときにはいらいらし、ひどくつらいし悲しいと思ったが、明日のクリフトン行きを断わる気持ちだけはまったく変わらなかった。

「キャサリン、おまえがこんなに頑固だとは思わなかったよ」とジェイムズが言った。「おまえはこんな聞き分けのない子じゃなかったし、ぼくの妹たちのなかで一番やさしくて、一番すなおな子だったのに」

「いまでもそうだと思うわ」キャサリンは胸がいっぱいになって答えた。「でもほんとに行かれないの。私が間違っているかもしれないけど、自分では正しいことをしているつもりなの」

「でも、たいした心の葛藤はなさそうね」とイザベラが低い声でつぶやいた。

キャサリンの胸は怒りと悲しみでいっぱいになり、組んでいた腕を思わず離したが、イザベラも抵抗しなかった。こうして長い十分間が過ぎると、どこかへ行っていたジョン・ソープが戻ってきて、さっきより陽気な顔でこう言った。

「さあ、話をつけてきたよ。これで明日は何の心配もなく、みんなで出かけられる。ぼくはいまミス・ティルニーに会って、きみの代わりにお詫びを言ってきたんだ」

「まさか！」とキャサリンが叫んだ。

「いや、ほんとさ。たったいま別れてきたばかりだ。きみからの伝言だと言って、ミス・ティルニーにこう言ってきた。明日みんなでクリフトンへ行く約束を思い出したので、すみませんが、あなたとの散歩は火曜日に延期していただけませんかって。ミス・ティルニーも、火曜日なら都合がいいと言っていた。だから万事解決さ。ね、なかなか名案だろ？」

イザベラは満面に笑みをたたえてすっかり上機嫌になり、ジェイムズもうれしそうな顔をした。

「ほんとにすごい名案だわ！」とイザベラは言った。「ね、キャサリン、これで万事解決ね。あなたは晴れて自由の身だし、明日はすばらしいドライブになるわ」

「だめよ」とキャサリンは言った。「私はそんなことできないわ。すぐにミス・ティルニーを追いかけて、彼女にほんとのことを言うわ」

だがイザベラがキャサリンの手をつかみ、ジョンがもう片方をつかみ、三人から猛烈な抗議の声が上がった。ジェイムズもほんとに怒って言った。

「万事解決して、ミス・ティルニーも火曜日でいいと言っているのに、まだ反対するなんて馬鹿げてる！」

「そんなこと知りません！」とキャサリンは言った。「ソープさんは、そんな嘘の伝言を伝える権利はありません。散歩を延期するのが正しいと思ったら、私が自分でミス・ティルニーに伝えます。人に伝えてもらうなんて失礼です。それに……またソープさんの勘違いかもしれないわ。私は金曜日にソープさんの勘違いのおかげで、ミス・ティルニーに失礼なことをしてしまったんです。ソープさん、手を放してください。ね、イザベラ、お願いだから放して」

「もうティルニー兄妹を追いかけても無駄ですよ」とジョン・ソープはキャサリンに言った。「ぼくが追いついたとき、ふたりはブロック・ストリートの角を曲がったところだった。いまごろはもう家に着いてるでしょう」

「それならすぐにあとを追います」とキャサリンは言った。「どこまでだってあとを追います。これ以上話しても無駄です。私は間違ったことをするのはいやですし、もうだまされるのはいやです」

キャサリンはつかまれていた手を振り払って、急いでその場を立ち去った。ジョンがあとを追おうとしたが、ジェイムズが引きとめた。

「ほっとけ、ほっとけ、行きたいなら行かせればいい」

「ほんとに頑固だな、まるで……」ジョンはこの譬《たと》えは口にしなかった。口にできないような下品な譬えだからだ。

キャサリンはひどい興奮状態のまま、人込みを掻きわけて、精いっぱい早足で歩いていった。追っ手を気にしながらも、絶対に自分の意志を通すと固く決意していた。そして歩きながらいまのことを振り返った。みんなをがっかりさせて、怒らせてしまったことは残念だ。とくに兄を怒らせてしまったことは、ほんとに残念だ。でも自分の意志を押し通したことは後悔していない。ドライブに行きたいか、散歩に行きたいか、という自分の気持ちは別にして、ミス・ティルニーとの約束を二度も破るなんて、しかも、ほんの五分前に自分が言い出した約束を、嘘をついて取り消すなんて、絶対にしてはいけないことだ。それに、私がみんなに逆らったのは、自分のことだけを考えたからではない。自分の欲求を満たすことだけを考えたからではない。もしそうなら、みんなとドライブに行ってブレイズ城を見物すれば、ある程度は自分の欲求を満たすことができる。いや、私は人に何をすべきかを考えたのだ。自分が人にどう思われるかを考えたのだ。

しかし、自分の行動は正しいと確信しても、キャサリンの気持ちは落ち着かなかった。ミス・ティルニーと会って話すまでは落ち着かなかった。クレッセント広場を出ると、早足をさらに早め、ミルソム・ストリートに着くまでほとんど駆け足だった。とにかくものすごい速さで、広場を出たのはティルニー兄妹のほうがずっと早かったのに、ティルニー一家の宿が見えるところまでキャサリンが来たとき、ちょうどふたりが家に入るところだった。開いたドアのところにまだ召使がいたのでキャサリンは、「いますぐミス・ティルニーにお話ししなければならないことがあるのです」と言って、召使の横をすり抜けて階段を駆け上がり、最初に目に入ったドアを勝手に開けると、そこがめざす部屋だった。つぎの瞬間には、彼女はティルニー将軍とティルニー兄妹といっしょに客間に立っていた。ひどく興奮して息も切れているので、ぜんぜん説明にはなっていないが、彼女はすぐにこう説明した。

「私、大急ぎで来たんです。あれは全部違うんです。私は行く約束なんてしていません。私は行かれないって、最初からちゃんと断わったんです。それを説明するために、大急ぎで走ってきたんです。みなさんにどう思われようと構いません。召使に取り次いでもらうのも待てずに勝手に上がってきたんです」

この説明では何が何だかわからないが、まもなく事情が明らかになった。やはりジョン・ソープは嘘の伝言をミス・ティルニーに伝えていた。その伝言を聞いて驚いたと、ミス・ティルニーは正直に打ち明けた。だがティルニー氏が妹以上に憤慨したかどうかはわからなかった。キャサリンは必死の釈明の言葉を、ふたりにむかって言ったのだが、ティルニー氏の気持ちはわからなかった。しかし、さっきまでふたりにどう思われていたにせよ、その必死の釈明のおかげで、ティルニー兄妹の表情と言葉はすぐに親しみを帯びてきた。

こうしてめでたく一件落着すると、キャサリンは、ミス・ティルニーからティルニー将軍に紹介され、将軍からたいへん熱心かつ丁重に迎えられた。キャサリンは、将軍が彼女のことを褒めていたというジョン・ソープの言葉を思い出し、彼もたまには当てになるのだと思って、すこしうれしくなった。将軍のキャサリンにたいする気づかいはたいへんなものだった。キャサリンが勝手に家に入って階段を駆け上がった事実を将軍は知らないので、彼女が部屋に入るときにドアを開ける職務を怠った召使に怒りを爆発させ、「ウィリアムは一体どういうつもりだ！　しっかり問いたださなくてはならん！」と怒鳴った。召使には何の落ち度もないことを、キャサリンが必死に説明しなかったら、ウィリアムは彼女の韋駄天《いだてん》走りのおかげで、首にはならないとしても、ご主人さまの寵愛を永遠に失ったかもしれない。

十五分ほどおしゃべりをしたあと、キャサリンはそろそろおいとまをしようと立ち上がった。すると驚いたことにティルニー将軍が、「よろしければうちでディナーを取って、晩も娘と過ごしていただけませんか」と言った。ミス・ティルニーも、ぜひそうしてほしいと言葉を添えた。キャサリンはびっくりして感謝感激したが、自分の一存で「はい」と言うわけにはいかなかった。アレン夫妻が今か今かと彼女の帰りを待っているにちがいないからだ。そう言われると、将軍もそれ以上強く勧めることはできなかった。アレン夫妻の権利を奪うわけにはいかないからだ。

「しかし、アレンご夫妻に前もってお願いすれば、あなたがうちの娘と過ごすことに反対はなさらないでしょう」と将軍は言った。

「もちろんです。反対するはずがありません。喜んで伺わせていただきます」とキャサリンは答えた。

将軍はみずから先に立って、玄関ドアまでキャサリンを送ってゆき、階段をおりるときもありとあらゆる親切な言葉をかけ、「あなたの歩き方はじつに軽やかですね。これはダンスがお上手な証拠だ」とさかんに褒め、別れるときも、彼女が見たこともないようなじつに優雅なお辞儀をした。

思いがけない成り行きに、キャサリンはすっかりうれしくなって、うきうきした気分でパルトニー・ストリートへ帰っていった。そして歩きながら――いままでこんなことは考えたこともなかったが――自分の歩き方はとても軽やかなのだろうと思った。家に着くまで、あの怒った三人に出会うこともなかった。彼女は自分の意見を通し、ミス・ティルニーとの散歩を確実にして意気揚々としていたが、うきうきした気分がすこしおさまってくると、「はたして自分は完全に正しかったのだろうか」という不安が頭をもたげた。犠牲的精神はつねに気高いものである。自分が犠牲になって三人の懇願を聞き入れたら、どうなっていただろう？　「自分の意見を押し通したために、親友を不機嫌にさせ、兄を怒らせ、親友と兄の楽しい計画を台無しにしてしまった」というつらい思いに苦しめられずにすんだであろう。キャサリンはその不安を静めるために、そして、自分の行動がほんとに正しかったかどうかを、公平な第三者の意見によって確かめるために、アレン氏にその話をした。つまり、兄とソープ兄妹とのあいだで半分決まっている明日のドライブのことを話した。するとアレン氏は、その話題に飛びつくように言った。

「なるほど。それであなたも一緒に行くつもりかね？」

「いいえ。私はその話を聞く前に、ミス・ティルニーと散歩に行く約束がしてあったんです。だから私がドライブに行けるはずがないでしょ？　ね、そうでしょ？」

「うん、行けるはずがない。あなたが行く気がなかったと聞いて私はうれしい。そういうドライブは感心せん。若い男女がオープン型の馬車で田舎をドライブするなんて！　ときにはそれも結構だが、田舎の宿屋やパブに一緒に行くなどというのは、まったくけしからん！　ソープ夫人がよくそんなことを許したものだ。あなたが行く気がなかったと聞いてほんとにうれしい。あなたの母上は、そんなことは絶対に許さんでしょう。ね、おまえ、おまえもそう思うだろ？　こういうドライブはけしからんと思うだろ？」

「ええ、ほんとにそうですわ。オープン型の馬車って大嫌い。きれいなドレスが五分で汚れてしまうんですもの。乗り降りするときに泥がはねるし、髪も帽子も風でくしゃくしゃになってしまうんですもの。オープン型の馬車ってほんとに嫌い」

「うん、それはわかってる。でもいまはそういう話じゃないんだ。若い女性が、親戚でもない若い男性といっしょに、オープン型の馬車であちこちドライブするなんて、みっともないと思うだろ？」

「ええ、ほんとにみっともないわ。私はとても見ていられませんわ」

「まあ！　おばさま！」キャサリンが思わず大きな声で言った。「それじゃ、なぜもっと前にそうおっしゃってくださらなかったんですか？　いけないことだとわかっていたら、私はソープさんとドライブなんかに行かなかったわ。私が間違ったことをしそうになったら、おばさまが注意してくださると思っていたのに」

「ええ、もちろん注意してあげるわ。大丈夫よ。あなたのお母さまと別れるときに約束しましたからね。あなたのためにできるだけのことをさせていただきますって。でも、あまり口やかましいのもいけないわ。お母さまのおっしゃるとおり、若い人には若い人の考えがありますからね。ほら、ここへ来たとき、小枝模様のモスリンはやめたほうがいいって私が言ったのに、あなたは私の言うことを聞かなかったでしょ？　若い人は、人からあれこれ言われるのが嫌いなのよ」

「でも、これはそれと違って、とても大事なことよ。おばさまが注意してくだされば、私もちゃんと言うことを聞くわ」

「ま、いまのところは問題ない」とアレン氏は言った。「しかし、ジョン・ソープ君とドライブに行くのはもうやめたほうがいい」

「そうですとも、私もそれが言いたかったのよ」とアレン夫人がつけ加えた。

キャサリンは自分のことは安心したが、イザベラのことが心配になってきた。それでちょっと考えてから、アレン氏にこう質問した。私と同様イザベラも、若い男性とのドライブがはしたない振る舞いだと気づいていないと思うから、イザベラに手紙で注意してやったほうがいいですか、そのほうが親切ではないですか、と。そうしないとイザベラは、キャサリンが行かなくても、明日クリフトンへ行くかもしれないからだ。だがアレン氏は、それはしないほうがいいと忠告した。

「彼女のことは放っておきなさい。もう大人だから、自分のしていることくらいわかってる。もしわかっていなかったら、母親が注意してくれる。ソープ夫人は子供に甘すぎるが、あなたは口出ししないほうがいい。彼女とジェイムズが行くと言うなら、あなたが口出ししても恨まれるだけだ」

キャサリンはアレン氏の忠告に従った。イザベラが間違ったことをすると思うと残念だが、アレン氏が自分の行動——ドライブを断わったこと——に賛成してくれたので彼女はほっとし、アレン氏の忠告のおかげで、大きな間違いを犯す危険を免れたことを心から喜んだ。クリフトン行きの一行に加わらなくてほんとうによかった。悪いことをするためにティルニー兄妹との約束を破っていたら、ふたりは私のことをどう思っただろう。若い男性とのドライブという罪を犯すために、散歩の約束を破って二重の罪を犯していたら、ティルニー兄妹は私のことをどう思っただろう。

第十四章

翌朝はとてもいい天気だった。キャサリンは、三人がまたドライブに誘いに来るのではないかと思った。アレン氏という強い味方がいるので心配はしていないが、たとえ勝ってもつらい思いをするので、できれば争いは避けたかった。だから三人の姿も見えず声も聞かずにすむと、ほんとうにほっとした。ティルニー兄妹は、約束の時間どおりに彼女を迎えにきた。そして新たな問題がもちあがることもなく、突然何かを思い出すこともなく、思いがけない呼び出しもなく、計画をめちゃめちゃにする無遠慮な侵入もなく、われらがヒロインは、無事に約束を果たすことができたのだった。約束の相手はヒーローその人なのに、ヒロインの運命としてはまことに珍しいことである。キャサリンとティルニー兄妹は、ビーチン・クリフを散歩することにした。バースのどこからでも見える丘で、美しい緑と雑木林におおわれたすばらしい丘である。

「あの丘を見ると、南フランスのことを思い出すわ」とキャサリンが、川沿いを歩きながら言った。

「それじゃ、外国に行ったことがあるんですか?」とヘンリーがちょっと驚いて言った。

「いいえ、本で読んだだけです。『ユードルフォの謎』で、主人公のエミリーとお父さまが、南フランスの田舎を旅行するんです。あの丘を見るとそれを思い出すんです。でも、あなたは小説なんか読まないでしょうね」

「えっ、なぜ?」

「だって、小説はあなたが読むようなものじゃありませんもの。男性はもっと立派な本を読むんでしょ?」

「男性でも女性でも、いい小説を読む楽しみを知らない人間は馬鹿ですよ。ラドクリフ夫人の作品は全部読んだけど、みんなすごく面白かった。『ユードルフォの謎』は、読み出したらやめられなかった。たしか二日で読み終えたけど、最初から最後まで身の毛がよだつ思いだった」

「ええ、そうよ」とミス・ティルニーが言った。「よく覚えているわ。お兄さまはそれを朗読してくれる約束だったのに、私が手紙の返事を書くためにほんの五分だけ席を外すと、私を待ってくれないで、本を持って隠者の散歩道(当時流行のゴシック趣味の庭園につくられた散歩道)に行ってしまったの。おかげで私は、お兄さまが読み終えるまで待たなくてはならなかったわ」

「ありがとう、エリナー。たいへん光栄な証言だ。ね、ミス・モーランド、さっきのあなたの疑いが間違ってることがおわかりでしょ? ぼくは早く先を読みたくて、妹を五分待つこともできなかったんです。朗読の約束を破って、本を持って逃げ出して、いちばん面白いところで妹に待ちぼうけを食わせたんです。しかもその本は妹の本なんです。あのときのことを思い出すと、ぼくは誇らしい気持ちになりますね。さあ、これであなたもぼくを尊敬してくれるんじゃないかな？」

「それを聞いてほんとにうれしいわ。もうこれからは、『ユードルフォの謎』が大好きだということを恥ずかしいと思ったりしません。でもほんとに私、若い男性は小説をすっごく《アメイジングリー》軽蔑していると思ったんです」

「ほう、それはほんとに驚きですね。若い男性がほんとに小説を軽蔑しているとしたら、ほんとにすっごく驚きです（ヘンリーは、若い女性がamazingly「驚くほど」という言葉を強調語として多用する風潮をからかっている）。男性だって女性と同じようにたくさん小説を読みますからね。ぼくはもう何百冊も読みましたよ。ジュリアやルイーザといったヒロインたちの知識において、あなたがぼくに太刀打ちできると思ったら大間違いです。もしぼくたちが具体的な議論を始めて、「これは読みましたか？　あれは読みましたか？」という果てしない質問を始めたら、ぼくはあっという間にあなたを置いてきぼりにするでしょう。なんて言ったらいいかな。ぴったりした譬えがないかな。そうだ、あなたの大好きなエミリー（『ユードルフォの謎』のヒロイン）が、愛するヴァランコートを置いてきぼりにして、叔母と一緒に、はるか遠くのイタリアへ行ってしまったように、と言えばいいかな。ぼくのほうが何年スタートが早いか考えてごらんなさい。あなたがまだちっちゃないい子で、家でやっと刺繍のお稽古を始めたころ、ぼくはもうオックスフォード大学で勉強を始めていたんですからね！」

「あまりいい子ではなかったわ。でもほんとに、『ユードルフォの謎』は世界一すてき《ナイ》な《ス》本だと思いませんか？」

「すてきな本？　それはきちんとした本という意味ですか？　本がきちんとしているかどうかは、製本しだいですね（ヘンリーは、nice「きちょうめんな」「好みがやかましい」という言葉が、「すてきな」という意味で多用される風潮をからかっている）」

「お兄さま、そういう言い方は失礼よ」とミス・ティルニーが言った。「ミス・モーランド、兄はあなたを妹と同じに扱っているんです。兄は、いつも私の言葉づかいのあら捜しをしてからかうの。それであなたにも失礼なことを言ったんです。兄は、あなたの〈すてきな《ナイス》〉という言葉の使い方が気に入らないの。すぐに言い替えたほうがいいわ。そうしないと、帰るまでずっと、ジョンソン博士（『英語辞典』一七五五年）とヒュー・ブレア（『修辞学論』一七八三年）に悩まされるわ」

「私は間違ったことを言うつもりはなかったんです」とキャサリンは言った。「でも、あれはほんとにすてきな本です。なぜそう言ってはいけないんですか？」

「いや、おっしゃるとおりです」とヘンリーが言った。「今日はとてもすてきな日で、ぼくたちはとてもすてきな散歩をしていて、あなたたちふたりはとてもすてきなお嬢さまです。いや、ほんとにすてきな言葉だ！　何にでも使える。でももともとは、〈きちんとした〉〈適切な〉〈繊細な〉〈洗練された〉という意味で使われていたのだと思う。たとえば、服装がきちんとしているとか、意見や好みが適切である、というぐあいにね。ところが最近は、何でもかんでもその言葉で褒めるようになってしまった」

「その言葉は、お兄さまにだけ使われるべきね」とミス・ティルニーが言った。「でも褒める意味はまったくないわ。つまりお兄さまは、賢い《ワイズ》というより気むずかしい《ナイス》のよ。さあミス・モーランド、兄のことは放っておきましょう。正しい言葉の使い方に関する私たちの間違いをゆっくり検討してもらって、私たちは、私たちの好きな言葉で『ユードルフォの謎』を褒めましょう。あれはほんとに面白い小説ね。ああいう本がお好きなの？」

「正直に言うと、小説以外はあまり好きではないの」

「えっ、ほんとに？」

「小説や戯曲なら読めますし、旅行記も嫌いではありません。でも歴史書は――ほんとにまじめな歴史書は、どうしても興味が持てないんです。あなたはどうですか？」

「私は歴史が大好きよ」とミス・ティルニーは言った。

「私も好きになれたらいいんですけど」とキャサリンは言った。「義務的にすこしは読みますけど、いやなことや退屈なことしか書いてないんですもの。どのページを開いても、教皇や国王たちの争いや、戦争や疫病のことばかりで、男はみんなろくでなしで、女はほとんど出てこなくて、ほんとにうんざりするわ。でも、よく不思議に思うの。歴史書の大部分は作り話なのに、なぜこんなに退屈なんだろうって。英雄の言葉も考えも計画も、ほとんどが作り話だと思うわ。それなのになぜあんなに退屈なのかしら。ほかの本に書かれた作り話はすごく面白いのに」

「つまりあなたの考えだと」とミス・ティルニーは言った。「歴史家は想像力の使い方が下手だというわけね。歴史家は想像力を発揮しても、読者の興味をかきたてることができないというわけね。でも私は歴史が大好きよ。そこに書かれた真実も作り話も両方とも大好きよ。主要な事実は、語り継がれてきた歴史と記録が元になっていて、それを自分の目で見たわけではないけど、十分に信頼できると私は思っているの。それからあなたの言う粉飾について言えば、それはたしかに粉飾だけど、私はそういう粉飾も大好きなの。英雄の言葉が面白く書かれていたら、それを書いたのが誰だろうと、私はそれを読んで大いに楽しむわ。カラクタクス（AD五〇頃、ローマ軍に抵抗したブリテンの族長）やアグリコラ（四〇―九三。ブリテンを平定したローマの将軍）やアルフレッド大王（八四九―八九九。デーン人侵略から国を守ったウェセックス王）のほんとうの言葉よりも、デイヴィッド・ヒューム（一七一一―一七七六。『人性論』で知られる哲学者だが、『英国史』全六巻も有名）やウィリアム・ロバートソン（一七二一―一七九三。スコットランドの歴史家）が粉飾した言葉のほうが気に入るかもしれないわ」

「あなたはほんとに歴史がお好きなのね！　アレン氏と私の父もそうなの。二人の兄も嫌いではないわ。私の身近な人たちのなかにも、歴史の好きな人がこんなにいるなんて驚きだわ！　このぶんだと、歴史を書く人たちを気の毒に思う必要はないわね。みんなが歴史を読むのが好きなら、それはそれで結構なことだわ。でも私は、あんな分厚い歴史書を喜んで読む人なんていないと思っていたの。そんな本を書くためにたいへんな苦労をするのは、そして、少年少女を苦しめるためにそんな苦労をするのは、ずいぶん気の毒な運命だと思っていたの。もちろん歴史を書くのは立派なことだし、人類にとって絶対に必要なことだと思うけど、そのために机に向かう人の勇気にはいつも驚いていたの」

するとヘンリーがこう言った。

「少年少女が歴史書に苦しめられるというのは、人間性をすこしでも知っている人なら否定しないでしょうね。でも、われらが偉大な歴史家たちのためにひと言言わせてもらいます。歴史家の目的は、少年少女を苦しめることであり、それ以上の高い目的は持っていないと言われたら、歴史家は怒るでしょうね。なぜなら歴史家は、それぞれの方法と文体によって、少年少女より高度な知性を持った大人の読者を苦しめる資格も、十分備えていますからね。ぼくはいま、〈教える〉という言葉の代わりに〈苦しめる〉という言葉を使いました。あなたはこの二つの言葉を同義語として使っているので、ぼくもそれに従ったのです」

「子供に何かを教えるということは、子供を苦しめることだという私の考えは愚かだと、あなたは言いたいのですね。でも私は、小さいころから毎日こういう光景を見てきたわ。子供たちはアルファベットの二十六文字を習い、それから単語のつづりを習います。でも毎日勉強してもなかなか覚えられなくて、しまいには母親のほうがへとへとになってしまいます。そういう光景を毎日目にしたら、〈教える〉という言葉と〈苦しめる〉という言葉を同義語として使ってもかまわないという私の意見に、きっと賛成してくださると思うわ」

「そうですね、賛成するかもしれませんね。でも歴史家は、文字の読み方を学ぶ苦しさにたいしては、何の責任もありません。それに、あなたはきびしい勉強に反対のようですが、この事実は認めざるを得ないでしょう。一生本を読めるようになるために、子供のときに二、三年間苦しめられる価値はあるということです。いいですか、文字の読み方を教えなければ、ラドクリフ夫人が小説を書いても誰も読みません。というより、誰も小説なんて書かないでしょう」

キャサリンもこれは認めざるを得なかった。そしてラドクリフ夫人の小説にたいする彼女の熱烈な賛辞をもって、この話題は終わった。ティルニー兄妹は別の話題に移ったが、キャサリンはこの話題には加われなかった。ふたりは、絵を描き慣れた人間の目で田園風景を眺め、ほんものの趣味をもつ人間の情熱をもって、その風景が絵になるかどうかについて熱心な議論を始めたのである。キャサリンは途方に暮れた。絵のことは何も知らないし、審美眼などまったくないからだ。ふたりの話をじっと聞いていたが、それも役に立たなかった。ふたりが使う言葉は専門的な言葉で、よくわからないからだ。でもほんのすこしは理解できたが、それも彼女の絵に関するわずかな知識と矛盾するように思われた。たとえば、高い丘の頂上から見た眺めが一番すばらしい眺めだと思っていたが、どうもそうではないらしいし、澄みきった青空が一番すばらしい日だと思っていたが、これもそうではないらしいのだ。キャサリンは自分の無知を心から恥じた。だがじつは、無知を恥じるのは間違っている。人に好かれたいと思ったら、むしろ無知であるべきなのだ。自分が何でも知っていると、相手に優越感を与えることができないし、相手の虚栄心をくすぐることができないからだ。分別のある人間なら、それは避けたいと思うだろう。とくに女性は、不幸にも豊富な知識を持っていたら、できるだけそれを隠すべきだろう。

美人は生まれつき愚かなほうが得だということは、ある女性作家のみごとなペンによってすでに描かれている（ファニー・バーニーの小説『カミラ』に登場するインディアナのこと）。この問題は、その女性作家がすでに十分に論じているが、私は男性を公平に評価するために、ひと言だけつけ加えておく。大多数の軽薄な男性にとっては、女性の愚かさは容姿の美しさを増すことになるが、そういう男性たちとは違う男性もいる。自分が知性と教養がありすぎるために、女性には無知しか求めない男性もいるということだ。だがキャサリンは、無知という自分の利点に気づいていなかった。器量が良くて、心がやさしくて、無知な頭を持った女性は、よほど運の悪い事情がないかぎり、頭のいい青年の心を必ず引きつけるものだということを知らなかった。

そしていまキャサリンは、自分の無知を告白して嘆き悲しみ、絵を描けるようになれるなら何でもすると言った。すると早速、「ピクチャレスクの美学」（十八世紀後半に流行した美の概念。古典的な均整美ではなく、均整の崩れた美などがもてはやされた）に関するヘンリーの講義が始まった。彼の説明はたいへんわかりやすいので、たちまちキャサリンは、彼が美しいと言う風景はすべて美しいと思うようになった。彼女がとても熱心に耳を傾けるので、ヘンリーは彼女の生まれつきのセンスの良さにすっかり満足し、前景、遠景、中景、画面の端、遠近法、明暗法などについて説明した。キャサリンはなかなか将来有望な生徒で、ビーチン・クリフの頂上に着くと、そこから眺めたバースの町の全景は、風景画として描く価値はないと自分から言った。ヘンリーは彼女のめざましい進歩を喜んだが、一度にたくさんのことを教えて疲れさせてはいけないと思い、絵の話題からだんだん離れていった。自分が描くとしたら、丘の頂上付近に、崩れかかった岩と、枯れたオークの木を配したいという話から、オークの木の話に移り、それから森、土地の囲い込み、荒地、そして王領地と政府の話題へと移ってゆき、それからすぐに政治の話に移ったが、政治の話から沈黙に移るのはあっという間だった。現在の国家の状態について彼が一席ぶったあと、しばらく沈黙がつづいたが、その沈黙を破ったのはキャサリンだった。彼女はまじめな調子でこう言ったのだ。

「もうすぐロンドンで、ものすごく恐ろしいものが出るそうですね」

そう話しかけられたミス・ティルニーはびっくりして答えた。

「えっ、ほんとに？　恐ろしいものってどんなもの？」

「それはわからないの。誰の作かもわからないの。とにかくいままでで一番恐ろしいものなんですって」

「まあ！　どこでそんなことをお聞きになったの？」

「ロンドンにいる私の親友が、きのう手紙で教えてくれたの。とにかくものすごく恐ろしいものなんですって。きっと殺人事件か何かが起きるのね」

「そんな恐ろしい話を、ずいぶん落ち着いて話すのね！　でもお友達は、話を誇張しているんじゃないかしら。そんな恐ろしい計画が事前に発覚したら、政府がなんらかの手を打つはずよ」

「政府はそんなことには干渉したがらないし、干渉なんてしないよ」とヘンリーが笑いをこらえて言った。「殺人事件は必ず起きるけど、犠牲者が何人出ようと政府は気にしないさ」

ミス・ティルニーとキャサリンは目を丸くした。ヘンリーは笑ってこうつづけた。

「ではどういうことか、ぼくが説明しましょうか？　それともこの謎解きは、おふたりに任せたほうがいいかな？　いや、そういうけちなまねはよそう。ぼくの明晰な頭脳と寛大な心を示して、ぼくが立派な男子であることを証明しよう。われわれ男性のなかには、女性の低い知性に調子を合わせることをいさぎよしとしない者がいるけど、ぼくはそういう男には我慢できないんだ。でもたしかに、女性の知性はあまり健全ではないかもしれないし、あまり鋭敏ではないかもしれない。それに、あまり活発ではないかもしれないし、あまり正確ではないかもしれない。たしかに女性の知性は、観察力、洞察力、判断力、情熱、才能、機知などに欠けているかもしれないな」

「ミス・モーランド、兄の言うことなんか気にしないでね。その恐ろしい暴動のことをもっと教えて」

「暴動？　何の暴動？」とキャサリンが言った。

「ね、エリナー」とヘンリーが言った。「その暴動はおまえの頭の中だけにあるんだよ。まさに目を覆いたくなるような大混乱だ。ミス・モーランドが言っている恐ろしいものというのは、もうすぐ出版される新刊本のことさ。四六判の三巻本で、各巻二百七十六頁、第一巻の口絵に、二つの墓石と手提げランプが描かれた小説の話さ。ね、エリナー、わかったかい？　ね、ミス・モーランド、ぼくの愚かな妹は、あなたのあんな明快な言葉を誤解したんです。あなたは、もうすぐロンドンで恐ろしいものが出ると言いましたね。すこしでも理性のある人間なら、これは貸本屋に関係した話だと察しがつくはずだけど、なんと妹の頭には、セント・ジョージ広場（一七八〇年のゴードン暴動。カトリック教徒救済法に反対し、一週間にわたり破壊行為が行なわれた）に集結した三千人の暴徒の姿が思い浮かんだんだ。三千人の暴徒がイングランド銀行を襲撃し、ロンドン塔に押しかけ、ロンドン市街が血の海となり、国民の希望の星である第十二軽騎兵隊が、暴徒鎮圧のためにノーサンプトンから召集され、そして、われらが勇敢なる兄フレデリック・ティルニー大尉が、騎兵中隊の先頭に立って突撃を開始した瞬間、二階の窓から飛んできたレンガのつぶてに当たって落馬するんです。ね、愚かな妹を許してやってください。女性の弱さと、軍人の兄の身を心配する妹の恐怖心が、こんな妄想を生んだんです。でも妹は、ふだんはこんなに愚かではありませんよ」

キャサリンは厳粛な顔をした。

「さあ、お兄さま」とミス・ティルニーが言った。「お兄さまの説明のおかげで、私とミス・モーランドとのあいだの誤解は解けたわ。こんどはお兄さまと彼女とのあいだの誤解を解いたほうがいいわ。このままでは、お兄さまは彼女に誤解されるわ。妹にたいして失礼な兄で、女性にたいして野蛮な意見を持った男性だと誤解されるわ。彼女はお兄さまの変な癖に慣れていないんですもの」

「ぼくの変な癖を、もっとよく知っていただけたらうれしいですね」

「そうね。でもまださっきの釈明になっていないわ」とミス・ティルニーは言った。

「ぼくはどうすればいいのかな？」

「どうすればいいか、ご自分でわかってるはずよ。彼女の前で身の証しを立てるのよ。ぼくは女性の知性を高く評価していますって、彼女にはっきり言うのよ」

「ミス・モーランド、ぼくは世界中のすべての女性の知性を非常に高く評価しています。とくに——たとえどなたであろうと——ぼくと同席していただいた女性の知性は非常に高く評価しております」

「まだ十分ではないわ。もっとまじめにならなくてはだめよ」

「ミス・モーランド、ぼくほど女性の知性を高く評価している者はおりません。ぼくの考えでは、女性はあまりにも多くの知性を与えられたために、その知性の半分も使う必要がないのです」

「ミス・モーランド、いまは兄からまじめな答を聞けそうにないわ。いまはまじめな気持ちになれないらしいわ。でもこれだけは信じてください。私の兄は、女性にたいしてあんな不当なことを言ったり、私にたいしてあんなひどいことを言ったりする人間ではありません。もしそう見えたとしたら、それはまったくの誤解です」

ヘンリー・ティルニーがそんなひどい人間であるはずがない、と信ずるのはキャサリンには簡単なことだった。彼の態度にはときどき驚かされるが、彼の言うことはいつも正しいと彼女は思っている。そして彼の言ったことは、理解できても理解できなくてもすぐに感心してしまうのだ。今日の散歩はほんとうに楽しかった。あっという間に終わってしまって残念なくらいだ。そして最後がまたすばらしかった。ティルニー兄妹は彼女を宿まで送ってくれて、しかもミス・ティルニーは別れぎわに、アレン夫人とキャサリンにむかってとても丁重に、キャサリンを明後日のディナーに招待したいと言ったのである。アレン夫人にはもちろん何の異論もなかった。キャサリンはあまりのうれしさに、どうしてよいかわからぬほどだった。

キャサリンは午前中をとても楽しく過ごしたので、しばらくは、友情も肉親の愛情もすっかり忘れてしまった。ティルニー兄妹と散歩をしているあいだ、イザベラのこともジェイムズのこともまったく頭に浮かばなかったのだ。だがティルニー兄妹が帰ってしまうと、彼女はまた親友と兄とドライブのことが気になってきた。でもいくら気にかけても、しばらくはどうすることもできなかった。アレン夫人は、彼女を安心させるような情報は何も持っていなかった。イザベラのこともジェイムズのことも何も聞いていないのだ。だが午前中が終わろうとするころ、キャサリンはリボンの生地が必要になって、町へ買い物に出かけると、ボンド・ストリートで、ソープ家の次女アンに出会った。アンは、かわいらしいふたりのお嬢さんと一緒に、ソープ家の宿があるエドガーズ・ビルディングズのほうへむかって歩いていた。アンは午前中ずっと、このふたりのお嬢さんと一緒に過ごしたのだ。そしてキャサリンはすぐにアンから、イザベラたちが予定どおりクリフトンに出かけたことを知った。

「みんな今朝八時に出発したわ」とアン・ソープは言った。「でも私、あんなドライブなんてちっともうらやましくないわ。あなたも私も、あんな災難を免れてほんとによかったわ。ものすごく退屈なドライブに決まってるわ。この季節にクリフトンに行く人なんていないもの。ベル（イザベラ）があなたのお兄さまと一緒で、ジョンが妹のマライアと一緒よ」

キャサリンはその組み合わせを聞いて、ほんとによかったと思ったので、そう言った。

「ええ、そうね！」とアン・ソープは答えた。「妹のマライアが行ったの。妹はものすごく行きたがったの。すばらしいドライブになるとでも思ったのね。マライアの趣味はどうかと思うわ。私は最初から行かないって決めていたの。どんなに勧められたって行く気はなかったわ」

その点は疑わしいと思ったので、キャサリンはこう答えずにはいられなかった。

「あなたも行ければよかったのにね。みんなで行かれなかったのが残念ね」

「ありがとう。でも私、あんなドライブなんて興味ないわ。ほんとに、どんなに勧められたって行く気はなかったわ。さっきあなたがうしろから来たとき、お友達のエミリーとソファイアにもそう言っていたのよ」

キャサリンはまだ納得できなかったが、とにかくアン・ソープには、エミリーさんとソファイアさんという慰め相手がいてよかった思い、安心して別れを告げた。そして帰り道を歩きながらこう思った。「私のために中止にならなくて、ほんとによかったわ。ジェイムズお兄さまもイザベラもすばらしいドライブを楽しんで、私が強情に断わったことなんて早く忘れてくれるといいな」と。

第十五章

翌朝早く、イザベラから手紙が届いた。穏やかなやさしい調子で、「とても大事なお話があるので、すぐに来てほしいの」と書かれていた。イザベラはきのうのことを怒っていないらしい、とキャサリンは安心し、きのうのドライブの様子を早く聞きたいので、急いでエドガーズ・ビルディングズのソープ家の宿へ向かった。居間には、ソープ家の次女アンと三女マライアがいた。アンがイザベラを呼びに部屋を出ていくと、キャサリンはその機会をとらえて、「きのうのドライブはどうでした？」とマライアに質問した。マライアは、その話がしたくてうずうずしていたみたいに大喜びで話してくれた。「最高に楽しいドライブだったわ――誰にも想像できないほどすばらしかったわ――とにかく想像以上に楽しかったわ」などなど。最初の五分間でわかったことはそれだけだった。そしてつぎの五分間でつぎのような事実がわかった。

まず、まっすぐヨーク・ホテルに行き、そこでスープを飲み、早めのディナーを予約し、歩いてポンプ・ルームへ行き、そこで鉱泉水を飲み、財布とスパー（方解石や蛍石などの鉱石）の買い物に五シリング使い、それからお菓子屋で休憩してアイスクリームを食べ、急いでホテルに戻り、暗くならないうちに帰るために大急ぎでディナーを取り、そして楽しいドライブの帰途についた。ただ残念なことに、月が出ていなくて、雨がすこし降ってきて、ジェイムズ・モーランドの馬がすっかりへたばってしまって、なんとかやっと走っているという感じだったそうだ。

キャサリンはこの報告を聞いて心から満足した。ブレイズ城へ行く話などまったく出なかったようなので、彼女としては、このドライブを断わったことを残念がる理由はまったくないわけだ。マライアの報告は、姉のアンにたいする溢れんばかりの同情の言葉で終わった。アンは自分だけドライブに行かれなかったので、ものすごく機嫌が悪いのだそうだ。

「アンは絶対に私を許さないでしょうね。でも私にはどうしようもなかったの。ジョンお兄さまが、アンは足首が太いから乗せたくないと言って、どうしても私を連れていくと言うんですもの。アンは、一カ月は機嫌が直らないでしょうね。でも私は怒らないことに決めたの。私はそう簡単には怒らないわ」

そのときイザベラが、重大な話でもありそうな、ものすごく幸せそうな顔で、元気いっぱいの足取りで部屋に入ってきた。キャサリンの注意はすぐにそちらに向けられた。イザベラはマライアを部屋から追い出して、いきなりキャサリンを抱きしめて言った。

「ええ、そうなのよ、キャサリン！　ほんとにそうなのよ。あなたの目に狂いはなかったわ。ああ、あなたのそのいたずらっぽい目！　その目は何でもお見通しね！」

キャサリンはあっけに取られて、ただぽかんとするしかなかった。

「ね、キャサリン、落ち着いて」とイザベラはつづけた。「ね、わかるでしょ？　私、すっごく興奮しているの。さあ、座ってゆっくりお話ししましょう。それじゃあなたは、私の手紙を見てすぐにわかったのね？　ほんとに何もかもお見通しなのね！　ああ、私のキャサリン！　いまの私がどんなに幸せかわかるのは、私の心を知っているあなただけよ。あなたのお兄さまはほんとうにすてきな人ね！　ああ、私がもっと彼にふさわしい人間だったらいいのに！　でも、あなたのすばらしいお父さまとお母さまはなんておっしゃるかしら？　ああ！　もうだめ！　ご両親のことを考えると、胸がどきどきして倒れてしまいそう！」

ぽかんとしていたキャサリンの頭が目を覚まし、とつぜん事の真相がひらめいた。こんな感情に襲われるのは生まれて初めてなので、頰を紅潮させて彼女は叫んだ。

「まあ、イザベラ！　それ、どういうことなの？　ね、あなたはほんとに……ほんとに、ジェイムズお兄さまを愛しているの？」

だがこの大胆な推測も、事の真相を半分しか伝えていないことが、すぐに明らかとなった。キャサリンはイザベラからいつもこう非難されていた。「あなたは私の表情と振る舞いのなかに、お兄さまにたいする愛情の兆候を読み取ろうと絶えずうかがっているのね」と。ところがうれしいことにその愛情が、きのうのドライブ中に、お互いの愛の告白へと進展したのだった。イザベラの心はジェイムズに捧げられ、ふたりは晴れて婚約したのである！　キャサリンは、これほどの興味と驚きと喜びにあふれた話に耳を傾けたのは生まれて初めてだった。なんと、自分の兄と自分の親友が婚約したのである！　こんな経験はもちろん生まれて初めてであり、まさに筆舌に尽くしがたい重大な出来事であり、自分の平凡な日常生活においては二度と起こり得ない大事件だと、キャサリンは思った。自分がどんなに感激しているか、とても口では言えないが、何も言えないほど感激しているということは、十分にイザベラに伝わった。「あなたのような姉妹を持って幸せだわ！」というのが、お互いの口から最初に出た言葉であり、ふたりは抱き合ってうれし涙に暮れたのだった。

ふたりが親戚関係になることをキャサリンは心から喜んだが、しかし、愛情のこもった期待感においては、イザベラのほうがまさっていたことは認めなくてはならない。イザベラはこう言ったのだ。

「ね、キャサリン、あなたは私にとって、とてもとても大切な人になるわ。アンやマライアよりもずっと大切な人になるわ。私はソープ家よりもモーランド家をずっとずっと大切にするつもりよ」

これは、キャサリンには到底真似のできない熱い熱い友情の表現だった。

「あなたはお兄さまにそっくりね」とイザベラはつづけた。「だから私、あなたを見た瞬間に大好きになったの。でも私っていつもそうなの。最初の一瞬ですべてが決まってしまうの。去年のクリスマスに、あなたのお兄さまがうちにいらした最初の日に、ひと目見てすっかり心を奪われてしまったの。あのときのことは今でもはっきり覚えているわ。私は黄色いドレスを着て、髪は三つ編みだったわ。私が客間に入っていって、ジョンお兄さまに彼を紹介されたとき、こんな美男子に会ったのは生まれて初めてだと思ったわ」

これを聞いてキャサリンは、愛の力とはこういうものかと、ひそかに思わざるを得なかった。彼女は兄のジェイムズが大好きだし、兄の資質や才能はとても高く評価しているけれど、兄が美男子だなんて一度も思ったことがなかったからだ。

「それからこれもよく覚えているわ」とイザベラはつづけた。「あの晩は、ミス・アンドリューズもお茶に来ていたの。彼女は暗褐色の薄絹のドレスを着ていて、とてもすてきに見えたわ。だから、あなたのお兄さまはミス・アンドリューズを好きになるにちがいないと思ったの。それを考えると、一晩じゅう一睡もできなかったわ。ああ、キャサリン！　私はあなたのお兄さまのために、何日も何日も眠れぬ夜を過ごしたわ！　私が味わった苦しみを、あなたには半分も味わわせたくないわ！　あのときはほんとにげっそりやせてしまったわ。でも、私の苦しみを話して、あなたを苦しめるのはやめるわね。あなたにはもう十分わかっていますもの。私って、自分の気持ちがいつも顔に出てしまっていたんじゃないかしら。教会が大好きだということも、うっかり言ってしまったんですもの！　でも、私の秘密をあなたに知られても絶対安全だって、私はいつも思っていたわ」

これほど安全なことはないとキャサリンは思った。自分はイザベラの秘密など何も知らないので、人に話しようがないからだ。でもイザベラは、私が彼女の秘密をすべて知っていると思っているらしい。それなのに何も知らないのは恥ずかしいとキャサリンは思い、この問題はこれ以上話題にしたくなかった。それにイザベラは勝手な思い込みで、「あなたは何でもお見通しなのね」とか、「お兄さまにたいする愛情の兆候を読み取ろうと絶えずうかがっているのね」とか言っていたが、キャサリンはこれも敢えて否定しないことにした。

またキャサリンは、兄がこの婚約を両親に伝えて同意を得るために、すぐにフラートンへ行く予定だということもイザベラから知らされた。そしてこれが、イザベラをこんなに不安にさせている最大の原因だった。でもキャサリンは、自分の両親は息子の婚約に反対するはずはないと確信しているので、イザベラにもそう言った。

「うちの両親ほどやさしい親はいないわ。子供たちの幸せをあれほど願う親はいないわ。

お父さまもお母さまもぜったいにすぐに賛成するわ」

「あなたのお兄さまもそう言っていたわ」とイザベラは答えた。「でも私はあまり期待していないの。私の財産はすごく少ないんですもの、ご両親が賛成するはずないわ。あなたのお兄さまは、どんなすばらしい女性とだって結婚できるんですもの！」

これを聞いてキャサリンは、愛の力とはこういうものかと、またひそかに思わざるを得なかった。

「ね、イザベラ、あなたは謙虚すぎるわ。財産の違いなんてまったく問題にならないわ」

「ああ！　キャサリン！　あなたは心が広いからそんなことを言うのよ。でも、世の中の人がみんなそんなに無欲だと思ってはいけないわ。ああ、私とお兄さまの境遇が逆だったらいいのに！　私は、たとえ自分が何百万ポンドの大金持ちだとしても、いいえ、全世界の支配者だとしても、ぜったいにあなたのお兄さまと結婚するわ」

分別の点でも奇抜さの点でも感動的なこのすばらしい言葉を聞くと、キャサリンは、小説で読んだあらゆるヒロインたちを思い出して、ぞくぞくするほどうれしくなった。そのすばらしい言葉を口にしたときほど、イザベラが美しく見えたことはないと思った。

「お父さまもお母さまもきっと賛成するわ。ぜったいにあなたのことを気に入るわ」とキャサリンは何度も何度も言った。

「私の望みは、ほんとにささやかなものなの」とイザベラは言った。「なんとか生活していけるだけの最小限の収入があれば、それで満足よ。お互いにほんとうに愛し合っていれば、貧乏そのものが豊かさになるわ。私は派手な暮らしなんて大嫌い。ぜったいロンドンなんかに住まないわ。ひなびた村の小さなコテッジに住めたら最高に幸せだわ。リッチモンド（ロンドン郊外の高級別荘地）に小さな洒落たヴィラがあるんじゃないかしら」

「リッチモンド！」キャサリンが思わず大きな声で言った。「フラートンに住まなくてはだめよ。うちの近くでなくてはだめよ」

「そうね、そうでなければ私も寂しいわ。あなたの近くに住めれば、私はそれだけで満足よ。でも、こんな話をしても意味ないわ！　お父さまのお返事をいただくまでは何も考えないことにするわ。今夜ソールズベリーに手紙を出せば、明日返事が来るはずだって、お兄さまが言っていたわ。ああ、明日！　私には手紙をあける勇気はないわ。そんなことをしたら死んでしまうわ」

そう言ったあと、イザベラはしばらく物思いにふけっていたが、再び口を開いたときの話題は、ウェディング・ドレスの生地に関する相談だった。

そこへ、不安に満ちた若き恋人ジェイムズ・モーランドが登場したので、花嫁衣装の話題は打ち切られた。彼はフラートンへ発つ前に、別れの言葉をささやくためにやってきたのだった。キャサリンは兄にお祝いの言葉を言いたいが、何を言っていいかわからず、目の表情で必死におめでとうと言うだけだった。でもその目からお祝いの言葉が輝き出て、ジェイムズにすぐに十分に伝わった。彼は一刻も早くフラートンに帰って両親の同意を得たいので、別れのあいさつはきわめて短いものだった。「さあ、早く行って！」とせきたてるイザベラの言葉に何度も引きとめられなかったら、もっと短くてすんだことだろう。部屋を出ようとするたびに、彼は二度もイザベラの声に呼びとめられた。彼女はジェイムズを早く行かせようと思ってこうせきたてるのだ。

「ね、私はあなたを追い出さなくてはならないわ。ウィルトシャー州のフラートン村までどれくらいあると思うの？　あなたがぐずぐずしているのを見ていられないわ。ね、お願い、時間を無駄にしないで。さあ、早く行って！　ね、お願いだから早く行って！」

こうしてキャサリンとイザベラは、これまで以上にしっかりと心が結ばれ、その日は一日中ずっと一緒に過ごした。これからふたりは姉妹になるのだと思うと、話は尽きずにあっという間に時間が過ぎた。ソープ夫人とジョンは、イザベラとジェイムズ・モーランドの婚約のことはすでに知っており、ふたりともこの婚約に大賛成だった。あとはモーランド氏の承諾の言葉を待つだけであり、ソープ家にとってこんなめでたいことはないと思っているようだった。それでソープ夫人とジョンも、イザベラとキャサリンの話に加わって、意味ありげな目つきをしたり、謎めいた言葉を口にしたりして、この婚約をまだ知らされていない次女のアンと三女のマライアの好奇心をかきたてた。純真な心を持ったキャサリンは、アンとマライアだけのけ者にするのはよくないし理屈に合っていないと思い、こういう隠し立てはよくないと言おうとした。ところが、どうやらソープ家の人たちは、こういう理屈に合わないことを楽しむのが好きなようだった。というのは、すぐにアンとマライアが、「私はちゃんと知ってるわ」と、ほんとに知っているみたいに言ったのだ。だからキャサリンは安心して、さっき言おうとしたことを言うのをやめた。そしてその晩は、婚約の事実を知っている者と知らない者が腕を競い合う機知合戦となり、片や、意味ありげな目つきで謎めいたことを言いつづけ、片や、わかっていないのにわかったふりをしつづけ、両者まったく互角の戦いとなった。

キャサリンは、つぎの日もイザベラと一緒に過ごして彼女を元気づけ、ジェイムズの手紙が着くまでの待ち遠しい時間を楽しく過ごそうと努めた。これはぜひ必要な努力だった。というのは、手紙が着く時刻が近づくにつれて、イザベラはかわいそうなくらい元気がなくなり、手紙が着く直前には、悲嘆のどん底に落とされたみたいになってしまったからだ。ところが手紙が到着すると、その悲嘆は一瞬にしてどこかへ吹き飛んでしまった。

「ぼくのやさしい両親は、ぼくたちの婚約にすぐに賛成してくれました。そしてぼくの幸せのために、できるだけのことをしてくれると約束してくれました」

これがジェイムズの手紙の最初の三行であり、すべてが一瞬にして喜びと安堵に変わった。イザベラの顔はたちまちバラ色に輝き、心配も不安もすべて消え失せ、自分でも抑えられないほどの元気を取り戻し、「私は世界一の幸せ者だわ」と何のためらいもなく言った。

ソープ夫人は、喜びの涙を流してイザベラを抱きしめ、ジョンを抱きしめ、キャサリンを抱きしめたが、バースの住民の半分を抱きしめることだってできたであろう。夫人の心は愛情で溢れんばかりであり、何か言うたびに、「いとしいジョン」「いとしいキャサリン」と連発し、「いとしいアンとマライア」も、この幸福のお裾分けを受けることになった。イザベラには、「いとしい、いとしいイザベラ」と必ず二つつけられたが、最愛のイザベラにはこれでもまだ足りないようだった。ジョンでさえ喜びを隠そうとせず、「モーランド氏は世界一すばらしい人物だ」と絶賛し、ありとあらゆる賛辞を浴びせた。

この幸せの泉の源となった手紙はごく短いもので、両親の承諾を得たという事実を伝えているだけだった。そのほかの詳細については、ジェイムズのつぎの手紙を待たなくてはならなかった。だがイザベラは、詳細などいくらでも待つことができた。モーランド氏の約束の言葉のなかに、必要なことはすべて含まれているのだ。彼は名誉にかけて、息子の幸せのためにできるだけのことをすると約束しているのだ。結婚後のふたりの収入はどうなるのか、土地を譲ってくれるのか、公債を譲ってくれるのか、などということは、イザベラの無欲な心にはどうでもいいことだった。すばらしい結婚生活がすぐに始まるのだと彼女は確信し、さっそく想像の翼を広げ、結婚に伴うさまざまな幸せに思いをめぐらせた。数週間後には自分の馬車を持ち、名刺に新しい名前を書き、きらきらと輝く宝石をちりばめた指輪をはめ、フラートン村の新しい知り合いたちの注目と賛嘆の的となり、パトニー（ソープ家が住むロンドン郊外の町）の大切な旧友たちの羨望の的となるのだ。

ジョン・ソープは、ロンドン行きを遅らせて手紙の到着を待っていたのだが、手紙の内容を知らされると、すぐに出発の準備をした。

「やあ、ミス・モーランド、あなたにさようならを言いに来ました」とジョンは、居間にひとりでいるキャサリンを見ると言った。

キャサリンは「どうぞご無事で」と言ったが、ジョンは彼女の言葉が聞こえないらしく、窓辺へ行ってそわそわしたり、鼻歌を歌ったりし、何やら自分の考えに没頭しているようだった。

「デヴァイジズ（バースから約三十キロ東にある町）に着くのが遅くなりませんか？」とキャサリンは言った。

ジョンは何も答えなかったが、突然こう言った。

「この結婚はほんとにすごいな！　あなたのお兄さんとぼくの妹はうまいことを思いつ

いたもんだ。ね、ミス・モーランド、あなたはどう思います？　ぼくはなかなかいい考えだと思いますね」

「ええ、とてもいい考えだと思いますわ」

「ほんとに？　ずいぶん素直なお返事ですね。でも、あなたが結婚の敵でなくてよかった。「一度結婚式に出たら、また出たくなる」という昔の歌をご存じですか？　ね、イザベラの結婚式には来てくれますね？」

「ええ。できれば出席したいって、イザベラさんに約束しました」

「あの、それじゃ」とジョンは、体をよじって馬鹿みたいに笑いながら言った。「それじゃ、その昔の歌がほんとかどうか、ふたりで試してみましょうか」

「ふたりで？　でも、私は歌はだめなんです。では、どうぞご無事で。私は今日、ミス・ティルニーにディナーに呼ばれているので、もう帰らなくてはなりません」

「いや、そんなに急ぐことはありませんよ。こんどいつ会えるかわかりませんからね。といっても、二週間後には帰ってきますけど、ぼくには死ぬほど長い二週間になるだろうな」

「それじゃ、なぜそんなに長く行っているんですか？」相手が返事を待っているらしいので、キャサリンは仕方なく答えた。

「いや、あなたは親切な人だ。すごく親切なやさしい人だ。ぼくは絶対に忘れない。あなたは誰よりもやさしい人だとぼくは思っています。ものすごくやさしくて、ただやさしいだけじゃなくて、あらゆるすばらしいものを持っています。そしてあなたは……いや、ほんとに、あなたのようなすばらしい人はいません」

「あら、とんでもないわ！　私のような人間ならいくらでもいるわ。もっとすばらしい人がたくさんいるわ。それでは、さようなら」

「あの、ミス・モーランド、もしご迷惑でなければ、近いうちにフラートンにごあいさつに伺うつもりです」

「はい、どうぞいらしてください。父も母も、あなたにお会いしたらとても喜ぶと思いますわ」

「そしてミス・モーランド、あなたもぼくに会うのはおいやではないでしょうね」

「とんでもない！　私は会うのがいやな人なんていませんわ。人と一緒にいるのはいつだって楽しいわ」

「いや、それはぼくの考えとまったく同じですね。「ぼくに楽しい仲間をお与えください。愛する仲間をお与えください。好きな人と好きな場所に一緒にいられたら、ほかのことはどうでもいい」というのがぼくの考えです。あなたはいま、ぼくとまったく同じことをおっしゃいました。いや、それを聞いてほんとにうれしい。ミス・モーランド、どうやらあなたとぼくは、ほとんどの点で同じ考えを持っているようですね」

「そうかもしれませんけど、私はそんなことは考えたことありません。それにほとんどの点といっても、正直言って、私は自分の考えなんてよくわからないんです」

「いや、そうですとも、それはぼくだって同じです。自分に関係ないことで頭を悩ますなんてことはしません。ぼくの考えは非常に単純です。居心地のいい家に、好きな女性と一緒に住むことができれば、それ以上望むものはないということです。財産なんてどうでもいい。ぼくには十分な財産があるから、相手の女性が一文無しなら、かえってそのほうがいいんです」

「そうですね。その点は私も同じ考えです。男性か女性か、どちらか一方に十分な財産があれば、もう一方には財産なんて必要ないわ。どっちが持っていようと、とにかくあればいいんですもの。大金持ちが大金持ちを求めるなんていやだわ。それに、お金のために結婚するのは一番いけないことだと思うわ。それでは、さようなら。どうぞ、ご都合のいいときに、いつでもフラートンにお出かけください」

そう言ってキャサリンは立ち去った。ジョン・ソープがどんなにやさしい言葉をかけても、これ以上彼女を引きとめることはできなかった。キャサリンは、兄の婚約という重大ニュースを早くアレン夫妻に伝えたいし、ミス・ティルニーとのディナーの約束もあるので、ジョンがどんなに熱心に何を言おうが、これ以上帰宅を遅らせるわけにはいかなかった。それでキャサリンはさっさと立ち去ったのだが、あとに残されたジョン・

ソープはこう確信したのだった。

「よし、愛の告白はうまくいった。明らかに前途有望だ」

キャサリンは、兄の婚約を知らされたときに非常に驚いたので、アレン夫妻にこのニュースを伝えたら、夫妻もさぞかし驚くだろうと思った。ところがキャサリンは、ひどくがっかりして拍子抜けしてしまった。いろいろ前置きを言ってからこの重大ニュースをアレン夫妻に伝えたのだが、なんと夫妻は、ジェイムズがバースに来たときから、すでにこのことを予想していたというのである。そしてそれが事実となった今、夫妻が思うことは、若い人たちの幸せを祈るという一語に尽き、アレン氏はイザベラの美貌を称え、アレン夫人は、ジェイムズを射止めたイザベラの幸運を祝福した。これは驚くほど冷静な反応だとキャサリンは思った。ところが、きのうジェイムズが極秘にフラートンに行ったという事実が明らかになると、アレン夫人は激しく動揺した。その話を冷静に聞くことができず、なぜ私に黙って行ったのだと、何度も残念がった。ジェイムズがフラートンに行くことがわかっていれば、行く前に彼に会って、「ご両親にくれぐれもよろしくお伝えください。スキナー一家の皆さんにもどうぞよろしく」と伝言を頼みたかったのにと、何度も何度も残念がった。

第十六章

キャサリンは、ミルソム・ストリートのティルニー家訪問を楽しみにして、あまりにも大きな期待をかけすぎたために、残念ながら少々失望を味わうことになった。といっても、ティルニー将軍は彼女をたいへん丁重に迎えてくれたし、ミス・ティルニーもやさしく迎えてくれたし、ヘンリーも家にいたし、その日の客はキャサリンだけだった。それなのに、帰宅して考えてみると（何時間もかけて自分の気持ちを調べたわけではないが）、「あんなに期待して出かけたのに、あまり楽しい訪問ではなかったわ」と彼女は思わざるを得なかった。その日の訪問で、ミス・ティルニーとの親交が深まったとは思えないし、前よりも親密さが後退したような気さえした。それにヘンリー・ティルニーは、家族とのくつろいだ集まりではいちだんとすばらしく見えるだろうと思ったのに、逆に、こんなに無口で無愛想な彼を見たのは初めてだった。そしてティルニー将軍は、彼女をとても丁重に扱ってくれたし、感謝の言葉や、招待の言葉や、お世辞の言葉をさかんにかけてくれたのだが、将軍から解放されるとなんだかほっとした。

これをどう説明していいかわからず、キャサリンは途方に暮れてしまった。ティルニー将軍はほんとうに感じがよくて、やさしくて、どこから見ても魅力的な人物であり、これは疑問の余地がない。なにしろティルニー将軍は、すらりとした長身で、美男子で、しかもヘンリーのお父さまなのだ。ヘンリーとミス・ティルニーが元気がなかったのは、ティルニー将軍がいたからだ、ということはあり得ないし、私がこの訪問を楽しいと思わなかったのは、ティルニー将軍がいたからだ、ということもあり得ない。結局キャサリンはこう考えるしかなかった。ふたりが元気がなかったのはまったくの偶然であり、私がこの訪問を楽しいと思わなかったのは、私が愚かだからだ、と。しかし、この訪問の話を聞かされたイザベラは、まったく別な解釈をした。

「それはみんな高慢のせいよ！　鼻持ちならない傲慢さと高慢のせいよ！　あの一家はずいぶんお高くとまっているって、私は前から思っていたけど、これではっきりしたわ。ミス・ティルニーのそんな失礼な態度って、聞いたこともないわ！　人を招待しておいて、ちゃんとしたおもてなしもしないで、そんな傲慢な態度を取って、ろくに話もしないなんて！」

「でも、そんなにひどくはないのよ、イザベラ。彼女はぜんぜん傲慢な態度ではなかったし、とても丁重だったわ」

「まあ、あきれた！　ミス・ティルニーの弁護なんてしないで！　それにヘンリー・テイルニーもあんまりだわ。あなたにあんなに気があるみたいだったのに！　ほんとにあんまりだわ！　でも世の中には、何を考えているかわからない人っているのよね。それじゃ彼は、一日じゅう一度もあなたのほうを見なかったわけね」

「いいえ、そうは言ってないわ。あまり元気がなかっただけよ」

「ほんとに見下げはてた人たちね！　私はこの世の中で、心変わりほど嫌いなものはないの。ね、キャサリン、ヘンリー・ティルニーのことなんてもう二度と考えないほうがいいわ。あんな人、あなたに愛される資格はないわ」

「私に愛される資格はない？　でも、あの人は私のことなんて何とも思っていないわ」

「そうよ、私はそれが言いたいの。彼はあなたのことなんて何とも思っていないのよ。ほんとに気まぐれな人ね！　あなたのお兄さまやジョンお兄さまとは大違いだわ！　ほんとに、ジョンお兄さまほど心変わりしない人はいないわ」

「でもティルニー将軍は、私にとてもやさしく丁重に振る舞ってくれたわ。誰にも真似できないくらいよ。私を楽しませて、幸せな気持ちにさせることだけを考えているみたいだったわ」

「あら、もちろんよ。ティルニー将軍はぜんぜん悪くないわ。ティルニー将軍が高慢だなんて言ってないわ。将軍はとても紳士的な人だと思うわ。ジョンお兄さまも、ティルニー将軍をとても高く買っているわ。ジョンお兄さまの判断だと――」

「とにかく、ティルニー兄妹が私にどんなふうに振る舞うか、今夜わかるわ。私たち、今夜社交会館で会うことになっているの」

「私も行かなくてはいけないの?」

「えっ、いらっしゃらないの?　行くことに決まっていると思っていたのに」

「あら、あなたからそう言われたら断われないわね。でも、私が喜んで行くなんて思わないでね。だって私の心は、四十マイルも遠いところへ行ってしまっているんですもの。それに、「ダンスはしないの?」なんて聞かないでね。ダンスなんて問題外よ。今夜はチャールズ・ホッジズに死ぬほどせがまれるでしょうけど、私はきっぱり断わるつもりよ。でも彼は、私が断わる理由をすぐに嗅ぎつけてしまうでしょうね。それが困るのよ。だから私、「勝手にご想像なさって」って言ってやるつもりよ」

ティルニー兄妹に関するイザベラの意見は、キャサリンに何の影響も及ぼさなかった。ヘンリーの態度にも、ミス・ティルニーの態度にも、失礼なところはまったくなかったと思うし、ふたりが高慢な心を持っているとはぜんぜん思わなかった。そして夜になると、ティルニー兄妹にたいするキャサリンの確信と信頼は報われた。ミス・ティルニーは以前と同じように親切に迎えてくれたし、ヘンリーも以前と同じようにやさしく迎えてくれた。ミス・ティルニーはすぐに彼女のそばへ来てくれたし、ヘンリーはダンスを申し込んでくれたのである。

キャサリンはきのうティルニー家で、長男のティルニー大尉がもうすぐバースに来るという話を聞いていた。だから彼女は、すごく美男子でお洒落な感じの青年を見て、これがティルニー大尉だとすぐにわかった。いままで会ったことはないが、明らかにティルニー家の人間だとわかるのだ。キャサリンは賛嘆のまなざしでティルニー大尉を見つめ、弟のヘンリーより美男子だと思う人もいるかもしれないと思った。でも彼女が見たところ、ティルニー大尉はうぬぼれが強そうで、顔つきも好感が持てない感じがした。それに、趣味と態度は明らかにヘンリーより劣っていると思った。というのはティルニー大尉は、ヘンリーとダンスをしている彼女の聞こえるところで、「ぼくはダンスなんてするもんか！」と大きな声で言い、「ダンスなんてしている弟の気が知れない」とあからさまにヘンリーを嘲笑したからだ。あとの言葉から判断すると、キャサリンがティルニー大尉のことをどう思うにせよ、大尉のキャサリンにたいする気持ちは危険なものではなさそうだ。われらがヒロイン、キャサリン・モーランドをめぐって兄弟の争いが起きる心配はなさそうだし、彼女に危害が及ぶ心配もなさそうだ。「外套に身を固めた三人の悪党がヒロインを誘拐し、四頭立ての馬車に押し込んで疾風のように去ってゆく」という話が小説にはよくあるけれど、ティルニー大尉が悪党を雇ってキャサリンを誘拐するとはまず考えられない。キャサリンは、そんな不吉な予感に悩まされることもなく、ただ、ダンスがすぐに終わってしまうのではないかと心配しただけだった。いつものように、ヘンリー・ティルニーの言葉に目を輝かせて耳を傾けながら、最高に楽しい時間を過ごした。そして、彼はほんとうにすてきな人だと思い、そう思うことによって自分もますます魅力的になった。

一回目のダンスが終わると、またティルニー大尉がやってきて、キャサリンとしては大いに不満だが、ヘンリーを連れていってしまった。ふたりは何やらひそひそ話をしながら立ち去った。キャサリンは繊細な感受性の持ち主だが、すぐに不安に襲われるようなことはなかった。「もしかしたらティルニー大尉は、私を中傷する悪い噂を聞いたのではないかしら？　それでふたりの仲を引き裂くために、その悪い噂をヘンリーに知らせにきたのではないかしら？」などとは考えなかった。しかし、ヘンリーが目の届かないところへ連れて行かれるのを見ると、やはり不安になり、その不安な状態はたっぷり五分ほどつづいたが、まるで十五分以上もたったように思われたころ、やっとふたりが戻ってきてその理由がわかった。ヘンリーがキャサリンにこう言ったのだ。

「あなたのお友達のミス・ソープはダンスをすると思いますか？　じつは、兄が彼女に紹介してほしいと言っているのです」

「いいえ、イザベラは踊らないと思います」とキャサリンはためらいなく答えた。

この冷たい返事がティルニー大尉に伝えられると、大尉はすぐにその場を立ち去った。

「お兄さまは気になさらないわよね」とキャサリンはヘンリーに言った。「さっきお兄さまは、ダンスは大嫌いだっておっしゃっていましたもの。それなのに踊る気になるなんて、お兄さまは心がやさしいのね。イザベラが座っているのをごらんになって、パートナーを探しているとお思いになったのね。でもそれは違うんです。イザベラは、今夜はどんなことがあっても踊らないと言っていましたもの」

ヘンリーは微笑して言った。

「あなたは他人の行動の動機をじつに簡単に理解しますね」

「えっ？　それはどういう意味ですか？」

「あなたは、こういうことはいっさい考えないんですね。「人間の行動はどういうことに影響される可能性があるか」、「ある人物の感情、年齢、境遇、生活習慣などを考慮すると、その人物の行動はどういうことに影響されるか」ということをまったく考えないんですね。そしてあなたは、「自分はどういうことに影響されるか。ある行動をする場合、自分はどういうことに影響されるか」ということしか考えないんですね」

「何をおっしゃっているのかわかりません」

「それじゃ、ぼくたちは対等の立場にあるとは言えませんね。ぼくはあなたの言うことが全部わかります」

「私の言うことが全部わかる？　ええ、それはそうでしょうね。私はあなたみたいに、「人にわからないくらい上手に話す」などということはできませんから」

「ブラボー！　それは難解な現代語にたいする痛烈な皮肉だな」

「でも教えてください。さっきおっしゃったことはどういう意味ですか？」

「ほんとに？　ほんとに教えてほしいのですか？　でもあなたは、それがどういう結果になるかわかっていない。あなたは非常に困った立場に立たされるし、ぼくたちはきっと仲たがいすることになりますよ」

「いいえ、そんなことにはならないわ。そんな心配はないわ」

「それじゃ言いましょう。あなたはさっきこう言いましたね。ぼくの兄がミス・ソープと踊りたいと言ったのは、兄の心がやさしいからだって。それでぼくはこう思ったんです。そんなことを言うあなたは、世界一心のやさしい人だって」

　キャサリンは赤くなって、とんでもないと否定した。ヘンリーの言うとおり、キャサリンはとても心のやさしい人なのだ。それにしても彼の言葉には、キャサリンの頭をひどく混乱させるものがあった。それが気になって、彼女はしばらくの間、話すことも聞くことも忘れて自分の世界に引きこもり、自分がどこにいるのかさえ忘れてしまった。だがやがて、イザベラの声で我に返って顔を上げると、イザベラとティルニー大尉が、こちらに手を差し出していた（となりのカップルと一瞬相手を変えてまた元に戻る動作を行なう）。

　イザベラは肩をすくめてほほえんだ。それがこの驚くべき変化にたいして、いま与えられた唯一の説明だった。だがキャサリンはまったく理解できないので、ヘンリーに自分の驚きを表明した。

「なぜこんなことになったのか、私にはまったくわからないわ！　今夜は絶対に踊らないって、イザベラはあんなに言っていたのに！」

「いままでイザベラさんは、気が変わったことは一度もないんですか？」

「えっ？　でもそれは……それに、あなたのお兄さまだってそうよ！　イザベラは踊らないという私の言葉を、あなたから伝えていただいたのに、お兄さまはなぜイザベラに申し込んだのかしら？」

「その点については、ぼくはまったく驚きませんね。イザベラさんについては、あなたが驚けと言うから驚きますけど、ぼくの兄については、はっきり言って、あの程度のことは平気でやると思っていました。イザベラさんはたいへんな美人で、誰が見てもとても魅力的ですからね。そして彼女の意志の固さは、あなたにしかわかりませんからね」

「あなたは私を笑っているのね。でもイザベラは、ふだんはとても意志が固いのよ」

「ある程度は誰だってそうです。何があっても絶対に気が変わらないというのは、ただ強情なだけかもしれない。必要なときにいつ譲歩するかによって、正しい判断力が試されるんです。ぼくの兄のことは別として、ミス・ソープがいま譲歩したのは正しい判断だと思いますね」

ダンスが全部終わるまで、キャサリンとイザベラは打ち明け話を交わすことはできなかったが、やっとダンスが終わって、ふたりで腕を組んで部屋を歩いていると、イザベラが自分からこう弁明した。

「あなたが驚くのも無理ないわ。私、へとへとで死にそうよ。ティルニー大尉はものすごくおしゃべりなんですもの！　私に好きな人がいなければ、彼の話もけっこう楽しいでしょうね。でも私はひとりで静かに座っていたかったわ」

「それじゃなぜそうしなかったの？」

「あら、そんなことをしたら変人みたいじゃない！　そんな変わり者に見られるのはいやだわ。私は何度もお断わりしたのに、どうしても聞いてくれないの。彼にどんなにしつこく迫られたか、あなたにはわからないのよ。私のことはあきらめて、ほかのパートナーを探してくださいって、何度も言ったのにだめなの。彼はこう言って聞かないの。『どうしてもあなたと踊りたいのです。あなた以外には、ぼくが踊りたい女性はこの部屋にはいません。ただ踊りたいだけではないのです。あなたと一緒にいたいのです』って。ね、ほんとに馬鹿みたいでしょ？　だから私はこう言ってやったわ。『その手で私を口説こうとしてもだめよ。私がこの世でいちばん嫌いなのは、お追従とお世辞なんですからね』って。でも私が踊らないと、この場は収まらないってわかったの。それに、もし私が踊らなければ、彼を紹介してくれたヒューズ夫人が気を悪くすると思ったの。それにあなたのお兄さまだって、私が舞踏会で一晩じゅう座っていたと聞いたら、きっと悲しむと思うわ。でも、とにかく終わってよかったわ！　ティルニー大尉の馬鹿なおしゃべりを聞かされてへとへとよ。でも彼はとてもお洒落な人だから、みんなが私たちのほうを見ていたわ」

「そうね、ティルニー大尉はとても美男子ね」

「美男子？　ええ、そうかもしれないわね。みんなああいうタイプが好きでしょうね。でも私の好みではないわ。血色のいい顔色をした、黒い瞳の男性って嫌いなの。でも彼はなかなかすてきね。すっごくうぬぼれ屋だと思うわ。いつもの私流に何度もやっつけてやったわ」

キャサリンとイザベラがつぎに会ったときは、これよりずっと興味深いことが話題になった。ジェイムズ・モーランドから二通目の手紙が届き、父親の気前のいい贈与の意思が明らかになったのだ。現在モーランド氏は、年収約四百ポンドの聖職禄を持っており、その贈与権も持っているのだが、息子ジェイムズが十分な年齢（聖職に就けるのは二十三歳以上）に達したら、その聖職禄を譲るというのである。これでモーランド家の収入はかなり減ることになるし、子供はほかに九人もいることを考えると、これはけっしてケチくさい額ではない。そのうえ、少なく見積もっても年収四百ポンドの値打ちのある土地も、将来ジェイムズに譲るというのである。

ジェイムズは手紙のなかで、父親の恩情にたいして深い感謝の気持ちを表明した。結婚するまで二、三年待たなければならないのは残念だが、それはある程度予想していたことなので不満はなかった。キャサリンは、父親の収入がどれくらいか知らないし、兄がどれくらい相続するかなど考えたこともないし、何事も、兄の判断に任せる習慣なので、兄と同じように満足し、イザベラにも、すべて解決しておめでとうと祝福の言葉を述べた。

「そうね、ほんとにありがたいわ」とイザベラは、ひどく暗い表情で言った。

「モーランド氏はほんとに気前がおよろしいわ」とやさしいソープ夫人が、心配そうに娘のイザベラを見ながら言った。「私も同じくらいのことができたらいいんですけどね。モーランド氏にこれ以上のことを期待するのは無理ですよ。もっとお出しになれるとわかれば、きっとそうしてくださいますよ。とても心のやさしいお方にちがいないんですもの。新婚生活を始めるには、年収四百ポンドでは少なすぎるかもしれないけど、ね、イザベラ、あなたの望みはとても控えめでしょ？　お金なんてそんなに必要ないんじゃない？」

「もっとお金があればいいって私が思うのは、自分のためじゃないのよ」とイザベラは言った。「いとしいジェイムズが私のために苦労すると思うと耐えられないの。生活必需品を買うのがやっとの収入で、彼が結婚生活を始めると思うと、とても耐えられないの。私のことはどうでもいいの。私は自分のことなんて考えていないわ」

「それはよくわかっていますよ。だからこそ、おまえは誰からも愛されるんですよ。おまえを知っている人は、みなさんおまえを愛してくださるわ。ね、イザベラ、若い女性で、おまえほど誰からも愛される人はいませんよ。きっとモーランド氏もおまえに会えば……でも、こんな話をしてキャサリンさんを困らせてはいけないわね。モーランド氏はほんとに気前がおよろしいわ。とてもご立派な方だと伺っています。ね、イザベラ、よけいなことを考えてはいけないわ。おまえにちゃんとした財産があれば、モーランド氏はもっと奮発してくれたかもしれないなんて、そんなことを考えてはいけないわ。あの方はほんとに気前のいいお方にちがいないんですもの」

「私ほどモーランド氏をよく思っている人はいないわ」とイザベラは言った。「でも、誰だって欠点はあるし、誰だって、自分のお金を好きなように使う権利はあるわ」

キャサリンは、このあてこすりに傷ついて、思わずこう言った。

「でも私の父は、ほんとにできるだけのことを約束してくれたと思うわ」

イザベラははっと我に返ったように言った。

「もちろんよ、キャサリン、その点については疑問の余地はないわ。ね、あなたならわかってくれるでしょ？　私はもっと少ない収入でも満足よ。私がいま元気がないのは、収入が少ないからではないの。私はお金なんて嫌いよ。年収がたったの五十ポンドでも、すぐに結婚できれば私は満足よ。ね、キャサリン、私の気持ちがわかったでしょ？　問題はそこなのよ。ジェイムズが聖職禄を得るまで、二年半も待たなくてはならないということが問題なのよ」

「そうよ、もちろんそうよ、イザベラ」とソープ夫人が言った。「おまえの気持ちはちゃんとわかっていますよ。おまえは隠しごとができない子ですからね。おまえがいま何を悩んでいるか、ちゃんとわかっていますよ。そういう気高い誠実な愛情の持ち主だからこそ、みなさんがますますおまえを愛してくださるのよ」

キャサリンの不愉快な気持ちはすこし和らいだ。結婚が遅れるということが、イザベラの唯一の悩みの種なのだと、彼女は一生懸命信じようとした。そしてつぎに会ったとき、以前と変わらぬイザベラの、陽気で愛想のいい顔を見ると、たとえ一瞬でもイザベラを疑ってしまったことを、一生懸命忘れようと努めた。二通目の手紙が届いたあと、まもなくジェイムズも帰ってきて、たいへんな喜びと愛情をもって迎えられた。

第十七章

アレン夫妻のバース滞在は、すでに六週間目に入っていた。それでしばらく前から、今週いっぱいでバースを引きあげるかどうかが話題になっていた。キャサリンは胸をどきどきさせながら夫妻の話を聞いていた。ティルニー一家とのつきあいが今週いっぱいで終わってしまうなんて悲しいことであり、キャサリンにとっては、何をもってしても補うことができない大きな悲しみだった。その問題がはっきりしないうちは、彼女のすべての幸せが危機に瀕しているかのように思われた。でもやがて、もう二週間滞在を延ばすことが決まって、ようやく彼女の気持ちは落ち着いた。といっても、この二週間の延長によって、ヘンリー・ティルニーに会う楽しみがすこし増えるだけのことであり、キャサリンはそれ以上のことは考えなかった。ジェイムズとイザベラの婚約によって、そういうこともあり得るということを知ってから、じつはキャサリンも、「もしかしたら私も……」と一、二度ひそかに思ったことはあるけれど、だいたいは、当分ヘンリー・ティルニーと一緒にいられるという幸せだけで満足だった。その「当分」というのは、いまの場合は「あと三週間」ということだが、その三週間のあいだ自分が幸せでいられるのは確実なので、その先のことは、ずっと先のことのように思えて興味が持てないのだった。

二週間の滞在延長が決まった日の午前中、キャサリンはミス・ティルニーを訪問し、うれしい気持ちをとうとう打ち明けた。だがその日は試練の日となる運命だった。アレン氏の滞在が延長された喜びを彼女が伝えると、なんとミス・ティルニーは、「父は来週の末にバースを去ることになりました」と言ったのである。なんというショッキングな言葉だろう！　この失望に比べれば、さっきまでの不安などまことにのんきで穏やかなものに思われた。キャサリンの顔は一瞬にしてかき曇り、ミス・ティルニーの言葉を悲痛な声でくり返した。

「来週の末！」

「ええ、温泉の効き目が現われるまで滞在したほうがいいと私は思うのですが、父にいくらそう言ってもだめなんです。ここで会えるはずだったお友達が来ないとわかったので、それに、体調もずいぶん良くなったので、すぐに家に帰ると言い出したのです」

「それはほんとうに残念ですね」キャサリンはがっかりしたように言った。「もっと早くそれがわかっていたら……」

「あの……」とミス・ティルニーが当惑したように言った。「お願いがあるのですが……もしそうしていただけたら、たいへんうれしいのですが……」

そのときティルニー将軍が部屋に入ってきたので、この丁重な言葉は途切れてしまった。バースを去ったら文通をしたいのですが、と言い出すのではないかとキャサリンは思ったのだが、残念ながら途切れてしまった。将軍はいつものように丁重にキャサリンにあいさつしてから、娘にむかって言った。

「で、エリナー、お美しいお友達のご招待はうまくいったと、お祝いを言ってもいいかな?」

「お父さまが入っていらしたとき、ちょうど言いかけていたところです」

「そうか、それじゃぜひつづけなさい。おまえがそれをどんなに望んでいるか私にはよくわかっている。じつはミス・モーランド」将軍は娘に話す暇も与えずに、キャサリンにむかって言った。「私の娘は、たいへん厚かましい計画を思いつきましてね。娘からお聞きでしょうが、私どもは来週の土曜日にバースを去ります。執事から手紙がきて、私にすぐに帰宅してほしいと言ってきたのです。旧友のロングタウン侯爵とコートニー将軍にここで会えるはずだったが、それもだめになったし、私がこれ以上バースにとどまる理由はないのです。そこで、もしあなたが私どもの勝手な願いを聞いてくだされば、私どもは何の未練もなくバースを去ることができるわけです。じつはお願いというのはこういうことです。この賑やかなバースを去って、娘といっしょにグロスター州のわが家にぜひおいで願えないでしょうか？　いや、こんなお願いをするのはまことにお恥ずかしい。あなた以外には、こんな厚かましいお願いはできません。あなたのような謙虚なお方だからこそ……いや、こんな露骨な褒め言葉であなたを困らせるのはやめましょう。とにかくわが家においで願えれば、こんなにうれしいことはございません。もちろんわが家では、バースのような派手な楽しみは提供できません。ご存じのように、私どもはたいへん質素で控えめな生活をしておりますので、娯楽や華やかさであなたの気を引くことはできません。しかし、私どものノーサンガー・アビーがあなたのお気に召すように、あらゆる努力をするつもりです」

ノーサンガー・アビー！　これはまた、なんという魅惑的な言葉だろう！（屋敷の名前にアビーがつくと、元は修道院だったことを示す。荒れ果てた修道院は、キャサリンが愛読するゴシック小説の舞台としてよく使われる）　キャサリンの気持ちは一瞬にして恍惚の絶頂へと高まった。彼女はこの感謝と喜びを、ありきたりの穏やかな言葉で言い表わすことは到底できなかった。こんなうれしい招待を受けるなんて！　わが家にぜひおいで願えないでしょうかと、こんなに熱心に誘われるなんて！　この招待の言葉のなかに、彼女のあらゆる名誉と慰めと、現在の幸せと将来の希望のすべてが示されているのだ。キャサリンは二つ返事で招待に応じたが、両親の許可を得てから、とつけ加えた。

「すぐに両親に手紙を書きます」とキャサリンは言った。「もし両親が反対しなければ、いいえ、ぜったいに反対なんてしないと思います」

ティルニー将軍は、すでにパルトニー・ストリートのアレン夫妻を訪問し、夫妻の許可をとりつけていたので、同じように楽観的だった。

「アレン夫妻があなたを手放すことに同意してくださったんですから、世界中の人が同意してくださるでしょう」と将軍は言った。

エリナーも、穏やかな調子だが、熱心に招待の言葉を述べた。それで数分後には、この話は決まったも同然となり、あとはフラートンの両親に手紙を書いて返事を待つだけとなった。

この午前中の出来事で、キャサリンは不安、安心、失望など、めまぐるしくさまざまな感情を味わったが、いまは完璧な至福の状態へと落ち着いた。彼女は天にも昇る気分で、心の中ではヘンリーのことを考え、口ではノーサンガー・アビーとつぶやきながら大急ぎで帰宅して、両親に手紙を書いた。モーランド夫妻は、娘を託したアレン夫妻の分別を信頼しているので、その監督のもとで結ばれた交友関係には、何の不安も感じなかった。それで、折り返し便ですぐに返事をよこし、彼女のグロスター州訪問に喜んで賛成すると伝えてきた。両親の寛大さは期待どおりだが、キャサリンはあらためて確信した。自分はこの世の誰よりも友人と幸運に恵まれ、さまざまな出来事と偶然にも恵まれている、と。まるで、すべてのことが自分に協力してくれているかのようだ。最初の友人であるアレン夫妻の親切のおかげで、このすばらしいバースに来て、あらゆる種類の楽しいことに出会うことができた。そして幸せなことに、彼女の感情と好みはすべて報われ、彼女が愛した人から愛され、イザベラの愛情は、姉妹というかたちでさらに確実なものとなった。そして、いちばんよく思われたいと思っていたティルニー一家は、予想もしていなかったうれしい招待をしてくれて、これからさらに親しい交際がつづくのである。彼女はティルニー家の選ばれた客となり、いちばん一緒にいたいと思っている人と、同じ屋根の下で数週間を一緒に過ごすのである。

しかもなんと、その屋敷の名前はノーサンガー・アビーなのである！　古い建築物にたいするキャサリンの情熱は、その激しさにおいて、ヘンリー・ティルニーにたいする愛情に次ぐものであり、古いお城や修道院の空想にふけっているときは、彼のおもかげでさえ、その空想を妨げることはなかった。城壁や塔や、修道院の回廊などを見学し探索することは、何週間も前から熱望していたことだが、せいぜい一時間見学するだけで、それ以上のことは叶わぬ夢だと思っていた。ところがそれが現実のものとなるのだ。イギリスの屋敷の名前には、ハウス、ホール、プレイス、パーク、コート、カッスル、アビーなどいろいろあるが（たとえばヘンリー八世ゆかりの王宮はハンプトン・コート、バイロンの屋敷はニューステッド・アビー）、ティルニー家の屋敷の名前は、なんと彼女がいちばん望むアビーであり、そのノーサンガー・アビーに彼女は滞在するのである。修道院のじめじめした長い廊下や、修道士が寝起きした狭い独居室や、荒れ果てた礼拝堂などを毎日見ることができるのだ。それに、ひどい虐待を受けた不幸な尼僧の伝説を聞いたり、恐ろしい形見の品々を見られるかもしれないという期待を、彼女は抑えることができなかった。

ところがティルニー家の人たちは、そんなすばらしいお屋敷に住んでいるのに、すこしも得意そうな顔をしないし、だいいち、すばらしいお屋敷に住んでいるという意識もあまりなさそうだ。一体なぜだろう、とキャサリンは不思議に思った。生まれたときから住んでいるので何も感じないのかもしれない。生まれたときから特権を与えられているので高慢にならないのだ。ティルニー家の人たちにとっては、住まいの立派さも、容姿の立派さと同様当然のことなのだ。

キャサリンはエリナーにつぎつぎに質問したが、頭が興奮しているので、返事が返ってきてもよく理解できなかった。ミス・ティルニーの説明によると、ノーサンガー・アビーは、宗教改革時代には豊富な財産を持った修道院だったが、修道院が解散されたときに、ティルニー家の先祖の手に渡った（イギリスは一五三四年に国教会を樹立し、カトリック教会と絶縁。三六年に小修道院解散、三九年に大修道院解散）。すでに崩壊してなくなった部分もあるが、古い建物のかなりの部分が、いまも住居の一部として使われている。屋敷は谷間に建っていて、建物の北側と東側は、高々とそびえ立つオークの森になっているそうだ。

第十八章

キャサリンはこの二、三日、イザベラとはほんの数分顔を合わせただけだが、ノーサンガー・アビーのことで幸せいっぱいなので、そのことに気がつかなかった。だが、ある朝アレン夫人と、何も話すことも聞くこともないままポンプ・ルームを歩いていると、ふとそのことに気がついて、無性にイザベラと話がしたくなった。そして五分ほどイザベラのことを思っていると、本人が突然目の前に現われ、内緒の話があると言って、キャサリンをベンチへ誘った。ふたつのドアの間にベンチがあり、そこに座っていると、左右どちらのドアから人が入ってきてもよく見えるのだが、そのベンチに座るとイザベラは言った。

「ここは私のお気に入りの場所なの。ね、隠れ家みたいでしょ?」

イザベラは誰かを待っているみたいに、左右のドアを絶えずきょろきょろ見ていた。キャサリンはそれに気がつくと、「あなたのいたずらっぽい目は何でもお見通しなのね」とイザベラからたびたび無実の罪を着せられたことを思い出し、いまこそ、ほんとに何でもお見通しだということを示す絶好の機会だと思い、陽気な調子でこう言った。「そんなにやきもきしなくても大丈夫よ、イザベラ。ジェイムズお兄さまはすぐに現われるわ」

「あら、いやだわ、キャサリン」とイザベラは答えた。「私をそんな馬鹿な女だと思わないで。私は彼をいつもそばに置いておきたいなんて思っていないわ。いくら愛し合っていたって、いつも一緒にいるなんていやだわ。そんなことをしたら、バース中の笑いものになるわ。それはそうと、あなたはノーサンガー・アビーへ行くのね！　私もすっごくうれしいわ。イギリスでも一番古いお屋敷のひとつで、とてもすてきなんですってね。お手紙待ってるわ。お屋敷の様子をくわしく教えてね」

「ええ、期待してね。私に書けることは何でも書くわ。でも、あなたは誰を探しているの？　妹さんたちがいらっしゃるの？」

「いいえ、誰も探してなんかいないわ。でも、目はどこかを見なくちゃならないもの。あなたは私の馬鹿な癖を知っているでしょ？　頭は百マイルも遠くへ行っているのに、ついい何かを見つめてしまうのよ。私は頭がすっごくぼんやりしているの。ほんとに私って、世界一ぼうっとした人間だと思うわ。ティルニーさんによると、ある種の人間はいつもそうなんですって」

「でもイザベラ、私に何か話があったんじゃないの？」

「あら、そうね、そうだったわね。ほら、言ったとおりでしょ？　私の頭ってほんとにだめね！　すっかり忘れていたわ。つまりこういうことなの。たったいま、ジョンお兄さまから手紙を受け取ったの。内容は言わなくてもわかるでしょ？」

「いいえ、ぜんぜんわからないわ」

「まあ、キャサリンったら！　わざとらしいわね！　とぼけるのはやめて。あなたのことに決まってるじゃない。兄があなたに首ったけだということはわかってるくせに」

「えっ？　私に？」

「だめだめ、キャサリン。とぼけるのもいいかげんにして！　ときには謙遜もけっこうだけど、正直になったほうがいいときもあるわ。こんなに手間取るとは思わなかったわ。あなたは私に褒めてもらいたいのね。私の兄があなたに夢中だってことは、子供にだってわかるわ。それにあなたは、兄がバースを発つほんの三十分前に、色よい返事をしたんでしょ？　兄の手紙にそう書いてあるわ。兄はあなたにプロポーズしたも同然で、とてもいい感触を得たって書いてあるわ。それで兄は私に、プロポーズの後押しをして、口添えをしてほしいと言ってきたの。あなたがいくらとぼけてもむだよ」

　キャサリンはびっくりし、とんでもない言いがかりだと真剣に抗議し、自分がジョン・ソープ氏に愛されているなんて思ったこともないし、彼に色よい返事をした覚えもまったくないと、必死に訴えた。

「ほんとに誓って言いますけど、お兄さまが私に気があるなんてぜんぜん気がつかなかったわ。お兄さまがバースにいらした最初の日にダンスを申し込まれただけよ。ほんとにそれだけよ。それに、私にプロポーズしたとかいうのはどういうことかよくわからないけど、とにかく何かの間違いよ。そんな重大なことを、私が勘違いするはずがないでしょ！　ね、これだけは信じて。もう一度誓って言いますけど、お兄さまと私のあいだで、そんな話が出たことはただの一度もありません。お兄さまがバースを発つ三十分前ですって？　それは絶対に何かの間違いよ。だってあの日の午前中は、お兄さまには一度もお会いしていないんですもの」

「いいえ、間違いなく会ってるわ。あなたはあの日、午前中ずっとエドガーズ・ビルディングズで過ごしたんですもの。あなたのお父さまから承諾のお手紙が届いた日よ。きっとあなたと兄は、あなたが帰るすこし前に、居間でふたりだけになったのよ。間違いないわ」

「そうかしら？　あなたがそこまで言うならそうかもしれないわね。でも、どうしても思い出せないわ……ええ、そうね、思い出したわ。あの日はあなたと一緒に過ごしたわね。それに、お兄さまやほかの方たちにもお会いしたわね。でもたとえ五分でも、お兄さまとふたりだけになった記憶はないわ。でもこんなことを議論してもしょうがないわね。お兄さまが何をおっしゃったとしても、私はまったく覚えていないんですもの。お兄さまからプロポーズされるなんて考えたこともないし、期待したこともないし、望んだこともありません。それはわかってくださるでしょ？　お兄さまが好意を寄せてくださったのはありがたいと思いますけど、私はそういう気はまったくありませんし、そんなことは考えたこともありません。お願いです、すぐにお兄さまの誤解を解いてください。そして、申し訳ありませんと私が言っていたとお伝えください。つまり……どう言えばいいかしら……とにかく誤解のないように、私の気持ちをはっきりと伝えてくださいね、イザベラ、私はあなたのお兄さまにたいして失礼になるようなことは言いたくないの。でもあなたにはよくわかってるはずよ。私が特別な思いを寄せる男性がいるとしたら、あなたのお兄さまではないということを」

イザベラが何も言わないので、キャサリンはつづけた。

「ね、イザベラ、怒らないでね。お兄さまは私のことをそんなに深く思っているわけではないと思うわ。それに、私たちはもうすぐ姉妹になるんですもの」

「ええ、もちろんよ」イザベラは顔を赤らめて言った。「姉妹になる方法はいろいろあるわ……でも何の話をしていたのかしら……あ、そうね、キャサリン、あなたはジョンお兄さまのプロポーズを断わるということね。ね、そうでしょ？」

「ええ、私はお兄さまの愛情にお応えすることはできませんし、色よい返事をした覚えもまったくありません」

「そういうことなら、これ以上あなたを困らせるのはやめるわ。あなたに話してほしいって兄に言われたから言っただけなの。でも正直言って、兄の手紙を読んですぐに思ったわ。この結婚はものすごく愚かで軽率で、ふたりのために絶対によくないって。だってもし結婚したら、一体どうやって暮していくの？　ふたりとも多少のお金はあるでしょうけど、最近は家庭を持つのはそう簡単ではないわ。小説家がどんなに甘いことを言おうと、お金がなくてはどうしようもないわ。兄がなぜ結婚なんて考えたのか不思議だわ。このあいだの私の手紙を読んでいないのね」

「それじゃ、私の無実を認めてくれるのね？　私の言うことを信じてくれるのね？　私はお兄さまを惑わすようなことをした覚えはないし、お兄さまが私を好きだなんて、今の今まで思ったこともなかったわ」

「あら」イザベラは笑いながら答えた。「あなたの過去の考えや意図を私が決めるつもりはないわ。それは本人のあなたが一番よく知っていることですもの。無邪気な恋のたわむれはよくあることだし、自分はそのつもりはなくても、相手に気を持たせてしまう、というのはよくあることよ。でも安心してね、私はあなたを厳しく裁くつもりはないわ。こういうことは、元気な若い人にはよくあることだから大目に見るべきよ。今日こう思っても、明日は気持ちが変わるかもしれないわ。事情も変わるし、考えも変わるわ」

「でも、あなたのお兄さまにたいする私の考えは、一度も変わったことはないわ。いつも同じだったわ。あなたが言っているようなことが起きたことは一度もないわ」

「ね、キャサリン」イザベラは相手の言うことなど聞かずに言った。「あなたはまだ自分の気持ちがわかっていないのよ。だから、この婚約をむりやり勧める気はないわ。いくら私の兄でも、兄のためにあなたの幸せを犠牲にしてくださいなんて言えないわ。そんなことは許されないわ。それに兄は、あなたと結婚しなくても幸せになれるかもしれないわ。人間は、自分の気持ちなんて意外にわかっていないものよ。とくに若い人は、すごく気が変わりやすくて移り気なものよ。つまり私の言いたいのは、私にとっては兄の幸せよりも、親友の幸せのほうが大切だってことなの。私は友情に関してはとても理想が高いのよ。それはあなたもよくご存じでしょ？　とにかくキャサリン、結婚はぜったいに急がないほうがいいわ。ね、私の言うことを信じて。急ぎすぎると一生後悔するわ。ティルニーさんも言っていたわ。自分の恋心くらい誤解しやすいものはないって。ティルニーさんの意見は正しいと思うわ。あら、噂をすれば影とやら、ご本人がやってきたわ。大丈夫、私たちには気がつかないわ」

　キャサリンが顔を上げると、ティルニー大尉の姿が目に入った。イザベラは話をしながら、目は大尉のほうを見つめていたので、大尉もすぐにイザベラに気がついた。彼はすぐにこちらへやってきて、イザベラが身振りで招いた席に腰をおろした。ティルニー大尉の最初の言葉は、キャサリンをびっくりさせた。低いささやき声だが、はっきりこう聞こえたのだ。

「おやおや、ぼくはあなたか代理人にいつも見張られているんですか？」

「まあ、ばかばかしい！」イザベラも低いささやき声で答えた。「私の頭になぜそんなことを吹き込むの？　私がその気になると思うの？　私は独立心が強いのよ」

「あなたの心が独立してほしいな。ぼくはそれで十分です」

「私の心？　あなたは心とどういう関係があるの？　男性には心なんてないくせに」

「心はなくても目はあります。目は男に苦しみをもたらします」

「ほんと？　それはお気の毒ね。私はあなたの目に苦しみをもたらすのね。それじゃ向きを変えるわ。これならいいでしょ？」イザベラはティルニー大尉に背を向けた。「さあ、これであなたの目が苦しむことはないでしょ？」

「いや、こんなに苦しめられるのは初めてだ。あなたの美しいバラ色の頬の端が見えますからね。見えすぎるとも言えるし、もっと見たいとも言えるし」

恋のたわむれのようなこの会話を聞いて、キャサリンは当惑し、もうこれ以上は聞いていられなかった。イザベラはよく我慢できるものだ。それに、婚約者の兄ジェイムズのことを思うと、ティルニー大尉の言葉はものすごく不愉快なので、キャサリンはすぐに立ち上がり、アレン夫人のところへ行くので一緒に歩きましょう、とイザベラを誘った。だがイザベラは、この場を去りたくないようだった。

「私、すっごく疲れているの。ポンプ・ルームを歩きまわるのはいやだわ。それに、ここを離れると、妹たちと会えなくなるかもしれないし。妹たちはもうすぐやってくるはずなの。ね、キャサリン、お願いだからここに座ってくれない？」

だがキャサリンも頑固であり、ちょうどそのときアレン夫人がやってきて、そろそろ帰りましょうと言ってくれたので、夫人と一緒にポンプ・ルームをあとにした。イザベラはまだ大尉とベンチに座っていた。キャサリンはものすごく不安な気持ちに襲われた。ティルニー大尉はイザベラに恋をしているらしいし、イザベラは、自分では気づかずにそれを助長しているようだ。自分では気づいていないにちがいない。イザベラがジェイムズを愛していることは、ふたりが婚約していることと同様確実なことであり、誰もが知っていることなのだから。イザベラの誠実さと純粋な気持ちを疑うなんてとんでもないが、今日のイザベラはなんだか変だった。いつものイザベラらしくしてほしいし、あんなにお金のことばかり言わないでほしいし、ティルニー大尉を見てあんなにうれしそうな顔をしないでほしい、とキャサリンは思った。ティルニー大尉にあんなふうに言い寄られていることに気がつかないなんて絶対におかしい！　イザベラにそれとなく注意を促したい。イザベラが軽率な振る舞いをすると、ティルニー大尉も兄も困った立場になると思うので、そうならないようにしたいとキャサリンは思った。

ジョン・ソープからプロポーズされたことも、イザベラの軽率な振る舞いの埋め合わせにはならなかった。キャサリンは、ジョン・ソープの愛が真剣なものだとは思いたくないし、だいいちそんなことは信じられなかった。ジョン・ソープはよく思い違いをする人だということを知っているからだ。彼は私にプロポーズし、私から色よい返事をもらったと言っているそうだが、ほんとにとんでもない思い違いをする人だということが、あらためてよくわかった。そういうわけでキャサリンは、ジョン・ソープからプロポーズされたと言われても、虚栄心をくすぐられることはまったくなかったし、ただただ驚くばかりだった。彼は私に恋をしていると思い込んでいるらしいが、それだけでもびっくり仰天してしまう。兄はあなたに夢中だと、イザベラは言っていたけれど、私はそんなことぜんぜん気がつかなかった。それにしても、さっきイザベラは、口がすべったとしか思えないことや、二度と言ってほしくないようなことを言っていた。キャサリンはそんなことを考えながら、とりあえず安心してゆっくり休もうと思った。

第十九章

それから数日が過ぎた。キャサリンは、親友を疑うのはよくないと思ったが、イザベラの言動を観察せずにはいられなかった。そして観察の結果は、とても不愉快なものだった。イザベラは人が変わってしまったようだった。エドガーズ・ビルディングズやパルトニー・ストリートで家族や友人たちと一緒にいるときは、それほど大きな変化は見られないので、それだけならキャサリンも気がつかずにすんだかもしれない。まわりのことに無関心な物憂げな様子や、（キャサリンはいままで聞いたこともなかったが、イザベラが最近自慢そうに言っている）世界一ぼうっとした人間みたいなところは、ときどき見られるけれど、それ以上のひどい言動が現われなければ、べつに問題はない。むしろイザベラに新たな魅力が加わり、男性たちは彼女にいっそう熱烈な関心を寄せることだろう。ところがイザベラは、人前でティルニー大尉に特別な好意を示されると、すぐに応じて、ジェイムズにするのと同じように、うれしそうにうなずいたりほほえんだりするのだ。キャサリンはイザベラの明らかな変わりようを見逃すわけにはいかなかった。この無節操な振る舞いは一体どういうことなのだろう？　イザベラは一体どういうつもりなのだろう？　キャサリンにはさっぱりわからなかった。イザベラはまわりの人間に苦痛を与えていることに気づいていないのかもしれないが、とにかくそれは、故意にそうしているとしか思えない無分別な振る舞いであり、キャサリンは激しい憤りを感じずにはいられなかった。

もちろんジェイムズがいちばんの被害者だった。キャサリンは、むっつりした不安そうな兄の顔を見て心が痛んだ。ジェイムズに心を捧げたはずのイザベラは、婚約者の現在の幸せにまったく無関心なようだが、キャサリンには、兄の幸せはつねに気になることなのだ。そして彼女は、ティルニー大尉のことも大いに心配した。彼のうぬぼれの強そうな顔は好きになれないが、ヘンリー・ティルニーのお兄さまなのでどうしても好意的になってしまうのだ。ティルニー大尉が失恋の苦しみを味わうだろうと思うと、心から同情せずにはいられなかった。このあいだポンプ・ルームで、恋のたわむれのようなイザベラと大尉の会話を聞いてしまったが、あのときの大尉の振る舞いを見ると、彼がイザベラとジェイムズの婚約を知っているとは思えない。どう考えても、知らないとしか思えない。大尉はジェイムズを、恋敵と思って嫉妬しているかもしれないが、大尉の言葉のなかにそれ以上のものを見たら、それは彼女の思い違いだと言われるだろう。ともあれキャサリンは、イザベラにそっと忠告してあげたいと思った。あなたは婚約中の身で、ふたりの男性を苦しめることをしているのですよ、と。でも忠告する機会はなかったし、忠告しても理解してもらえそうになかった。それとなくほのめかしても、イザベラにはまったく通じなかった。

こうした悩みを抱えたキャサリンには、ティルニー一家がもうすぐバースを去ることが唯一の慰めだった。一家は数日中にグロスター州の屋敷に帰る予定であり、ティルニー大尉も一緒にバースを去れば、少なくとも、大尉以外のすべての人に心の平和が戻るだろう。ところが大尉は、いまのところバースを去るつもりはなかった。ノーサンガー・アビーに帰る一行には加わらず、もうしばらくバースに滞在する予定だった。キャサリンはそれを知るとすぐに覚悟を決めた。この件をヘンリー・ティルニーに話し、ティルニー大尉がイザベラに特別な好意を持っているのは困ったことであり、イザベラがすでに婚約していることを、大尉に知らせてほしいと頼んだのである。

「兄は知っていますよ」とヘンリーは答えた。

「えっ？　ご存じなんですか？　ではなぜバースにとどまるのですか？」

ヘンリーはそれには答えずに、ほかのことを話し出したが、キャサリンは構わずつづけた。

「なぜあなたはお兄さまに、バースを去るようにおっしゃらないのですか？　お兄さまは、ここに長くいればいるほど苦しい思いをすることになります。お願いです、お兄さまのためにもみんなのためにも、すぐにバースを去るようにおっしゃってください。バースを離れれば、お兄さまの気持ちも落ち着きますわ。ここにいつまでいても望みはありません。ますますみじめになるだけですわ」

「みじめになるのは兄もいやでしょうね」ヘンリーは微笑を浮かべて言った。

「それじゃバースを去るように説得してください」

「説得はむずかしいですね。申し訳ないけど、ぼくは兄を説得するつもりはありません。イザベラ・ソープは婚約していると、兄にはすでに言ってあります。兄は自分のしていることはわかっているし、人の命令など聞きませんよ」

「いいえ、お兄さまはご自分のなさっていることがわかっていません」キャサリンはちょっと声を荒げた。「ティルニー大尉は、私の兄にどれほどの苦痛を与えているかわかっていません。兄がそう言ったわけではありませんが、兄はほんとうに苦しんでいます」

「それはティルニー大尉のせいだとおっしゃるんですか？」

「もちろんそうですわ」

「その苦痛を与えているのは、ティルニー大尉がイザベラ・ソープを好きになったからですか？　それとも、イザベラ・ソープがその愛情を受け入れたからですか？」

「それは同じことではありませんか？」

「ジェイムズ・モーランド君ならその違いがわかると思いますよ。自分の愛する女性に別の男性が恋をしたからといって、腹を立てる男なんていませんからね。それが苦痛になるかどうかは、女性の態度によって決まるんです」

キャサリンはイザベラのために顔を赤らめて言った。

「たしかにイザベラは間違っています。でも彼女は、兄に苦痛を与えるつもりはないんです。だって、イザベラは兄をとても愛しているんですもの。初めて会ったときに一目惚れして、父の同意の手紙を待っているときは、ものすごく不安で高熱を出しそうになったほどよ。ね、イザベラが兄をどれくらい愛しているかわかるでしょ?」

「よくわかります。つまりイザベラ・ソープは、ジェイムズ・モーランドを愛していて、ティルニー大尉とたわむれたわけですね」

「えっ? 違います! たわむれてなんかいません! ひとりの男性を愛している女性が、別の男性とたわむれることなんてできません」

「それじゃたぶん、それほど真剣に愛していないし、それほど真剣にたわむれていないんでしょう。だから愛することもできるし、たわむれることもできるんでしょう。つまりどちらの男性も、彼女の愛とたわむれを、それぞれ少しずつあきらめなくてはなりませんね」

ちょっと間を置いてからキャサリンが言った。

「イザベラは私の兄を真剣に愛していないとおっしゃるんですね？」

「そういう具体的なことはわかりません」

「でも、ティルニー大尉はどういうつもりなんですか？　イザベラの婚約を知っていながら、ああいう振る舞いをするのは、一体どういうつもりなんですか？」

「あなたはきびしい質問をなさいますね」

「私が？　私は知りたいことを聞いているだけですわ」

「でもあなたは、ぼくが答えられる質問をしていますか？」

「ええ、そう思います。ご兄弟なんですから、あなたはティルニー大尉の心をご存じのはずですもの」

「ぼくの兄の心については、今回の場合は推測しかできません」

「それで？」

「それで？　推測ごっこなら、それぞれ自分で推測しましょう。他人の推測に頼るなんてつまらない。推測の前提となる事実はこうです。ティルニー大尉はとても元気がよくて、ときどき無分別な行動をします。彼はイザベラ・ソープと知り合って一週間になりますが、最初から彼女の婚約のことを知っていました」

「でも」キャサリンはちょっと考えてから言った。「あなたはその事実から、お兄さまであるティルニー大尉の意図を推測できるかもしれませんけど、私にはできませんわ。

でも、ティルニー将軍はこのことを心配なさっているのではないですか？　ティルニー大尉がバースを去ることを願っているのではないですか？　そうだわ、将軍が言ってくだされば、大尉はきっとバースを出て行くわ」

「ミス・モーランド」とヘンリーは言った。「あなたはお兄さんの幸せを心配するあまり、ちょっと思い違いをしていませんか？　すこし心配しすぎではありませんか？　あなたのお兄さんにたいするイザベラ・ソープの愛情は、少なくとも彼女の品行は、ティルニー大尉に会わなければ安全だと、あなたは考えているようですね。でもお兄さんは、自分のためにもイザベラさんのためにも、彼女の愛情がそんなふうに思われることを喜ぶでしょうか？　いつもふたりだけでいないと、お兄さんは安心できないんですか？　彼女の愛情は、ほかの男性から誘惑されるとすぐにぐらついてしまうんですか？　お兄さんはそうは考えていないでしょうし、あなたにも考えてほしくないでしょう。ぼくはあなたに「心配するな」とは言いません。現にあなたは心配しているんですからね。でも、できるだけ心配しないほうがいい。ふたりが愛し合っていることをあなたは疑っていないんでしょ？　それなら大丈夫、ふたりの間にほんとうの嫉妬なんて生ずるはずがない。絶対に大丈夫、たとえ喧嘩をしても、その喧嘩は長続きするはずがない。愛し合ってるふたりなら、お互いに相手の心はわかってるはずです。あなたにはわからなくてもね。愛し合ってるふたりなら、自分が相手から要求されていることは何か、相手が我慢できる限界はどの程度か、ちゃんとわかっていますよ。限界以上に、つまり、相手を怒らせるまでからかうことはしませんよ」

キャサリンはまだ納得できない様子で、むっつりした表情を崩さないので、ヘンリーはこうつけ加えた。

「兄はぼくたちと一緒にはバースを発ちませんが、たぶんそんなに長くはいません。ほんの二、三日遅れるだけでしょう。軍の休暇期間がもうすぐ終わるので、連隊に戻らなくてはならないんです。そうなれば、ふたりの交際はどうなりますか？　ティルニー大尉は軍隊の食堂で、二週間ほどイザベラ・ソープのために乾杯し、イザベラ・ソープはジェイムズ・モーランド氏と一カ月ほど、かわいそうなティルニー大尉の情熱を笑い合うことでしょう」

キャサリンは、安心したいという自分の気持ちと闘うのはやめた。ヘンリーの話を聞いているあいだ、安心感が忍び寄ることに必死に抵抗していたのだが、もう抵抗するのはやめた。こういうことはヘンリー・ティルニーが一番よく知っているにちがいない。キャサリンは、兄とイザベラのことを心配しすぎた自分を責め、もうこのことを真剣に考えるのはやめようと決心した。

キャサリンの決意は、別れの席でのイザベラの振る舞いを見てますます固いものとなった。ソープ一家は、キャサリンのバース滞在の最後の晩をパルトニー・ストリートで過ごしたが、恋人たちのあいだには、キャサリンの不安をかきたてるようなことも、ふたりを置いて行くのが心配だと思わせるようなことも、何も起きなかった。ジェイムズはすごく上機嫌だったし、イザベラはとても落ち着いていて、とても魅力的だった。イザベラのやさしい心づかいは、婚約者のジェイムズよりも親友のキャサリンのほうに向けられていたが、今夜はキャサリンのお別れの会だから仕方ないだろう。一度イザベラは、ジェイムズの言うことにはっきりと反対したし、一度は、ジェイムズが手を差し出したのに手を引っ込めてしまったが、キャサリンはヘンリー・ティルニーの忠告を思い出し、これもみな、分別のある愛情がそうさせるのだろうと思った。そして、若くて美しいふたりの女性が、別れぎわにどのように抱擁し合い、涙を流し、約束の言葉を交わしたかは、皆さまのご想像にお任せしよう。

第二十章

アレン夫妻は、若い友人キャサリン・モーランドを失うことを残念に思った。夫妻にとって、陽気で明るいキャサリンは貴重な旅の道連れだし、キャサリンを喜ばせることが、自分たちの喜びを増すことにもなるからだ。しかし、ミス・ティルニーとノーサンガー・アビーへ行くことを彼女がものすごく喜んでいるので、アレン夫妻は引きとめようとはしなかった。それに夫妻のほうも、バースにはあと一週間しか滞在しないので、いま彼女と別れても、それほど長いこと寂しい思いをするわけではなかった。キャサリンはミルソム・ストリートでティルニー一家と朝食を取ることになっているので、アレン氏がそこまで送ってゆき、彼女がティルニー一家から心からの歓迎を受けるのを見届けた。だがキャサリンは、朝食の席につくとひどく動揺し、自分の食事のマナーは正しいだろうか、ティルニー家の人たちから軽蔑されないだろうかと、すごく不安になり、最初の五分間はおどおどするばかりで、こんなことなら、アレン氏とパルトニー・ストリートに帰ったほうがよかったと思ったくらいだった。

ミス・ティルニーの態度とヘンリーのほほえみのおかげで、キャサリンのおどおどした気持ちはすこしはおさまったが、まだ落ち着くどころではなかった。ティルニー将軍も絶えず気をつかってくれるのだが、それでも落ち着くことはできなかった。つむじ曲がりと言われるかもしれないが、こんなに気をつかってくれないほうが落ち着けるのに、と思ったほどだった。将軍は、彼女がくつろいで食事ができるように絶えず気をつかってくれて、「さあ、どうぞ召し上がってください」とひっきりなしに勧めてくれて、「お口に合えばいいのですが」とたびたび声をかけてくれるのだ。しかもキャサリンは、朝食の食卓にこんなにご馳走が並んでいるのを見たのは生まれて初めてなのだ。だから、自分がお客であることを一瞬も忘れることができなかった。それに、自分はこんな丁重なもてなしを受けるような人間ではないと思うし、どう返事をしていいかわからなかった。

将軍は、ティルニー大尉がなかなか現われないのでいらいらし、やっと大尉が二階から下りてくると、そのだらしなさを激しく非難した。キャサリンはますます落ち着かない気持ちになった。そんなに怒るほどのことではないと思うので、将軍の非難の激しさに心が痛んだ。しかもその小言の原因が自分だとわかると、ますます心が痛んだ。つまり将軍は、大尉の遅刻はお客さまに失礼だと言って怒っているのだ。キャサリンの立場はまことに居心地の悪いものとなり、ティルニー大尉に心から同情せざるを得なかった。

ただし、彼女が大尉から同情されることはないだろうが。ティルニー大尉は将軍の小言を黙って聞いて、弁解はいっさいしなかった。キャサリンは、やはり心配していたとおりだと思った。つまりティルニー大尉は、イザベラのことを思って心が乱れ、それで眠れなくて朝寝坊したのではないかと、彼女は思ったのだ。ところで、大尉と面と向かって同席するのはこれが初めてなので、大尉がどんな人物か、こんどこそはっきり見定めたいと思ったが、将軍が部屋にいるあいだは、大尉の声をほとんど聞くことができなかった。将軍が部屋を出ていったあとも、大尉はすっかり落ち込んだ様子で、妹のエリナーにむかって、「みんな早く出ていってほしいなあ！」とささやくのが聞こえただけだった。

出発のときのどたばた騒ぎも、あまり楽しいものではなかった。たくさんのトランクが運びおろされているときに時計が十時を打った。将軍は十時にミルソム・ストリートを出発する予定だったのだ。将軍の外套は、すぐに着られるように誰かが持って待っていなければならないのに、将軍がヘンリーと同乗するカリクル馬車（二頭立て二輪馬車）にだらしなく放りこまれていた。四頭立て四輪馬車に乗っていくのは三人なのに、真ん中の座席が引き出されていないし、ミス・ティルニーのメイドが馬車に荷物を詰めこみすぎて、キャサリンが座る場所がなくなりそうだった。将軍はキャサリンを馬車に乗せたときにそれを心配し、不要な荷物を全部降ろそうとしたので、彼女は、自分の新しい書き物机が通りに放り出されないようにするのに苦労した。

　でもどうにか三人の女性が馬車におさまって、ドアが閉められ、ようやく馬車は出発し、ティルニー家の栄養たっぷりな四頭の馬が、三十マイルの長旅をするときの落ち着いた足取りで走り出した。バースからノーサンガー・アビーまでの三十マイルの旅が、今回は等分に二つの旅程に分けられ、ちょうど中間のペティ・フランス（エイヴォン州の町）で休憩することになっていた。馬車が玄関を離れると、キャサリンは元気を取り戻した。ミス・ティルニーと一緒なら、何も気をつかう必要がないからだ。それに初めての道を走るので、とても楽しみだし、行く手にはノーサンガー・アビーが待っていて、うしろからは、ヘンリーが乗ったカリクル馬車がぴったりついてくるのだ。バースの町が見えなくなっても何の心残りもなかったし、道路の里程標が目に入るたびに、もうこんなに来たのかと驚き、旅の退屈さなどまったく感じなかった。

　だがペティ・フランスでの二時間の休憩はものすごく退屈だった。何もすることがないので、お腹がすいていないのに何か食べたり、何も見るものがないのにあちこち歩きまわるしかなかった。キャサリンはこの豪勢な旅に感激し、最新型のすてきな四頭立て四輪馬車や、鞍にまたがって規則的に上下する、立派な仕着せを着た御者たちや、きちんと馬にまたがった大勢の騎馬従者たちを感心して眺めていたのに、この退屈な休憩のおかげで、すこし気分が沈んでしまった。全員が楽しい人たちなら、この休憩時間もそんなに退屈ではなかっただろう。ところがティルニー将軍は、とても魅力的な人物ではあるけれど、息子と娘の気持ちをいつも抑えつけているようで、しゃべっているのはいつも将軍だけだった。それに将軍は、宿が出すものにはすべてケチをつけるし、給仕人にたいしても怒ってばかりいた。キャサリンはだんだん将軍がこわくなり、二時間の休憩が四時間にも感じられた。でもやっと出発の命令がくだった。そしてキャサリンがびっくりしたことに、将軍は彼女にこう言った。

「旅の後半は、私に代わって息子の馬車に乗ってください。今日は天気もいいし、田舎の景色をゆっくり眺めてください」

キャサリンはこの申し出を聞いて思わず赤面した。若い男女がオープン型の馬車でドライブするのは嘆かわしいという、アレン氏の言葉を思い出したからだ。だから最初は断わろうと思ったが、すぐに思い直し、ティルニー将軍の判断を尊重することにした。道徳上好ましくないことを将軍が申し出るはずがないからだ。というわけで数分後には、彼女はヘンリーと一緒にカリクル馬車に乗り、最高に幸せな気分になった。そしてほんのすこし走っただけで、カリクル馬車は世界一すてきな乗り物だと確信した。四頭立て四輪馬車は威風堂々とした感じで走るけれど、ものすごく重くて、馬にとってはたいへん厄介な乗り物だ。疲れた馬を休ませるためにペティ・フランスで二時間も休憩したことを、彼女は容易に忘れることができなかった。カリクル馬車なら、一時間休ませれば十分だろう。それに、身軽な馬はすばらしく軽快に走るから、もし将軍の四輪馬車が先頭を走ると決められていなければ、ほんの三十秒で四輪馬車を追い抜いたことだろう。だがこのカリクル馬車がすばらしいのは、馬だけのことではない。ヘンリーの手綱さばきがじつにすばらしいのだ。とても静かで、無用な大騒ぎをしないし、「どうだ、うまいだろう」なんて自慢もしないし、馬を怒鳴りつけたりもしない。彼女が比較できる紳士の御者はひとりしかいないが、あの誰かさんとは大違いなのだ！ヘンリーは帽子のかぶり方もすてきだし、外套の襟のケープもよく似合っていて威厳がある。こんなすてきな男性の馬車に乗せてもらうなんて最高に幸せだ。いや、彼とダンスをしたのが最高に幸せだったから、その次くらいに幸せだ。さらにうれしいことに、彼女は自分が褒められている言葉を耳にした。「妹のお客になっていただいてありがとう――妹に代わってお礼を言います――これこそほんとうの友情です――ほんとうに心から感謝します」とヘンリーは言ってくれたのだ。ミス・ティルニーはかわいそうな境遇で、女性の友達がいないし、父親がたびたび家を留守にするので、ひとりぼっちのときもたびたびあるそうだ。

「でも、なぜですか？」とキャサリンは言った。「あなたは一緒にいらっしゃらないんですか？」

「ぼくはノーサンガー・アビーには半分住んでいるだけです。ぼくはウッドストン村の牧師館に住んでいるんです。ノーサンガー・アビーから二十マイルほどですが、大半はその牧師館で過ごさなくてはなりません」

「まあ、それはお寂しいわね！」

「ええ、妹のエリナーと別れるときはいつも心が痛みます」

「そうでしょうね。でも妹さんへの愛情は別として、ノーサンガー・アビーも大好きなんじゃないですか？　そういう古い立派なお屋敷に住み慣れていると、ふつうの牧師館に住むのは味気ないんじゃないですか？」

ヘンリーは微笑して言った。

「あなたはノーサンガー・アビーをずいぶんすばらしい屋敷だと思っているようですね」

「もちろんですわ。だって、小説に出てくるような古いお屋敷なんでしょ？」

「それであなたは、そういう古いお屋敷につきものの恐ろしいことに出会っても大丈夫ですか？　勇気はありますか？　動く壁板やタペストリーを見ても怖くありませんか？」

「ええ、もちろん大丈夫よ。お屋敷には召使が大勢いらっしゃるでしょうから、怖くなんかないわ。それに小説の場合は、何年も人が住んでいない荒れ果てたお屋敷に、相続人の一家が何も知らずに住みはじめることがよくあるけど、そういうのとは違うんですもの」

「たしかに違いますね。小説みたいに、消えかかった薪の火にぼんやり照らされた、薄暗い玄関ホールを手探りで進んでいくなんてことはないし、窓もドアも家具もない部屋の床に寝るなんてこともないでしょう。でも事情はどうあれ、若い女性が古いお屋敷に招かれたら、家の人たちから離れた部屋に泊められることは覚悟しなくてはなりません。家の人たちは、自分の寝室がある居心地のいい棟へ引き取って休みますが、お客は、年老いた女中頭のドロシー（『ユードルフォの謎』に登場するブラン城の女中頭）に案内されて別の階段を上がり、暗い陰気な廊下を通り、その屋敷の親類縁者が二十年前に死んでから一度も使われていない部屋に案内されるのです。あなたはそういう恐ろしいもてなしに耐えられますか？　そういう暗い陰気な部屋に案内されても恐怖に襲われませんか？　あなたがひとりで寝るのに、ものすごく天井の高いだだっぴろい部屋で、しかも明かりは、弱々しい光を放つ小さなランプがひとつあるだけなのです。そして壁には、等身大の人物が描かれたタペストリーがかけられ、寝台は暗緑色のラシャか、紫色のビロードで覆われ、まるで死者をとむらう支度をしているかのようです。そういう部屋に案内されても恐怖に襲われませんか？」

「まあ、恐ろしい！　でもそんなことは私には起こりませんわ」

「あなたは恐る恐る部屋の家具を調べはじめるでしょう！　そこにははたして何がある

でしょう？　テーブルも化粧台も、衣装箪笥も整理箪笥も何もありません。部屋の片隅に、壊れたリュート（中世からバロック期に使われた、ギターに似た古楽器）の残骸があり、もう一方の隅には、どうやっても開けることができない大きな古い衣装箱があり、暖炉の上には、美貌の戦士の肖像画が飾られ、なぜかわからないが、あなたはその肖像画の顔を見てはっとして、目が釘づけになる。するとドロシーもあなたの顔を見てはっとして、ひどく動揺してあなたの顔を見つめ、なにやら意味不明の言葉をつぶやく。さらにドロシーは、あなたの勇気を奮い立たせるために、お屋敷のこのあたりには幽霊が出るのです、とほのめかし、いくら叫んでも召使には聞こえません、と告げるのです。そしてこのありがたい別れのあいさつを残して、ドロシーはちょこんとお辞儀をして立ち去るのです。そしてあなたは、遠ざかる足音の最後の響きが聞こえなくなるまで、じっと耳を澄まし、そしてとうとう聞こえなくなると、気絶しそうになりながら、勇気を振りしぼってドアに鍵をかけようとするが、なんと驚いたことに、そのドアには鍵がついていないのです」

「まあ！　ティルニーさん、なんて恐ろしいんでしょう！　ほんとに小説にそっくりね！　でもそんなことが私に起きるはずないわ。ノーサンガー・アビーの女中頭はドロシーという名前ではないんでしょ？　でもそれからどうなるの？」

「一日目の夜は、それ以上恐ろしいことは起こらないでしょう。恐ろしい寝台にたいする恐怖心をなんとか克服して、あなたは床につき、二、三時間の不安な眠りにつく。しかし二日目の夜、遅くとも三日目の夜には、すさまじい嵐に見舞われる。屋敷の土台を揺るがすような耳をつんざく雷鳴が、近隣の山々に轟きわたる。そして雷雨と恐ろしい突風が吹き荒れているとき、ふと見ると（ランプはまだ消えていないのです）、壁のタペストリーの一部が、ほかの部分よりも激しく波打っていることに気がつく。もちろんあなたは、こんな嵐の晩にかきたてられた好奇心を抑えることができず、すぐに起き上がって化粧着をはおり、この謎の解明に向かう。あなたはちょっと調べただけで、そのタペストリーに、よく見てもわからぬほど巧みに細工された裂け目を発見する。そしてそれを開くと目の前にドアが現われる。ドアには、重いかんぬきと掛け金がついているだけなので、すぐに開けられる。そこであなたはランプを持って、そのドアから丸天井の小部屋へと入ってゆく」

「とんでもない！　怖くてそんなことできないわ」

「えっ、なんですって？　あなたの部屋と、聖アントニウス礼拝堂との間に、秘密の地下道があって、そこまでほんの二マイルだと、女中頭のドロシーが教えてくれたのに行かないんですか？　こんな簡単な冒険なのに尻込みするんですか？　いや、もちろんあなたは丸天井の小部屋に入り、そこからさらに別の部屋へと入ってゆく。でもどの部屋にも、特別目につくものはない。もしかしたら、ある部屋には短剣がころがっていて、別の部屋には数滴の血痕があり、もうひとつの部屋には拷問道具の残骸があるかもしれない。でもそんなものはありふれたものだし、そろそろランプも消えそうなので、あなたは自分の部屋へと戻ってゆく。ところが、さきほどの丸天井の小部屋を通るとき、あなたの目は、黒檀と金でできた、大きな古めかしい飾り簞笥に引きつけられる。家具類はさっき全部よく調べたはずなのに、なぜか気づかずに通り過ぎてしまったのです。抵抗しがたい予感に突き動かされ、あなたは飾り簞笥に駆け寄り、両開きの扉を開けて、引き出しを全部調べるが、最初はたいしたものは見つからない。大量のダイヤモンドが隠されているくらいでしょう。しかし、秘密のバネに偶然手が触れたために、奥の仕切り板が開き、ついに一本の巻紙が現われる。あなたはそれをつかんで開いてみると、中には何枚もの古文書が入っている。あなたはその宝物を持って大急ぎで自分の部屋に戻り、さっそく古文書の解読に取りかかる。しかしあなたがやっと、「ああ！　不幸なマチルダ（ソフィア・リー『隠れ家』〈一七八五年〉の登場人物。死ぬ前に大部の回顧録を残す）の回想録を手にした人よ、あなたさまがどなたであろうと――」というところまで解読すると、突然ランプが消えて、あなたは漆黒の闇の中に取り残されるのです」

「ああ！　やめて！　そんな怖い話はやめて！　でも先をつづけて」

だがヘンリーは、キャサリンの熱中ぶりがおかしくなって先を続けられなかった。話の内容も声も、これ以上まじめに続けることができず、「マチルダの悲しい物語は、あなたの想像力にお任せします」と言った。キャサリンははっと我に返り、夢中で聞いていた自分が恥ずかしくなって必死に弁解した。

「私、いまのお話を夢中で聞いていたけど、自分がそんな目にあうなんて心配していません。だってミス・ティルニーは、あなたが話したような恐ろしい部屋に私を案内するはずがありませんもの」

旅の終わりが近づくと、ノーサンガー・アビーを早く見たいという気持ちが――ヘンリーの別な話題に気を取られて忘れていたのだが――猛然とよみがえった。道路を曲がるたびに、いよいよあのどっしりした灰色の石壁が見えてくるのではないかと、厳粛な畏敬の念をもって期待した。鬱蒼とした古いオークの森の中にそびえ立ち、ゴシック様式の高い窓が夕陽に照り映え、その壮麗な姿を見せてくれるだろう。ところが残念なことに、ノーサンガー・アビーは低地に建っているので、馬車が門番小屋の大門を通って屋敷の敷地内に入っても、古い煙突ひとつ見えなかった。

驚かされる権利があるかどうかわからないが、こんなにあっけなく到着するなんて、キャサリンとしてはまったく期待外れだった。現代風の門番小屋の前を通って簡単に敷地内に入り、きれいに地ならしされた平坦な砂利道を、何の障害も、驚きも、厳粛さもなく猛スピードで走っていくなんて、なんだか変だし、元修道院の古いお屋敷にはぜんぜん似つかわしくない。しかし、いつまでもそんなことを考えてはいられなかった。突然激しい雨が降り出してキャサリンの顔をたたき、まわりを見る余裕などなくなり、買ったばかりの麦わらのボンネットが台無しにならないようにと注意を集中した。

だがついにキャサリンは、ノーサンガー・アビーの石壁の下に到着し、ヘンリーに助けられて馬車を下り、古いポーチの下に避難し、玄関ホールへと入っていった。玄関ホールでは、ミス・ティルニーと将軍が待ち構えていたが、キャサリンは、「これから自分にひどい不幸が降りかかるかもしれない」という恐ろしい予感など感じなかったし、「この荘厳なお屋敷で、むかし恐ろしい出来事があったかもしれない」とは思わなかったし、「妖しい風が、このお屋敷で殺された者たちの恨めしそうなため息を運んできた」とも思えなかった。風は激しい霧雨を運んできただけだった。キャサリンは乗馬服の雨滴を振り落とし、普段用の客間へと案内され、自分がいる場所をようやくはっきりと理解した。

ノーサンガー・アビー！　そう、自分は今ほんとうに、むかし修道院だった古いお屋敷にいるのだ！　だが部屋の中をぐるっと見まわしても、元修道院の古いお屋敷という感じはまったくなかった。家具は現代風の洒落た感じのものばかりだった。暖炉はもちろん昔ながらの暖炉で、横幅がたっぷりあって、重厚な彫刻が施されていると思っていたのに、現代的な小さなラムフォード式暖炉（熱効率や排気に配慮した改良型。ラムフォード伯の考案とされ、ストーブと呼ばれた）に変わっていた。とてもきれいだが、何の彫刻も施されていない大理石板が張られ、中国の古い陶器ではなくて、美しいイギリス製の陶器（十八世紀後半に、イギリスでもウェッジウッドなど上質な陶器が作られるようになった）が飾られていた。それに窓も、キャサリンが想像していたものとはだいぶ違っていた。窓はゴシック様式のものを大切に保存してあると将軍が言っていたので、特別期待していたのだが、これも期待外れだった。窓の形は尖ったアーチ形で、たしかにゴシック様式であり、上げ下げ窓ではなくて、ちゃんと開き窓になっている。でも窓ガラスが大きくて透明で、ものすごく明るいのだ。キャサリンが想像していたゴシック様式の窓は、もっと小さく仕切られていて、重厚な石造りで、彩色ガラスが使われていて、埃だらけでクモの巣が張っていなければならないのだ。ああ、なんという違いだろう！

ティルニー将軍は、キャサリンのがっかりしたような目の動きに気がつくと、部屋の小ささと、豪華さに欠けた家具について弁解し、「これは毎日使うものなので、快適さだけを考えたのです」と言い、でも自慢そうに、「このノーサンガー・アビーには、あなたにお見せしても恥ずかしくない部屋もあります」と言い、金箔をふんだんに使った部屋のことを話しはじめたが、懐中時計をとりだして時間を見ると、急に話をやめて、びっくりしたように、「五時二十分前だ！」（二十七頁の注参照。上流階級では、すこし遅い時間のディナーが流行だった）と言った。これは解散の合図であり、「ディナーの時間まであと二十分だから解散！」という意味らしく、ミス・ティルニーは、大急ぎでキャサリンを部屋から連れ出した。ティルニー家では時間厳守が大事な決まりなのだ、とキャサリンは思った。

ミス・ティルニーとキャサリンは、天井の高いひろびろとした玄関ホールに戻り、ぴかぴかに光ったオーク材の広い階段を上がり、いくつもの階段と、いくつもの踊り場を過ぎて、横幅がたっぷりある長い廊下に出た。廊下の片側には、部屋のドアがずらりと並び、反対側は全部窓になっていて、四角い中庭に面しているが、キャサリンがそれをゆっくり見る暇もなく、ミス・ティルニーはどんどん先に行って部屋に入り、あわてた様子で、「このお部屋を気に入ってくださるといいのですが」と言い、「着替えはなるべく簡単にして、早くいらしてくださいね」と拝むように言って、そそくさと部屋を出ていった。

第二十一章

キャサリンはその部屋をひと目見ただけで、ヘンリーが彼女を怖がらせるために話して聞かせた部屋とは、まったく感じが違うことがわかった。異様なほど広くはないし、タペストリーもビロードもなかった。壁には壁紙が張られ、床には絨毯が敷かれ、窓も完璧で、一階の客間の窓と同じように明るかった。家具は最新流行のものではないが、とても上品で感じがいいし、部屋の雰囲気はぜんぜん陰気ではなかった。その点はすぐに安心したし、ディナーの時間に遅れて将軍を怒らせては大変だと思い、これ以上部屋を調べて時間を無駄にするのはやめることにした。それで大急ぎで乗馬服を脱ぎ、リンネル類の荷——到着したらすぐに着替えられるように、馬車の座席にのせてきたのだ——をほどこうとしたが、突然ある物がキャサリンの目にとまった。暖炉脇の隅に、大きな古い衣装箱のようなものが置かれているのだ。彼女はぎょっとし、何もかも忘れて棒立ちになったまま、その箱を見つめていると、こういう考えが頭をよぎった。

「ほんとに変だわ！　こんなものがあるとは思わなかったわ！　ものすごく大きな重そ

うな箱！　いったい何が入っているのかしら？　なぜこんな所に置かれているのかしら？　しかも、人目に触れないように部屋の隅に押し込んである！　中を見てみよう。どんなことをしても見てみよう。今すぐに、外が明るいうちに。夜まで待っていたら、ろうそくがなくなるかもしれないもの」

キャサリンは箱に歩み寄ってじっくりと調べた。それは杉の箱で、黒い木の精巧な象眼細工が施されており、彫刻を施した同じ木の脚がついているので、床から三十センチほど高くなっている。錠は銀製だが、古くて光沢がない。箱の両端には、同じ銀製の取っ手が不完全なかたちで残っている。何か無理な力が加わって壊れたのだろう。蓋の中央には同じ銀製の、謎めいた組み合わせ文字がついている。キャサリンは身を乗り出して文字を見つめたが、どういう組み合わせ文字なのかわからなかった。どの方向から見ても、最後の文字がTには見えない。ティルニー家の屋敷に置かれた箱に、T以外の文字がつけられているとすると、じつに驚くべきことだ。もともとはティルニー家の箱ではないとすると、一体どんないきさつがあってティルニー家のものになったのだろう？

キャサリンの恐怖と好奇心はますます募るばかりだった。彼女は震える手で錠の掛け金をつかみ、なんとしても中を見ようと決心した。何かがひっかかってちょっと手間取ったが、やっとの思いで蓋を五、六センチ持ち上げた。だが突然ドアをノックする音がして、びっくりして手を放してしまい、蓋はばたんと大きな音を立てて閉まってしまった。まずいときにやってきた邪魔者は、ミス・ティルニーのメイドで、キャサリンの着替えの手伝いにやってきたのだった。彼女はすぐにメイドを追い返したが、いましなければならないことを思い出し――この箱の謎を早く解明したいけれど――大急ぎで着替えに取りかかった。しかし、このような興味と不安をかきたてるものが目の前にあるのだから、頭も目もそっちに気を取られて、着替えはすみやかには進まなかった。ディナーの時間が迫っていて、これ以上時間を無駄にできないので、もう一度やってみようとは思わないが、箱から離れることはできなかった。でもやっとドレスに腕を通して身支度が整うと、やむにやまれぬ好奇心を抑えられなくなった。まだほんのすこし時間がある。蓋に超自然的な力が加わっていなければ、必死になればすぐに開くはずだ。そう思って彼女は猛然と箱を開けに向かった。思ったとおり、必死になると蓋はすぐに開いた。ところがなんと、あぜんとした彼女の目に入ったのは、箱の隅にちょこんと置かれた、きちんとたたまれた白い木綿のベッドカバーだけだった。

キャサリンが驚きと恥ずかしさで赤くなって、白いベッドカバーを見つめていると、着替えは済んだかと心配したミス・ティルニーが部屋に入ってきた。キャサリンは、馬鹿な期待をした自分が恥ずかしかったが、馬鹿な探索をしている現場を見られた恥ずかしさが加わって、ほんとうに顔から火が出るほど恥ずかしかった。急いで蓋を閉めて鏡のほうに向き直ると、ミス・ティルニーがこう言った。

「それ、古い変な箱でしょ？　何世代前からここにあるのかわからないの。なぜこの部屋に置かれるようになったのか知らないけど、帽子やボンネットを入れておくのに便利だと思って、そのままにしておいたの。難点は、蓋が重くて開けにくいことね。でも、部屋の隅に置いておけば邪魔にはならないわ」

キャサリンは何も言えなかった。恥ずかしさに顔を赤らめ、ドレスの紐を結びながら、「もうこんな馬鹿なことは考えまい」と固く決心した。ミス・ティルニーは心配そうに、「時間に遅れそうだわ」と言った。三十秒後には、ふたりは大急ぎで階段を駆けおりたが、ミス・ティルニーの心配は根拠がないわけではなかった。ティルニー将軍は懐中時計を握りしめて客間を歩きまわっていたが、ふたりが部屋に入っていくと同時に、すさまじい勢いで呼び鈴を引っ張って、「すぐに食事を出しなさい！」と命じたのである。

キャサリンは、将軍のすさまじい声に震えあがり、青ざめた顔で、息を切らしながら恐る恐る席につき、ヘンリーとミス・ティルニーのことを心配し、あの古い箱を呪った。だが将軍はキャサリンを見ると、いつもの丁重さを取り戻し、娘にむかって説教を始め、「美しいお友達を急がせるとはなんという愚か者だ。すこしも急ぐ必要などないのに、ほら、こんなに息を切らしておられるではないか」と言った。だがキャサリンは、自分のためにミス・ティルニーが叱られていることと、自分の馬鹿さ加減という二重の苦痛から立ち直ることはできなかった。でもみんながにこやかに食卓の席につくと、将軍の親切そうなほほえみと、いよいよご馳走が食べられるという自分の旺盛な食欲のおかげで、なんとか落ち着きを取り戻した。

ダイニングルームはとても立派な部屋で、ひろびろとしていて、普通の客間よりもずっと大きな客間として使えそうだった。ものすごく高価で豪華な家具で飾られているが、立派な家具を見慣れていないキャサリンには、その価値はまったくわからず、部屋の広さと、給仕人の多さにただただ驚くばかりだった。キャサリンが部屋の広さに感嘆の声を上げると、将軍はとてもうれしそうな顔をして言った。

「まあ、狭くはないですな。みなさんと同じように、私はこういうことには無頓着なほうだが、十分な広さを持ったダイニングルームは、生活必需品のひとつだと思っているんです。しかし、あなたはアレン氏のお屋敷で、もっと広い部屋に慣れておられるんじゃないかな？」

「とんでもありません」とキャサリンは正直に言った。「アレン氏のお宅のダイニングルームは、この半分もありません。こんなに広いお部屋を見たのは生まれて初めてです」

ティルニー将軍はますます上機嫌になった。

「まあ、うちには広い部屋がたくさんあるので、使わないのも馬鹿だと思いましてね。だがほんとの話、この半分の広さのほうが落ち着くと思いますよ。きっとアレン氏のお宅のお部屋は、人間がくつろぐのにちょうどいい広さなんでしょうな」

その晩は、それ以上は何の波乱もなく過ぎた。ティルニー将軍がときどき席を外すと、ダイニングルームはとても楽しい雰囲気になった。キャサリンがすこし旅の疲れを感じたのは、ティルニー将軍がそばにいるときだけだった。でもそのときでさえ、つまり、疲労と緊張を感じるときでさえ、幸福感のほうがずっと大きかったし、バースにいるアレン夫妻と一緒にいればよかったとは思わなかった。

夜は嵐になった。夕方ときどき強い風が吹いていたが、みんなが部屋に引きあげるころには、激しい風雨に変わっていた。キャサリンは、玄関ホールを通って寝室へ向かうとき、恐怖に襲われながら嵐の音に耳を傾けた。古いお屋敷のまわりを突風が吹き荒れ、遠くの部屋のドアが、突然ばたんと閉まる音を聞くと、自分はほんとうにノーサンガー・アビーにいるのだと実感した。そう、これこそまさに、むかし修道院だった古いお屋敷の音だ。嵐の音を聞いて、小説の恐ろしい場面を思い出した。こういう古いお屋敷が目撃し、こういう嵐が招いた恐ろしい状況や、恐ろしい場面の数々を——。そして、こんな古いお屋敷に、こんな恵まれたかたちで滞在する自分はほんとうに幸せだと、つくづく思った。私は真夜中の暗殺者や、酔っぱらいの洒落男たち（『ユードルフォの謎』に登場する）に襲われる心配はないのだ。ヘンリーが馬車で言っていたことはみんな冗談なのだ。こんなに立派な設備が整っていて、こんなにたくさん召使がいるのだから、探検するところなんてないし、恐ろしい目にあう心配もないのだ。自分の家の自分の部屋に行くみたいに、安心して寝室へ行けばいいのだ。キャサリンはそう思って気持ちを強くしながら階段を上がり、ミス・ティルニーの寝室が二部屋しか離れていないとわかると、勇気をもって部屋に入ることができた。そして暖炉の薪が赤々と燃えているのを見ると、ますます勇気が湧いてきた。

「このほうがいいわ」暖炉の炉格子に歩み寄ってキャサリンはつぶやいた。「暖炉にちゃんと火が燃えているほうがいいわ。小説では、かわいそうな少女が寒さで震えながら、家族が寝静まるのを待たなくてはならないし、年老いた忠実な召使が、薪を持って突然入ってきてびっくりさせられるけど、あれよりこのほうがずっといいわ！　ノーサンガー・アビーがこういうお屋敷でよかったわ！　小説に出てくるようなお屋敷だったら、こんな嵐の夜に、こんな勇気が出るかどうか自信がない。でもほんとに、ここには怖いものなんて何もないんだわ」

キャサリンは部屋をぐるりと見まわした。窓のカーテンが揺れているみたいだ。たぶん、よろい戸のすき間から吹きこむ風のせいだろう。彼女はそれを確かめるために、鼻歌を歌いながら勇敢に前に進み出て、カーテンのうしろをひとつひとつ覗きこみ、窓下のベンチにも怖いものは何もないことを確かめ、よろい戸に手を当てて、やはりすき間風のせいだと確認した。窓の調査から戻るとき、あの古い箱にちらっと目をやったが、それも無駄ではなかった。馬鹿な空想が生みだす根拠のない恐怖を軽蔑し、そんな箱など気にせずに、楽しそうに寝支度を始めた。

「さあ、ゆっくりやろう。急ぐ必要はないわ。寝るのが一番遅くなっても構わないわ。でも、これ以上薪をくべるのはよそう。暖炉の火に見張りを頼むみたいで、臆病者と言われそうだ」

というわけで暖炉の火は消えたが、キャサリンはそれから一時間近くかかって寝支度をし、ベッドに入ろうとしてもう一度部屋を見まわすと、びっくりしたことに、背の高い古めかしい黒い飾り簞笥が目に入った。かなり目立つ場所に置かれているのに、なぜかいままで気がつかなかったのだ。馬車でのヘンリーの話、つまり、最初は気がつかない黒檀の飾り簞笥の話が、すぐに頭に浮かんだ。あれはみんな作り話だと思うけど、なんだか奇妙な話だし、これは驚くべき偶然の一致ではないか！　彼女はろうそくを持って、飾り簞笥に歩み寄ってじっくりと見た。厳密に言うと、黒檀と金でできているのではなく、黒と黄色の美しい漆塗りの簞笥だった。ろうそくで照らされたので、黄色が金色に見えたのだ。

簞笥の扉の鍵穴に、鍵が差し込まれたままになっているので、キャサリンは中を見たいという衝動に駆られた。そこに何かあると期待したわけではないが、ヘンリーの話を聞いたあとなので、ものすごく気になった。中を調べないと、とても眠れそうにない。そこで、ろうそくをそっと椅子の上に置き、震える手で鍵をつかんで回そうとしたが、思いきり力を入れてもまったく動かなかった。彼女は不安に襲われたが、くじけずに逆に回すとやっと動いた。うまくいったと喜んだが、まことに奇怪千万、扉はやはり開かなかった。彼女は息が止まるほど驚いて、一瞬棒立ちになった。風が唸り声を上げて煙突から吹きおろし、雨が滝のように窓を叩き、何もかもが、彼女の置かれた状況の恐ろしさを物語っているようだった。しかし、この謎を解明しないでベッドに入っても無駄だろう。まことに奇怪千万な、開かずの飾り簞笥が枕元にあるのに、のんびり眠ることなどできるはずがない。そこで彼女はもう一度鍵に挑戦し、なんとしても開けようと、すばやい手つきでがちゃがちゃ動かして、必死に最後の努力をしていると、突然扉が開いた。この勝利に、彼女の胸はうれしさで高鳴り、両開きの扉を両方とも開け放った。もう片方の扉は、錠前よりも簡単な作りの差し錠で留められているだけだった。ただしさっきの錠前も、特別変わったものとは思えなかった。ともあれ扉を開け放つと、縦に二列の小さな引き出しがあり、その上と下に、それより大きな引き出しがあり、そして中央に小さな扉があり、同じように錠前と鍵がついていて、そこは重要なものを入れる隠し場所になっていると思われた。

キャサリンの胸は早鐘のように高鳴ったが、勇気はくじけなかった。期待で頬を紅潮させ、好奇心で目をいっぱいに見開き、引き出しの取っ手をつかんでぐいと引いた。だが中は空っぽだった。恐怖心はすこしおさまったが、好奇心はますます募り、二番目、三番目、四番目と、つぎつぎに引き出しを開けたが、中はどれも空っぽだった。ひとつ残らず全部調べたが、どの引き出しにも何も入っていなかった。宝物の隠し方はよく知っているので、もしかしたら、引き出しの中が二重底になっているかもしれないと思い、ひとつひとつ念入りに調べたが、やはり何もなかった。あと調べていないのは、中央の小さな扉の中だけだ。

「私は最初から、この飾り箪笥のどこかに何かが隠されているなんて思っていたわけではないから、何も見つからなくても、ぜんぜんがっかりなんかしていない。でも始めたからには、徹底的に調べないと気がすまない」

というわけでキャサリンは、中央の小さな扉に取りかかったが、表の扉と同様、鍵を開けるのに少々手間取った。でもついにその扉も開き、そしてこんどの探索は、前と違って無駄には終わらなかった。彼女の鋭い目は、奥のほうに押し込んである巻紙を見つけた。明らかに隠す目的で、奥のほうに押し込んであるのだ。それを見つけたときのキャサリンの気持ちは、まさに筆舌に尽くしがたいものだった。またしても胸は早鐘のように高鳴り、膝はがくがくと震え、頬は死人のように青ざめた。彼女はぶるぶると震える手で、その貴重な古文書をつかんだ。ちらっと見ただけで、何か文字が書かれていることがわかった。ヘンリーの予言が的中したのだと知って、あらためて恐怖に襲われたが、寝る前に一行残らず全部読もうと彼女は決心した。

ろうそくの明かりが急に暗くなったので、キャサリンはびっくりしてろうそくを見たが、すぐに消える心配はなく、あと数時間は持ちそうだった。古文書の古い文字を暗い明かりで読むのは二重に大変なので、光を明るくするために急いでろうそくの芯を切った。ところがなんと、ろうそくは芯を切ると同時に消えてしまった。ランプだってこんな恐ろしい消え方はしないだろう。彼女は恐怖のあまり、金縛りにあったように立ち尽くした。ろうそくは完全に消えてしまった。もう芯に息を吹きかけても無駄だろう。部屋は漆黒の闇に包まれた。外では突然怒り狂ったように突風が吹き荒れ、暗闇の恐怖に追い討ちをかけた。キャサリンは全身わなわなと震えた。それから一瞬風がおさまると、今度は、遠ざかってゆく足音と、遠くの部屋のドアがばたんと閉まる音が、恐怖におののく彼女の耳元で響いた。人間の神経はこれ以上の恐怖には耐えられないだろう。彼女の額に冷たい汗が吹き出し、古文書が手から落ち、彼女は手探りでベッドまで行くと、急いでベッドにもぐりこみ、布団をすっぽりかぶって、すこしでも恐怖から逃れようとした。今夜はいくら目を閉じても眠れないだろう。このように好奇心をかきたてられ、このように感情をかき乱されては、眠ることなど不可能だ。外ではまだ嵐が荒れ狂っている。彼女はいままで風が怖いなどと思ったことはなかったが、いまは突風が吹くたびに、恐ろしい知らせを運んでくるかのように思われた。

不可解にも古文書が発見され、不可解にもヘンリーの予言が的中したのだが、これを一体どう説明したらいいのだろう？　一体何が書かれているのだろう？　誰に書かれたものなのだろう？　なぜこんなに長いあいだ隠されたままになっていたのだろう？　そしてそれを彼女が発見するとは、なんという不思議な運命だろう！　何が書かれているかすっかりわかるまでは、眠ることもくつろぐこともできないだろう。朝日が昇ったらすぐに読もうと彼女は決心した。だがそれまで、長い退屈な時間を過ごさなくてはならない。キャサリンは身震いし、何度も寝返りを打ち、安らかな眠りについている人たちを羨ましいと思った。嵐はまだ狂ったように吹き荒れ、風の音よりも恐ろしいさまざまな物音が、ときおり彼女をぎょっとさせた。あるときは、寝台の垂れ幕が揺れたように思われ、またあるときは、誰かが部屋に入ってこようとしているかのように、ドアの鍵ががちゃがちゃいう音が聞こえた。長い廊下から、うつろなつぶやき声が聞こえてくるような気がし、遠くからうめき声まで聞こえてくるような気がして、何度も血の凍る思いがした。こうして何時間かが過ぎてゆき、疲労困憊したキャサリンは、屋敷じゅうの時計が午前三時を打つのを聞いたが、それからようやく嵐がおさまった。あるいは、疲労困憊していつのまにか深い眠りに落ちたのかもしれない。

第二十二章

キャサリンは翌朝八時に、メイドがよろい戸を開ける音で目を覚ました。目を開けると、あんな恐ろしい夜によくも眠れたものだと思いながら、明るい部屋を眺めまわした。暖炉ではもう火が燃えているし、嵐の夜とうってかわって、太陽がさんさんと輝く朝だった。「ああ、私はまだ生きているのだ」と実感すると、すぐに古文書のことを思い出した。メイドが部屋を出てゆくと、すぐにベッドから飛び起き、昨夜床に落として散らばったままになっている紙を拾い集め、枕にもたれてゆっくり読むために、急いでベッドに戻った。小説に古文書が出てくると、いつも恐怖に震えながら読んだものだが、小説に出てくるような長い古文書ではないことはすぐにわかった。それは長い巻紙ではなくて、ばらばらの紙を集めたもので、どれもこれも紙切れ程度の大きさで、最初に想像していたものとはだいぶ違っていた。

キャサリンはむさぼるように一枚の紙に目を走らせたが、内容を見てぎょっとした。こんなことがありうるだろうか？　私の目の錯覚だろうか？　どうやらそれは、現代的な下品な字で書かれたリンネル類の明細書らしいのだ！　目の錯覚でないとしたら、彼女が手に持っているのは、洗濯屋の請求書なのだ！　つぎの紙に目を走らせたが、同じような品物の名前が書かれていた。三枚目も四枚目も五枚目も同じようなものだった。別の二どの紙にも、シャツや靴下やクラヴァットやチョッキなどの文字が並んでいた。別の二枚には同じ筆跡で、同じく面白くもなんともないものだが、郵便、髪粉、靴紐、半ズボン用洗濯石鹸などの値段が書かれていた。そして、それらの紙切れをくるんであったと思われる大きな紙の一行目には、ひどく読みにくい字で、「栗毛の雌馬の湿布」と書かれていた。これは獣医の請求書だ。キャサリンの心を期待と恐怖で満たし、夜の眠りの半分を奪った謎の巻紙の正体は、こんなものだったのだ！　たぶんうっかり者の召使が、あの飾り箪笥に置き忘れていったのだろう。キャサリンはただただ自分が恥ずかしかった。飾り箪笥を目にする前に、古い衣装箱で十分懲りているはずではないか。ベッドから衣装箱の角がちらっと見えたが、それは彼女を激しく非難しているかのようだった。彼女の昨夜の妄想がいかに馬鹿々々しいものかということは、もはや火を見るよりも明らかだった。何世代も昔の古文書が、こんな現代的な快適な部屋に、人目に触れずに残っていたと思うなんて馬鹿みたい！　それに、あの飾り箪笥の鍵は誰でも自由にさわれるのに、自分が初めて開けることができたと思うなんて、ほんとに馬鹿みたい！

なぜこんなひどい思い違いをしたのだろう？　どうかヘンリー・ティルニーが、私の馬鹿な振る舞いを永遠に知らずにいますように！　でもこれは彼のせいでもあるのだ。彼が話した黒檀と金の飾り箪笥が、この部屋の飾り箪笥とこんなにぴったり符合していなければ、何の好奇心も起きなかったはずだ。彼女にはこれがせめてもの慰めだった。ベッドに散乱しているいまいましい紙切れ、自分の愚かさを示すいまいましい証拠を、一刻も早く目の前から追い払おうと、彼女はすぐに起き上がり、できるだけ前と同じかたちの巻紙にして、飾り箪笥の元の場所に戻し、心からこう祈った。運の悪い出来事が起きて、この巻紙がまた目の前に現われて、私が恥ずかしい思いをすることがありませんように、と。

それにしても、この錠はなぜあんなに開けにくかったのだろう？　いまは簡単に開け閉めできるので、それだけは不思議だ。この点はたしかに大きな謎だ。彼女は三十秒ほどうれしそうに推測したが、もしかしたら扉の鍵は、最初は開いていたのに自分が閉めてしまったのではないか、ということに気がついて、また赤面しなくてはならなかった。

キャサリンは、自分の愚かな振る舞いを思い出させる不愉快な部屋を急いでとびだし、昨夜エリナーに教わった朝食室へと大急ぎで向かった。部屋にはヘンリーがひとりでいたが、彼はすぐに、「ひどい嵐でしたが、よく眠れましたか？　なにしろこの屋敷は、昔は修道院でしたからね」とからかうように言った。キャサリンは、自分の馬鹿な振る舞いを知られたくないので返事に困ったが、嘘をつくこともできないので、風の音でよく眠れなかったことだけは認め、話題を変えようと思ってこう言った。

「でも、嵐のあとはすばらしい朝ですね。嵐も不眠も、済んでしまえば何でもありませんわ。まあ、きれいなヒヤシンスね！　私、最近やっとヒヤシンスが好きになったんです」

「ほう、なぜ好きになったんですか？　偶然ですか？　誰かの影響ですか？」

「ミス・ティルニーの影響ですわ。どういうふうにとは説明できませんけど。アレン夫人が、私をヒヤシンス・ファンにしようと、毎年いろいろなことをおっしゃるけど、どうしても好きになれなかったの。でもこのあいだ、ミルソム・ストリートでお宅のヒヤシンスを見て、突然好きになったんです。私はもともと、花にはあまり関心がないんです」

「でもいまは、ヒヤシンスが大好きなわけですね。それは結構ですね。新しい楽しみを覚えたわけだ。幸せになるには、楽しいことをたくさん知っていたほうがいい。それに、花の趣味は女性には理想的です。家の外へ出る機会が多くなるし、体を動かす機会も多くなりますからね。ヒヤシンスを愛でるのは家の中が多いかもしれないけど、花が好きになれば、そのうちバラが大好きになるかもしれない」

「でも私を家から出すのに、そんな趣味なんて必要ありませんわ。散歩して新鮮な空気を吸う楽しみがあれば十分です。天気のいい日には、私は一日の半分は外に出ています。

おまえはほんとに家にいない子だねって、母によく言われます」

「とにかく、あなたがヒヤシンスを好きになってよかった。何かを好きになる習慣が大事なんです。新しいことを学ぶ意欲が、若い女性を幸せにしてくれるのです。妹の教え方は上手ですか？」

キャサリンは返事に困ったが、ティルニー将軍が部屋に入ってきたので、その質問には答えなくてすんだ。将軍のにこやかな挨拶は機嫌のよさを示していたが、「早起きは健康にいいですね」と将軍に言われると、彼女は落ち着かない気持ちになった。

みんなで朝食の席につくと、キャサリンは上品な食器類のすばらしさに目を見張り、それを褒めずにはいられなかった。幸運なことに、それはすべて将軍が選んで買ったものだった。将軍は自分の趣味を褒められて、すっかりご満悦の体でこう言った。

「いや、たしかにこれは、とてもシンプルで上品なすばらしい食器です。私はわが国の製品を大いに応援すべきだと思っています。私は紅茶の味にはそれほどうるさいほうではないが、スタッフォード州（ウェッジウッド社の製造工場がある）で作られた食器で飲む紅茶も、ドイツのドレスデン（マイセン焼で知られる）やフランスのセーヴル（セーヴル焼で知られる）で作られた食器で飲む紅茶も、おいしさに変わりはない。しかし、これは二年前に買ったものです。あれから製造技術もだいぶ進歩した。このあいだロンドンへ行ったときに、すばらしいのを見かけましたよ。私がこういうものに見栄を張る人間なら、あのとき新しいのを一揃い注文したでしような。でも近いうちに、また新しいのを選ぶ機会がありますよ。もちろん自分のためではありませんがね」

それでは誰のために選ぶのだろう？　ティルニー将軍の言う意味がわからないのは、たぶんキャサリンだけだった。

ヘンリーは朝食がすむと、すぐにウッドストンの牧師館へ帰っていった。用事があって、二、三日そちらに滞在するそうだ。みんなで玄関ホールまでついてゆき、彼が馬に乗るのを見送った。朝食室に戻ると、キャサリンはヘンリーの姿をもう一目見たくて、窓辺に歩み寄った。

「ヘンリーにはきびしい試練だな」とティルニー将軍はエリナーに言った。「今日はウッドストンも寂しいだろうな」

「きれいな所ですか？」とキャサリンがたずねた。

「どうかね、エリナー？　おまえの意見を言ってごらん。男性について場所についても、女性の好みは女性がいちばんよく知ってるはずだ。まあ、公平に見ても、ウッドストンの牧師館はなかなかいい所だと思う。すばらしい牧草地に囲まれて、南東向きに建っている。同じ南東向きに、みごとな菜園もある。家の周囲の塀は、十年前に私が息子のために作ったものです。ミス・モーランド、これはティルニー家が贈与権を持っている聖職禄なんです。牧師館の所有権も私のものなので、私がきちんと管理している。へンリーはこの聖職禄の収入だけでも、十分裕福に暮せるでしょう。長男のほかは、子供はヘンリーとエリナーの二人だけなのに、私がヘンリーに職業を持たせるのは変だと、あなたは思うかもしれない。たしかに私も、ヘンリーが仕事から解放されたほうがいいと思うときもある。しかしミス・モーランド、若い女性には賛成してもらえないかもしれないが、あなたの父上は、私の考えに賛成してくださると思う。つまり、若い男性は何かの職業につくべきと私は思っているんです。お金は問題じゃない。お金が目的じゃない。何かの職業につくことが大事なんです。長男のフレデリックは、グロスター州では誰にも負けないほどの土地と財産を相続することになっているが、そのフレデリックでさえ、陸軍軍人という職業についているんです」

この最後の言葉は、将軍の望みどおりの絶大な効果をあげた。ミス・ティルニーもキャサリンも何も答えられず、黙ったままだった。

屋敷の中を案内するという話が昨夜出ていたが、将軍は、自分が案内役をつとめると言い出した。キャサリンとしては、できればミス・ティルニーひとりに案内してもらいたいが、とにかく屋敷の中を見せてもらうのはうれしいので、喜んで将軍に案内してもらうことにした。ノーサンガー・アビーに着いてからもう十八時間になるのに、まだ二つか三つの部屋しか見ていないのだ。キャサリンは、手持ち無沙汰なので開けた刺繍箱を、大急ぎで閉じると、さっそく将軍についてゆく構えを見せた。

のでと、キャサリンは会釈して同意を示した。するで、キャサリンは会釈して同意を示した。すると将軍はこうつづけた。「しかし、散

「屋敷の中を回ったら、植え込みの散歩道と庭園もご案内しましょう」と将軍が言ったので、キャサリンは会釈して同意を示した。すると将軍はこうつづけた。「しかし、散歩道と庭園を先に見たほうがいいかもしれないな。いまは天気がいいが、この季節は好天がいつまで続くかわからん。どちらがいいですか？　私はどちらでもかまわない。エリナー、おまえはどう思う？　どちらがお友達のご希望に合うと思う？　いや、わかった。天気のいいうちに庭を見たいと、ミス・モーランドの目にちゃんと書いてある。ミス・モーランドの判断に間違いはない。屋敷の中はいつでも見られるし、雨に濡れる心配もない。私はお客さまのご希望に絶対服従です。すぐに帽子を取ってきてお供しましょう」

ティルニー将軍は部屋を出て行った。キャサリンはがっかりして、不安そうな顔でこう言おうとした。将軍は私が喜ぶと勘違いして、ご自分の希望に反して庭を案内してくださるらしいが、私からお断わりしたほうがいいのではないか、と。するとミス・ティルニーがあわてたように言った。

「いいえ、天気のいいうちにお庭を見たほうがいいと思うわ。父のことは心配しないで。父はいつもこの時間に散歩をするの」

キャサリンは、これをどう理解したらいいのかわからなかった。ミス・ティルニーはなぜこんなにあわてているのだろう？　将軍は私に屋敷の中を見せたくないのだろう

か？　でも言い出したのは将軍なのだ。それに、将軍がいつもこんな早い時間に散歩をするというのも、なんだか変だ。私の父もアレン氏も、こんな早い時間に散歩なんかしない。とにかくほんとに癪にさわる。私は早く屋敷の中が見たいし、庭なんてぜんぜん興味がないのに。ああ、ヘンリーが一緒にいてくれればいいのに！　彼がいなければ、庭を見ても、「ピクチャレスクの美学」（一六八頁の注参照）がどんなものかさっぱりわからない。

キャサリンはそう思ったがそれは胸にしまって、不満をこらえてボンネットをかぶった。

だがキャサリンは、芝生から初めてノーサンガー・アビーの建物全体を眺めると、予想をはるかに超えたその堂々たる姿に圧倒された。建物全体が大きな中庭を取り囲み、四角形を成した建物の二棟は、ゴシック様式の装飾をふんだんに施されて、とりわけ壮麗な姿を際立たせていた。残りの二棟の背後には、古い木々が茂った丘と、みごとな植林地があり、屋敷の背後を守るようにそそり立つ、急斜面の丘に茂った木々は、すっかり葉が落ちた三月でさえとても美しかった。キャサリンは、これほど壮麗な建物と美しい景色を見たのは生まれて初めてだった。あまりのうれしさに、将軍が何も言わないうちに、驚きと賛辞の言葉を連発した。将軍はうれしそうにうなずきながら聞いていたが、その様子はまるで、ノーサンガー・アビーにたいする彼自身の評価が、これでやっと落ち着いたかのようだった。

つぎに見物するのは菜園だった。将軍は広大な庭園の一部を横切って、キャサリンを菜園へと案内した。

菜園の敷地面積の広さを聞いて、キャサリンはびっくり仰天した。アレン家の土地と、モーランド家の土地と、教会墓地と果樹園を全部合わせた土地の二倍以上の広さなのだ。いろいろな菜園を仕切る塀が、数え切れないほどあり、どれも果てしがないほど長い塀だった。そしてそれらの塀の中に、まるで村みたいにたくさんの温室があり、そこで村人たちが総出で働いているかのようだった。キャサリンのびっくりした顔を見て、将軍はたいへん満足した。「こんなみごとな菜園は見たことがありません」と彼女の顔は言っているのだが、将軍はそれを彼女の口から聞かないうちは承知しなかった。それでキャサリンがそう言うと、将軍は謙遜したようにこう言った。

「いや、私にはそういう野心はないし、そういうことはあまり気にしていない。でもまあ、イギリスじゅう探しても、これほどみごとな菜園はないでしょうな。私に道楽があるとしたら、ま、これが私の道楽ですな。私は菜園が大好きだ。食べることにはあまり興味がないが、おいしい果物は大好きです。私が好きでなくても、友人や子供たちが大好きだからね。しかし菜園には苦労もつきものです。どんなに一生懸命世話をしても、いつもおいしい果物が実るとは限らん。パイナップル園は、去年はたったの百個しか実らなかった。アレン氏も同じような苦労をなさっているでしょうな」

「いいえ、アレン氏は菜園の世話なんてしません。菜園に入ることすらしません」

将軍は得意満面の笑みを浮かべて言った。

「私もそうできればいいんですがね。菜園に入るたびに、計画どおり行っていないところが目について、がっかりしますからね」

それからみんなで温室に入ると、将軍は温室装置の説明をしてから、「アレン氏の温室装置はどういうタイプですか？」と言った。

「アレン氏のお宅には、小さな温室が一つあるだけです。アレン夫人が、冬にご自分の植物を入れておくんです。火もときどきしか焚きません」

「いや、アレン氏は幸せな人だ！」と将軍は、満足そうな軽蔑の表情を浮かべて言った。

キャサリンは、すべての温室を隅から隅まで案内されて、もう見るのも褒めるのもうんざりしてしまった。ようやく将軍は、キャサリンとエリナーが菜園から出るのを許したが、するとこんどはこう言った。最近手を入れた茶室がどうなっているか見たいので、ミス・モーランドが疲れていなければ、そこまで歩いてゆくのも楽しいだろう、と。

「でもエリナー、おまえはどこへ行くつもりだ？」と将軍は言った。「なぜそんな寒いじめじめした道を行くんだね？　ミス・モーランドの足が濡れてしまう。庭園を横切っていくのが一番いい」

「ここは私の大好きな散歩道なんです」とミス・ティルニーは言った。「じめじめしているかもしれませんけど、ここが一番いい近道だと思ったんです」

それは、赤松の老木が鬱蒼と生い茂った小さな森にある、曲がりくねった細い小道だった。キャサリンはその陰鬱な感じに心を引かれ、ぜひ入ってみたいと思い、将軍が反対したのに、そちらへ向かって歩き出そうとした。キャサリンの気持ちを見て取った将軍は、体に悪いともう一度反対したが、無駄だとわかると、紳士としてそれ以上は反対しなかった。だが将軍は一緒に行くのは断わり、「その道は暗くて陰気だから、私は別の道を行く。向こうで落ち合おう」と言って立ち去った。キャサリンは、将軍と別れるとほっとしたが、そのほっとした自分の気持ちに驚いた。でも驚きよりもほっとした気持ちのほうが強いので、心は痛まなかった。そして彼女は、その森に漂う心地よい陰鬱さについて、のびのびと楽しそうに話し出した。

「私はこの小道が大好きなの」とミス・ティルニーはため息まじりに言った。「ここは母の大好きな散歩道だったの」

これまでキャサリンは、ティルニー夫人の話題を一度も聞いたことがなかった。それで、このしみじみとした思い出話にひどく興味をそそられ、すぐに彼女の表情の変化と、その話をもっと聞きたいと待ち構える態度に現われた。

「私は母とよくここを散歩したの」とミス・ティルニーはつづけた。「でも、いまは大好きだけど、そのころはあまり好きではなかったわ。母はなぜこんな暗い小道が好きなんだろうって、そのころは不思議に思ったわ。でもいまは、母の思い出があるので大好きになったの」

「それならティルニー将軍も、この小道が大好きになるはずではないかしら？」とキャサリンは思った。「でも将軍は、この小道に入ろうともしなかったわ」

ミス・ティルニーが何も言わないので、キャサリンは思い切ってこう言った。

「お母さまがお亡くなりになったときは、ずいぶん悲しかったでしょうね」

「ええ、悲しみはますます募るばかりよ」とミス・ティルニーはつぶやくように答えた。「母が亡くなったとき、私はまだ十三歳だったの。その年ごろの娘としては、母親の死を悲しむ気持ちは、誰にも負けないくらい強かったと思うけど、そのときはまだ、母の死がどんなに大きな損失かわかっていなかったし、わかるはずもないわ」彼女はちょっと黙ってから、きっぱりとこうつづけた。「私には姉も妹もいません。もちろんヘンリーお兄さまは……いいえ、兄はふたりともとてもやさしくしてくれるし、ヘンリーお兄さまはたびたび来てくれるから、とても感謝しているけど、でもやはり、ひとりぼっちで寂しいと思うことはあるわ」

「お兄さまがいないときは、ずいぶんお寂しいでしょうね」

「母ならいつも一緒にいてくれますもの。いつも話し相手になってくれて、ほかの誰よりも私の力になってくれたと思うわ」

「お母さまはとてもすてきな方だったんでしょうね？　とても美人だったんでしょう

ね？　このお屋敷に、お母さまの肖像画はあるんですか？　お母さまは、あの散歩道がなぜそんなにお好きだったんですか？　何か悲しいことでもあったんですか？」

キャサリンは矢つぎ早にそう質問した。最初の三つの質問には、すぐに「ええ」という返事が返ってきたが、あとの二つには、何の返事も返ってこなかった。でも返事があってもなくても、質問するたびに、ティルニー夫人にたいする興味はますます募るばかりだった。夫人の結婚生活は不幸だったにちがいないと、キャサリンは確信した。ティルニー将軍が冷たい夫だったことは間違いない。妻の散歩道が嫌いだと言っていたから、妻を愛していたはずはない。それに、将軍はたしかに美男子だけど、その表情には、妻にやさしくなかったことを物語るような何かが感じられる。

「お母さまの肖像画は、お父さまのお部屋に飾られているのでしょうね？」自分の巧みな質問に顔を赤らめながら、キャサリンは言った。

「いいえ。母の肖像画は客間に飾るつもりだったのですが、父は絵の出来が気に入らなくて、しばらくは飾る場所がなかったの。でも母が亡くなったあと私がもらって、いまは私の寝室に飾ってあります。喜んでお見せするわ。とてもよく似て描かれているわ」

証拠がまたひとつ増えた。亡くなった妻の肖像画があって、とてもよく似て描かれているのに、夫はその肖像画を嫌って、自分の部屋に飾ろうともしないのだ！　将軍は妻にものすごくひどい仕打ちをしたにちがいない！

キャサリンは、将軍にとても親切にしてもらったにもかかわらず、将軍にたいして、なんとなく怖いようないやな感じを持っていたが、その気持ちを、もう自分に隠そうとは思わなかった。そのなんだか怖いようないやな感じは、いまやはっきりと激しい嫌悪感に変わった。そう、たしかに激しい嫌悪感なのだ！　ティルニー夫人のようなすてきな女性にひどい仕打ちをしたティルニー将軍が、ほんとうに憎らしい。そういう冷酷非情な人物の話を、小説で何度も読んだことがある。アレン氏は、「小説に出てくる冷酷非情な人物は、すごく不自然で誇張されすぎている」とよく言っているけれど、現実に、そういう冷酷非情な人間がいるのだ！

キャサリンがそう結論をくだしたとき、小さな森の散歩道が終わり、目の前にティルニー将軍が立っていた。キャサリンは、将軍にたいしてあれほど義憤に駆られていたのに、また将軍といっしょに歩いて彼の話を聞き、彼がほほえむとほほえみ返さなくてはならなかった。でも、もう景色を見てもぜんぜん楽しくないので、すごくかったるそうに歩いた。将軍はそれに気がつくと、キャサリンの体を心配し、すぐにエリナーと屋敷に戻るように勧めてくれた。将軍をこんなに悪く思っているのに、こんなに親切にされると、キャサリンはなんだか気がとがめた。将軍は、十五分したら屋敷に戻ると言って、再びふたりと別れたが、三十秒もたたないうちにエリナーを呼び戻し、自分が戻るまで屋敷内を案内してはならぬと、きびしく命じた。キャサリンはすごく変だと思った。私がこんなにお屋敷の中を見たいと言っているのに、また邪魔をして遅らせるなんて、一体なぜだろう?

第二十三章

将軍が戻ってきたのはそれから一時間後だったが、そのあいだキャサリンは、将軍の人格についていろいろ芳しくない想像をめぐらせていた。

「こんなに長いこと一人で外を歩きまわるなんて、心が安らかではない証拠だわ。良心にやましいところがある証拠だわ」

やっと将軍が戻ってきた。心の中でどんな陰鬱なことを考えているかわからないが、顔には相変わらず微笑を浮かべていた。ミス・ティルニーは、キャサリンが屋敷の中を見たがっていることを知っているので、すぐにその話題をもちだした。将軍はキャサリンの予想に反して、それ以上邪魔をして遅らせることはしなかった。三人が戻るまでにお茶の用意をしておくようにと命ずるのに、五分ほどかかったが、それから将軍が屋敷の中を案内することになった。

三人は出発した。先頭を行く将軍の堂々たる態度と、威厳たっぷりな歩き方を見て、キャサリンは感心したが、小説をたくさん読んだおかげで彼の心を知っているので、彼にたいする疑惑はそう簡単には揺るがなかった。将軍は玄関ホールを通り、普段用の客間と、あまり使われていない控えの間を抜けて、広さも家具もじつに堂々とした部屋へと入っていった。これが貴賓用の正式の客間なのだ。「とても立派で、ものすごく広くて、ほんとうにすてきね！」キャサリンの褒め言葉はこれで精いっぱいだった。家具の価値などまったくわからないし、サテンの生地の色の見分けさえつかないのだ。細部にわたる称賛と、重要な意味をもつ称賛の言葉は、すべて将軍が補足した。しかし、部屋の家具がどんなに高価で立派でも、キャサリンには何の意味もなかった。彼女は十五世紀以降の新しい家具にはまったく興味がないのだ。将軍は、家具の有名な装飾についてこまごまと説明して、自分の好奇心を満足させると、つぎは図書室へと入っていった。これもじつに堂々たる部屋で、どんなに謙虚な人間でも自慢せずにはいられないような立派な蔵書が、四つの壁をぎっしりと埋めていた。彼女は将軍の説明に、前よりも真剣に耳を傾けて、称賛と驚きの声を上げ、棚の半分の書名にざっと目を通し、この知識の宝庫からできるだけの知識を吸収すると、つぎの部屋に進もうとした。

しかし、彼女の期待どおりにつぎつぎに部屋が現われるわけではなかった。ノーサンガー・アビーは大きな建物だが、もう大部分の部屋を見てしまったのだ。いま見てきた六つか七つの部屋と、まだ見ていない台所が、中庭の三方を囲んでいるのだそうだ。しかし、そう説明されても信じられず、「どこかに秘密の部屋があるはずだ」と疑わずにはいられなかった。でも、中庭に面した小さな部屋をいくつか通って、家族がふだん使っている部屋のほうへ戻ってゆくと、なんだかすこしほっとした。中庭には、複雑に入り組んだ通路がいくつもついていて、それぞれ別の棟へと通じていた。そしてさらに進んでゆくと、だんだん幸せな気分になってきた。いま歩いているのは、修道院の回廊だったところだと説明されたり、ここは修道士の独居室の跡だと教えられたり、閉まったままになっていて、何の説明もされないドアを眺めたりした。それからビリヤード室と、将軍の私室に案内されたが、この二つの部屋がどうつながっているのかわからなかったし、部屋を出たときは、方角もわからなくなってしまった。最後に、暗い小さな部屋を通ったが、そこはヘンリーの部屋で、本や銃や外套などが雑然と置かれていた。

ダイニングルームはきのう見たし、これから毎日ディナーのときに見られるのに、将軍はここも隅から隅まで案内し、うれしそうにいろいろなことを説明した。キャサリンは何の疑問も関心もないのに、将軍はじつに事細かに説明してくれた。ダイニングルームを出ると、近道を通って台所へと進んだ。修道院時代からある古い台所で、どっしりした壁は、何世代にもわたる煙でどす黒くなっているが、現代的な料理用レンジや蒸し器が置かれていた。将軍の改良の手はここでもしっかりと発揮され、料理人たちの労働を軽くするありとあらゆる発明品が、ひろびろとした調理場のあちこちに採用されていた。ふつうの人間の才能では到底できないようなことも、将軍の手によって完璧なものとなっていた。この台所に示された才能だけでも、将軍は修道院改革の偉大な恩人として高く評価されることだろう。

この台所で、ノーサンガー・アビーの古い建物は終わっていた。四番目の棟は老朽化がひどかったために、将軍の父親によって取り壊されて、現在の建物が新しく建てられたのだ。由緒ある古い建物は台所までだった。新しい建物はただ新しいだけではなく、新しいということを声高に主張しているかのようだった。家事室専用の棟で、うしろは馬小屋なので、古い建物との統一性は考慮されなかったのだ。何物にも代えがたい由緒ある建物を、家庭の事情で簡単に破壊してしまう人間を、キャサリンは怒鳴りつけたい気分だった。そんな堕落した建物を見物して無念な思いをするのは、できればご免こうむりたかった。

ところが、将軍がいちばん自慢したいのはこの家事室だった。しかも将軍はこう確信していた。キャサリンのような心のやさしい女性は、かわいそうな召使の労働を軽くする新しい設備を見たら、さぞかし喜ぶにちがいない、と。だから将軍は、有無を言わせずキャサリンを家事室の棟へ案内し、一通りざっと見てまわった。キャサリンは部屋の多さと便利さに、予想以上の感銘をうけた。モーランド家には、いいかげんな食器室と、使いづらい食器洗い場しかなくて、それで十分だと思われているが、ここでは、便利なひろびろとした部屋が、それぞれの用途に合わせて作られているのだ。キャサリンは部屋の多さに加えて、召使の多さにも驚いた。どこへ行っても、パッテン靴（鉄輪の歯などをつけて底を高くした靴）をはいた娘が立ちどまってお辞儀をしたり、仕着せを着ていない普段着の従僕がそっと隠れたりした。しかし、ここはノーサンガー・アビーであり、むかし修道院だった古いお屋敷なのである！　キャサリンが小説で読んだ家事室の設備となんという違いだろう！　小説に出てくる古いお屋敷やお城は、ノーサンガー・アビーよりずっと大きいのに、せいぜい二人の女中が、屋敷中の汚れ仕事を全部やらなくてはならないのだ。たった二人でよくできるものだと、アレン夫人はよく驚いていたが、キャサリンは、いま実際に使用人の多さを見て、あらためて驚いたのだった。

三人は玄関ホールに戻って、正面階段を上がっていった。すかさず将軍は、階段の木の美しさと、すばらしい彫刻の装飾について説明した。階段を上がりきって長い廊下に出ると、キャサリンの部屋とは反対の方向へ曲がり、しばらく行くと、同じような作りだが、幅の広い長い大廊下に出た。彼女は三つの大きな寝室につぎつぎに案内された。どれも化粧室つきの寝室で、美しい立派な家具が備え付けられていた。居心地のいい優雅な寝室にするために、思いきり贅を尽くして趣向を凝らした部屋だった。五年前に改装したばかりなので、ふつうの人を喜ばせるには完璧だが、キャサリンを喜ばせるものは何もなかった。三つ目の最後の寝室を見てまわっているとき、将軍は、これらの寝室に泊まった著名人たちの名前を挙げてから、にこやかな表情でキャサリンのほうを見て、

「このつぎは、ぜひモーランド家の方たちにお泊りいただきたいですな」と言った。キャサリンは思いがけない言葉に感激し、自分にも家族にもこんなに礼を尽くしてくれる将軍のことをよく思えないなんて、ほんとうに残念だと思った。

大廊下の突き当たりは折り戸になっていた。ミス・ティルニーは先に進み出て折り戸を開け放ち、別の長い廊下へ入ってゆき、左手の最初のドアを開けて中へ入ろうとした。すると突然将軍が前へ進み出て、あわてたように、いや、怒ったように（とキャサリンには思えた）ミス・ティルニーを呼び戻し、きつい調子でこう言った。

「エリナー、どこへ行くんだ？　まだ見るものがあるのかね？　ミス・モーランドにお見せする値打ちのあるものは、もう全部お見せしたんじゃないかね？　ずいぶん歩いたから、何かお飲み物を差し上げたほうがいいんじゃないかね？」

ミス・ティルニーはすぐに引き返し、キャサリンの目の前で重い折り戸が閉じられた。キャサリンはものすごくがっかりした。折り戸の向こうに、狭い廊下とたくさんのドアと、らせん階段らしきものがちらっと見えたので、ついに見たいものが見られそうだと思ったからだ。キャサリンは長い大廊下をしぶしぶ引き返しながら思った。「立派な家具や装飾品なんか見せてもらうよりも、あの折り戸の向こうを調べさせてもらったほうがずっとうれしいのに、ほんとにがっかりだわ」と。将軍は、キャサリンをそこに入らせまいと思っているようなので、彼女の好奇心はますます募った。間違いなくそこに何かが隠されているにちがいない。このところ彼女の想像力は、二度も恥ずかしい思い違いをしたが、こんどこそ間違いない。何が隠されているか、ミス・ティルニーの短い言葉が暗示しているように思われる。将軍からすこし遅れて階段をおりていくとき、彼女はこう言ったのだ。

「私はあなたを、母の部屋に案内しようと思ったの。母が亡くなった部屋よ」

たったこれだけの言葉だが、キャサリンには何ページ分もの情報を与えた。あの部屋にある物は見たくないと、将軍が思うのは当然だ。あの部屋は、不幸な妻が息を引きとった部屋なのだ。将軍を良心の呵責で苦しめている、恐ろしい臨終の場面が繰り広げられた部屋なのだ。たぶん将軍は、それ以来一度も足を踏み入れていないのだろう。

キャサリンは、つぎにミス・ティルニーとふたりだけになったとき、思いきってこう言った。

「あの折り戸の向こうも、お母さまのお部屋も、全部見せていただけませんか？」

するとミス・ティルニーは、都合のいいときにいつでも案内すると約束してくれた。キャサリンは彼女の言う意味を理解した。あの部屋は、将軍が留守のときでないと入れないのだ。

「お母さまのお部屋は、昔のままなんでしょうね？」キャサリンはたっぷり感情をこめて言った。

「ええ、そのままにしてあるわ」

「お母さまが亡くなってどれくらいになりますの？」

「九年になります」

不幸な死を遂げた妻の部屋が、何でもない部屋に戻るには、長い年月が必要だろう。九年ではまだまだ短すぎると、キャサリンは思った。

「あなたは最後までベッドに付き添っていらっしゃったんでしょうね？」

「いいえ」とミス・ティルニーはため息をついた。「不運なことに、私はそのとき家を留守にしていたの。母は急病で突然亡くなったの。私が帰宅したときは、もう息を引き取ったあとでした」

この言葉を聞くと、キャサリンの頭に恐ろしい想像が駆けめぐった。血の凍る思いとはこのことだ。しかし、そんなことがあり得るだろうか？　まさか、ヘンリーのお父さまがそんなことを！　しかし、どんな恐ろしい疑惑をも裏づける事実が、たくさんあるではないか。その晩キャサリンは、客間でミス・ティルニーといっしょに刺繍をしていたが、そのあいだ将軍は、眉間にしわを寄せて下を向いたまま、黙って物思いにふけりながら、一時間ものあいだ部屋をゆっくりと歩きまわっていた。それを見てキャサリンは、自分は将軍に濡れ衣を着せているわけではないと確信した。将軍のその姿は、『ユードルフォの謎』に登場する極悪人モントーニの姿とそっくりなのだ！　人間の感情がすこし残っている心が、過去に犯した自分の恐ろしい罪を思い出し、陰陰滅滅とした気分に襲われているのだ。その姿をこれほどはっきりと物語るものはないだろう。ほんとうに不幸な男だ！（『ユードルフォの謎』に出てくる言葉）キャサリンは激しい不安に襲われて何度も将軍を見つめた。ミス・ティルニーはそれに気がついて、キャサリンにささやいた。

「父はよくあんなふうに部屋を歩きまわるの。珍しいことではないわ」

「ますます悪いわ！」とキャサリンは思った。「朝のあんな時間に散歩するのも、夜のこんな時間に部屋を歩きまわるのも、どちらもすごく変だし、けっしていい前兆ではないわ」

その晩はとても退屈で長く感じられ、キャサリンは、ヘンリーの存在の大きさをあらためて痛感し、寝室へ引きあげたときはほんとうにほっとした。晩の集まりがお開きになったのは、将軍がミス・ティルニーに目配せをして、呼び鈴を鳴らさせたからだった。ところが、執事が将軍のろうそくに火をつけようとすると止められた。将軍はまだ寝ないのだ。

「私は寝る前に、パンフレットをたくさん読まなくてはならんのです」と将軍はキャサリンに言った。「あなたが眠ったあと何時間も、国家の問題について考えなくてはならんのです。お互いに、自分にふさわしい仕事をするわけです。私の目は、他人の幸福のために酷使され、あなたの目はひと晩休息して、明日の美しさのために備えるのです」

しかし、いくら仕事があると言われても、どんなにお世辞を言われても、キャサリンは納得しなかった。将軍がそんな夜更かしをするのには、別な目的があるはずだ。家族が寝たあと、馬鹿々々しいパンフレットのために何時間も起きているなんてあり得ない。もっと深い理由があるはずだ。家族が寝たあとでないとできないようなことをするのだ。たとえばこういうことも考えられる。ティルニー夫人はまだ生きていて、何かわけがあって、秘密の部屋に閉じ込められていて、冷酷な夫から毎晩粗末な食事を与えられているのだ。これが、いろいろ考えた末のキャサリンの結論だった。じつに恐ろしいことだが、自然の成り行きに任せたとしても、夫人は遠からず息を引き取る運命にあるのだから、卑劣な手段で死を早められるよりはいいだろう。夫人は突然の病に襲われ、そのときミス・ティルニーは不在で、たぶん二人の息子も不在だった。これらの事実は、夫人が秘密の部屋に閉じ込められているという仮説の、有力な根拠となってくれるだろう。将軍が夫人を閉じ込めた理由は、嫉妬か、単なる残虐行為か、それはまだよくわからない。これからしっかりと解明しなければならない。

寝間着に着替えながらこんなことを思いめぐらしているうちに、キャサリンの頭に突然こういう考えがひらめいた。もしかしたら今朝私は、ティルニー夫人が閉じ込められている部屋のすぐそばを通ったのではないだろうか。夫人が悲惨な幽閉の日々を送っている独居室のすぐそばを通ったのではないだろうか。けっしてあり得ないことではない。

なぜなら、いまも修道院の名残りをとどめているあの修道士の独居室が、夫人を幽閉する場所として最適だと思えるからだ。高いアーチ形天井でおおわれた石畳の回廊を通ったとき、無気味な感じがしたが、あのとき将軍が何も説明しないドアがあったのを覚えている。もしかしたらあのドアは、夫人が幽閉されている部屋に通じているのかもしれない。この推測の正しさを補強する証拠として、彼女はさらにこういう事実に気がついた。ティルニー夫人の部屋がある、あの立ち入り禁止の廊下は、彼女の記憶によれば、この怪しい独居室の棟の真上にあるはずだ。そして彼女がちらっと見た、あのらせん階段は秘密の通路で、これらの独居室に通じていて、将軍が夫人を幽閉するのに好都合だったのではないだろうか。夫人は人事不省に陥った状態で、あのらせん階段を運びおろされたのだ！

キャサリンは、自分のあまりにも大胆な推測に驚いたし、この推測はいくらなんでも行き過ぎだとも思ったが、いろいろな状況を考えると、まったく根拠のない推測だとは思えなかった。

ノーサンガー・アビーは四辺形の建物だが、夫人の幽閉という犯罪が行なわれている棟は、キャサリンの推測によると、彼女の部屋がある棟の真向かいの棟だ。そこで彼女は考えた。真向かいの棟をしっかり見張っていれば、将軍が妻を幽閉している独居室へ行くときに、ランプの明かりが下の窓からもれて見えるかもしれない。そこで彼女はべッドに入る前に、二度ほど部屋を抜け出して廊下の窓へ行き、真向かいの棟に明かりが見えないかどうか確かめた。だが残念ながら、外はただの真っ暗闇だった。まだ時間が早すぎるのだ。階下からいろいろな物音が聞こえてくるから、召使たちはまだ起きているにちがいない。真夜中になるまでは、いくら見張っていても無駄だろう。時計が十二時を打ってあたりが寝静まったころ、暗闇が怖くなければ、もう一度こっそり部屋を出て覗いてみよう。やがて時計は十二時を打った。ところがキャサリンは、三十分ほど前から安らかな眠りについていた。

第二十四章

つぎの日は、謎の部屋の探索を実行に移すことはできなかった。ちょうど日曜日で、朝の礼拝と午後の礼拝の間の時間は、将軍の命令で外を散歩したり、家で冷肉を食べたりして過ごした。キャサリンがいくら好奇心に燃えていても、ディナーのあとの午後六時か七時のたそがれ時の薄明かりや、それよりも明るいけれど部分的にしか光が当たらず、しかも、いつ消えるかわからないろうそくの明かりを頼りに探索する勇気はなかった。その日彼女の想像力をかきたてたのは、ティルニー夫人を称えるすばらしい記念碑を見たことだった。その記念碑は、教会の家族席の前にあったが、すぐに彼女の目にとまり、しばらく目が釘づけになってしまった。その記念碑には、悲しみに沈む夫が亡き妻の美徳を称える、仰々しい言葉が書かれているが、その夫が妻を破滅に追いやったのだと思うと、キャサリンは胸を締めつけられて涙が出てきそうだった。

ティルニー将軍がこのような記念碑を建て、それと向き合って座っていられるというのは、それほど不思議ではないかもしれないが、それにしてもこんなに落ち着き払って、こんなに尊大な態度で、まったく恐れ気もなくあたりを見まわせるというのは驚きだ。いや、そもそも将軍が、この教会に足を踏み入れることができるということ自体が、キャサリンにはたいへんな驚きだった。といっても彼女は、同じような大罪を犯して平気でいられる人間がたくさんいるということを、知らないわけではない。人間らしい感情も悔恨の情もなく、つぎつぎに罪を犯し、手当たりしだいに人を殺し、悪業の限りを尽くし、最後は非業の死を遂げるか、宗教的隠遁者となって、極悪非道の生涯を終えた人間たちを何人も思い出すことができる。だから、ティルニー将軍が妻の記念碑を建てたという事実を知っても、夫人がまだ生きているかもしれないという彼女の考えは変わらなかった。たとえティルニー家の地下納骨堂に案内されて、ここに夫人の遺骨が眠っていると言われても、棺を見せられてここに遺骨が納められていると言われても、そんなことではだまされない。キャサリンは小説をどっさり読んでいるから、蠟人形を使ってニセの葬式を行なうことなど簡単だということを、ちゃんと知っているのだ。

つぎの日の朝は、謎の部屋の探索を実行に移す望みがありそうだった。将軍の朝の散歩は、常識的には変な時間だが、いまのキャサリンにはたいへん好都合だった。将軍が散歩に出かけると、彼女はすぐにミス・ティルニーに、夫人の部屋を見せてほしいと言った。エリナーはすぐに願いに応じてくれた。キャサリンは歩きながら、もうひとつの約束のことを話題にし、それでまず最初に、エリナーの寝室に飾られたティルニー夫人の肖像画を見に行くことになった。肖像画に描かれた夫人は、穏やかで物思わしげな感じの、とても美しい女性で、ここまではキャサリンの期待どおりだった。だがすべての点で期待どおりというわけではなかった。なぜなら彼女は、目鼻立ちも表情も顔色も、ヘンリーではなくてもせめてエリナーにそっくりな夫人の顔を期待していたのだ。キャサリンが想像する肖像画は、必ず母と子がそっくりなのだ。顔は一度できあがると、それとそっくりな顔の人間が何世代にもわたって生まれてくるはずなのだ。ところがティルニー夫人の肖像画は、じっくりとよく見なければ、子供たちとどこが似ているのかさっぱりわからなかった。それでも彼女は、その肖像画を見て大いに感動した。夫人の部屋の探索というわくわくするような楽しみが待っていなかったら、その場を立ち去りたくなかっただろう。

キャサリンは長い大廊下に入ってゆくと、興奮のあまり口もきけなかった。黙ってエリナーを見ると、エリナーの表情は沈んでいるが落ち着いていた。こんなに落ち着いていられるのは、あの陰鬱な部屋へ行くことに慣れているからだろう。エリナーは折り戸を開けて別の廊下に入ってゆき、左手の最初のドアに手をかけた。キャサリンは息が止まりそうになり、恐る恐る折り戸を閉めようとして振り返った。すると、大廊下の向こう端に人影が立っているのが見えた。それはなんと、ティルニー将軍の恐ろしい姿であった！

「エリナー！」

将軍の大音声が建物じゅうに響きわたり、エリナーは父の存在を知り、キャサリンは恐怖に恐怖が重なって震えあがった。将軍の姿を見た瞬間、キャサリンは本能的に物陰に身を隠したが、将軍に姿を見られずにすんだとは思えなかった。エリナーが謝るような目つきで脇をすり抜け、将軍といっしょに姿を消すと、キャサリンは身の安全を求めて自分の部屋に駆け戻った。そして部屋に鍵をかけると、もう二度と階下へおりる勇気は出ないだろうと思った。かわいそうなエリナーの身の上に同情したり、怒り狂った将軍から呼び出しがかかるのではないかとおびえたりしながら、激しい興奮状態のまま一時間ほど部屋にいたが、なぜか呼び出しはかからなかった。だがやがて、一台の馬車が屋敷に到着するのを見ると、彼女は勇気を奮い起こして階下へおり、お客たちといっしょに将軍に会うことにした。

朝食室はお客たちでとても賑やかだった。将軍はキャサリンを娘の友人として、丁重にみんなに紹介した。意外にも、将軍が怒り狂っている様子は見られないので、さしあたって命だけは大丈夫だろうと、キャサリンはほっと胸をなでおろした。エリナーは落ち着いた表情で、娘として父の評判を心配し、最初の機会をとらえてキャサリンに言った。

「父は私に、手紙の返事を書いてほしいと言ったの」

キャサリンは、さっき将軍に姿を見られずにすんだのか、あるいは将軍に何か考えがあって、私にそう思わせておくことにしたのか、どちらかだと思った。そう確信すると、彼女はお客が帰ったあとも、将軍と部屋にとどまっていたが、心配するようなことは何も起きなかった。

その朝いろいろ考えているうちに、キャサリンは、こんどはひとりであの禁断の部屋に行ってみようと決心した。エリナーには何も言わないほうがいい。また将軍に見つかるかもしれない危険に彼女を巻き込むのはよくないし、彼女の心を苦しめるにちがいない亡き母の部屋に案内を頼むのは、友達のすべきことではない。そしてもし見つかっても、将軍の怒りは、娘よりも私のほうがすこしは軽くてすむだろう。それに探索そのものは、エリナーがいないほうが思う存分できる。たぶんエリナーは、将軍に関する忌まわしい疑惑にまだ気づいていない。せっかく知らずにいるのだから、彼女には話さないほうがいい。だからエリナーのいる前では、将軍の残虐行為を証明する証拠品を探しまわるわけにはいかない。でもそれらの証拠品は、いままで発見を免れていたが、必ず見つかるはずだ。たとえば、ティルニー夫人が息を引き取る間際まで書きつづけた日記の断片などが……。あの部屋へ行く道順はわかっている。ヘンリーは明日帰ってくる予定だが、ぜひその前にすませたい。だからもう時間がない。今日は天気もよくて明るいし、キャサリンはすこぶる意気軒昂だった。もうすぐ午後四時だ。日が沈むまでにまだ二時間ある。いつもは四時半に、着替えのために部屋に引きあげるが、いますぐ引きあげても、いつもより三十分早いだけだ。

そしてキャサリンはついに実行した。時計がちょうど四時を打ったとき、彼女は大廊下にひとりで立っていた。考えている時間はない。急いで大廊下を進み、突き当たりの折り戸をそっと開けて別の廊下に進み、立ちどまって見る暇も、息をつく暇もなく、問題の部屋に直行した。意外にもドアは簡単に開き、ぎょっとするようなきしみ音も立てなかった。彼女は忍び足で部屋の中に入った。しかし、部屋は目の前にあったが、つぎの一歩を踏み出すことができなかった。彼女は目の前の光景を見て、顔じゅうをこわばらせてその場に立ち尽くした。なんと彼女が見たものは、調和のとれた大きな部屋で、綾織物のベッドカバーがかかった立派なベッドが置かれ、もう寝る人はいないのに、メイドの手できちんと整えられ、ぴかぴか光るバース型ストーブや、マホガニー材の衣装簞笥や、きれいな色を塗られた椅子が置かれ、二つの上げ下げ式の窓からは、暖かい西日が心地よさそうに差し込んでいたのである！

ティルニー夫人の部屋を見たら、感情を激しく揺さぶられるだろうと思っていたが、たしかにキャサリンの感情は激しく揺さぶられた。まず驚きと疑惑の感情に襲われ、それから理性の光が差し込んで、恥という苦い感情に襲われた。これはたしかにティルニー夫人の部屋であり、部屋を間違えてはいないが、そのほかの点では、とんでもない大間違いをしてしまった！　ミス・ティルニーの言ったことを誤解していたし、この部屋に関する自分の想像はすべて大間違いだった！　この部屋はものすごく古くて、ものすごく恐ろしい感じの部屋だと思っていたが、なんと、将軍の父親が建て直した新しい建物の、いちばん端の部屋なのだ。室内には二つのドアがあり、たぶん化粧室に通じていると思われるが、キャサリンはどちらのドアも開ける気になれなかった。その化粧室には、夫人が最後に散歩したときにつけていたベールか、夫人が最後に読んだ本が残っていて、ほかのものが伝えることのできない重大な事実を語ってくれるだろうか？　いや、そんなことはあり得ない。将軍がどんな犯罪を犯そうと、悪事が露見するような証拠の品を部屋に残しておくはずがない。キャサリンは探索にうんざりし、この愚かな行為は自分の胸にしまって、一刻も早く自分の部屋に戻りたいと思った。

そして、入ってきたときと同じように、忍び足で部屋を出ようとすると、どこからか足音が聞こえてきた。キャサリンはぎょっとして立ちどまり、思わず身震いした。こんな所にいるのを誰かに見つかったら大変だ。相手が召使だって具合が悪い。もし将軍だったら（なぜか将軍は、そばにいてほしくないときに必ず現われるのだ）、ますます具合が悪い！　キャサリンが耳を澄ますと、足音はやんでいたが、一刻の猶予もならぬと思い、急いで部屋を出てドアを閉めた。だがそのとき、一階のほうのドアが威勢よく開いて、誰かが階段を駆け上がってきた。その階段のところを通らないと大廊下には戻れない。キャサリンは身動きできなくなり、言いようのない恐怖感に襲われながら階段を見つめた。するとまもなくそこに、ヘンリー・ティルニーの姿が現われた。

「ティルニーさん！」キャサリンは異常なほどびっくりした声で叫んだ。

ヘンリーのほうもびっくりしたようだった。

「まあ！」キャサリンはヘンリーに何も言わせずにつづけた。「なぜここへいらっしゃったんですか？　なぜその階段を上がっていらっしゃったんですか？」

「なぜこの階段を上がってきた？」ヘンリーはまた驚いて答えた。「馬屋からぼくの部屋へ行くのに、これがいちばん近道だからです。ぼくがこの階段を上がってきちゃいけないんですか？」

キャサリンははっと我に返り、真っ赤になって何も言えなかった。ヘンリーは彼女の顔を見つめた。彼女の口から聞くことができない説明を、その表情から読み取ろうとしているかのようだった。キャサリンは大廊下のほうへ歩き出した。

「ではこんどはぼくが質問します」折り戸を閉めながらヘンリーは言った。「あなたはなぜここへ来たんですか？　馬屋からぼくの部屋へ行くのに、あの階段を通るのが変だとしたら、朝食室からあなたの部屋へ行くのに、あの廊下を通るのもすごく変ですね」

「あなたのお母さまのお部屋を見に行ったんです」キャサリンはうつむいて言った。

「母の部屋？　あの部屋に何か見たいものがあるんですか？」

「いいえ、何もありません。……あなたは明日まで戻らないと思ったんです」

「こんなに早く戻る予定ではなかったけど、三時間ほど前に用事が全部片づいたんです。おや、顔色が悪いですね。ぼくが階段を駆け上がってきたので、びっくりしたんですね？　あの階段は家事室から通じていて、誰でも使えます。あなたはそれをご存じなかったんですね」

「ええ、知りませんでした。……今日はとてもいいお天気で、馬の旅にはよかったでしょうね」

「ええ、とてもよかったですね。……それで、家じゅうの部屋をあなたがひとりで見て歩くようにと、エリナーが言ったんですか？」

「いいえ、そんなことありません。土曜日にエリナーさんが、ほとんどの部屋を見せてくださいました。あの部屋のほうへも行ったのですが……でも……（声を落として）あなたのお父さまも一緒だったんです」

「それであの部屋を見ることができなかったんですね」ヘンリーはキャサリンを見つめて言った。「あの廊下の部屋は全部見ましたか？」

「いいえ、私が見たかったのは……でも、もう遅いんじゃありません？　着替えに行かなくてはなりません」

「まだ四時十五分です。（と時計を見せながら）ここはバースじゃないから、おしゃれをしていく劇場も社交会館もない。ノーサンガー・アビーでは、着替えは三十分あれば十分です」

キャサリンは何も反論できず、仕方なくそのまま一緒にいたが、それ以上質問されるのが怖いので、(こんなことは彼と知り合ってから初めてのことだが) 早く彼のそばを離れたいと思った。ふたりはゆっくりと大廊下を歩いていった。

「ぼくが出かけたあと、バースから便りがありましたか?」

「いいえ。だからすごく驚いているんです。イザベラはすぐに手紙をくれるって、あんなに忠実に約束してくれたのに」

「忠実に約束する? 忠実な約束? なんだか変だな。たとえば忠実な演技とか、忠実な演奏という言い方は聞いたことがあるけど、忠実な約束、という言い方は聞いたことがない。約束することの忠実さ? やっぱり変だな。でも、「忠実に約束する」というのはどういうことか知る必要はないね。きみはその「忠実な約束」にだまされて傷ついているんだからね。ところで、母の部屋はすごくいい部屋でしょ? 広くて明るくて、化粧室の設備もすばらしいでしょ? あの部屋は、この家でいちばん快適な部屋だと思う。エリナーがなぜあれを自分の部屋にしないのか、不思議でしょうがない。あの部屋を見るようにエリナーが勧めたんですね?」

「いいえ」

「あなたが自分から見に行ったんですか？」キャサリンは何も答えなかった。ヘンリーはしばらく黙って彼女を見つめてから、こうつづけた。

「あの部屋に見たいものがあるわけではないと、あなたはさっきおっしゃいましたね。そうすると、母の人柄にたいする尊敬心が、あなたをあの部屋に行かせたんですね？エリナーがあなたに母のことを話したんですね？いや、ほんとに、あんなすばらしい女性はいないとぼくも思います。でも、母の美徳がそれほどの関心を引くなんて珍しいですね。母は名もない普通の奥さまで、家庭的なつつましい美徳を備えていただけです。わざわざ部屋を見に行きたくなるほどの熱烈な敬慕の念を起こさせるなんて、ほんとに珍しい。エリナーが母のことをいろいろ話したんですね？」

「ええ、いろいろと。つまり……いいえ、そんなにたくさんではありませんけど、とても興味深いことを話してくださいました。お母さまは突然お亡くなりになったそうですね？」ゆっくりと、ためらいながらキャサリンは言った。「そのときお屋敷には、あなたもどなたもいらっしゃらなかったそうですね？……そしてあなたのお父さまは、奥さまをあまりお好きではなかったのですね？」

「なるほど、それであなたはこう考えたわけですね？」ヘンリーは鋭い目でキャサリンを見つめた。「もしかしたら、母はほったらかしにされていたのかもしれない……もしかしたら……(キャサリンは思わず頭を振った)……いや、たぶん、もっとひどいことがなされたのだ、と」

キャサリンは、いままでしたこともないほどしっかりとヘンリーを見つめた。

「母の病気は」とヘンリーはつづけた。「母の命を奪った病気は、ほんとに突然だったんです。病名は胆のう炎で、母は以前からたびたびひどい発熱に悩まされていました。ですから、亡くなった原因は体質的なものです。突然高熱を発してから三日目に、母を説得して医者を呼びました。とても立派な医者で、母がとても信頼していた医者です。その医者の診断によると、非常に危険な状態だというので、翌日さらにふたりの医者が呼ばれ、二十四時間つきっきりの看病がなされました。しかし、母は五日目に亡くなりました。母が高熱で苦しんでいるあいだ、兄のフレデリックとぼくも(ふたりとも家にいたんです)、何度も母の容体を見に行きました。だからぼくははっきりとこう証言できます。母は家族の温かい愛情に包まれて、できるかぎりの手厚い看護を受けながら亡くなったんです。ただ、エリナーはそのときたまたま不在で、遠くへ行っていたので、彼女が帰宅したときは、母はもう棺におさめられていたのです」

「でもお父さまは……奥さまが亡くなられたことを深く悲しまれたんですか?」とキャサリンは言った。

「もちろん、しばらくはひどい悲しみようでした。父は母を愛していなかったのではないかと、あなたはおっしゃったけど、それは間違ってます。父は父なりに母を愛していたと思います。ご存じのように、愛情のかたちは人さまざまです。母は存命中に一度もつらい思いをしたことがない、などと言うつもりはありません。でも、母は父の癇癪のために苦労はしたけど、父は無分別なことはしないし、父の無分別のために母がひどい苦労をしたということはありません。父は母を大切に思っていました。永遠にとはいかないけど、父はほんとうに心から母の死を悲しんだんです」

「それを聞いてうれしいわ。そうでなかったらすごくショックですもの！」とキャサリンは言った。

「ぼくの理解が正しければ、あなたは、ぼくがとても口にできないような恐ろしいことを考えていたんですね。ねえ、ミス・モーランド、自分がどんなに恐ろしい疑惑を抱いていたか、考えてごらんなさい。いったい何を根拠にそんなことを考えたんですか？　ぼくたちが住んでいる国と時代を思い出してください。ぼくたちはイギリス人でキリスト教徒です。あなたの知性と理性と観察能力に相談してごらんなさい。そんなことがあり得ると思いますか？　自分のまわりでそんなことが起きると思いますか？　現代の教育を受けた人間に、そんな残虐行為ができると思いますか？　現代の法律が、そんなことを黙認すると思いますか？　今のこの国で、そんな残虐行為が誰にも知られずに行なわれると思いますか？　社交も郵便もこんなに発達し、自分から進んでスパイ活動をする隣人たち（フランス革命以後、急進的思想を警戒するイギリスでは、スパイや告げ口を奨励する傾向があり、ナポレオン戦争後の一八一四年には、政府によって「スパイ・システム」が導入された）に囲まれて生活し、道路網と新聞の発達のおかげで、何でも明るみに出てしまう今のこの国で、そんなことがあり得ると思いますか？　ねえ、ミス・モーランド、なぜそんな恐ろしいことを想像したんですか？」

ふたりは大廊下の端までやってきた。キャサリンは恥ずかしさに涙があふれ、自分の部屋へと駆け戻った。

第二十五章

キャサリンの夢の世界は終わった。彼女はいまや完全に目が覚めた。ヘンリーの話は短いものだったが、彼女の目を完全に開かせてくれた。自分の最近の空想がいかに常軌を逸したものだったか、彼女は思い知らされた。自分の空想の馬鹿々々しさに、これまでにも何度か呆れたが、これほど呆れたのは初めてだった。あまりの恥ずかしさにキャサリンは号泣した。私の愚かさに呆れたのは私だけではない。ヘンリーも呆れたにちがいない。犯罪的とも言える私の愚かさは、ヘンリーにすっかり知られてしまった。彼は永遠に私を軽蔑するだろう。私は根拠のない妄想によって、彼の父を誹謗中傷してしまったが、彼はそれを許してくれるだろうか？　私の馬鹿々々しい好奇心と恐怖心を彼は忘れてくれるだろうか？　ああ！　私はつくづく自分に愛想が尽きた。この運命の出来事が起きる前は、ヘンリーは一、二度私に愛情らしきものを示してくれた。少なくとも私はそう思っている。でもそれも今となっては……。

キャサリンは三十分ほど、身も世もあらぬほどにわが身の愚かさを嘆き悲しんだ。時計が五時を打ってディナーの時間を告げると、張り裂けるような心を抱いてダイニングルームへおりていったが、「どこか具合でも悪いの？」とエリナーに声をかけられても、ろくに返事もできなかった。恐ろしいヘンリーもすぐに部屋に入ってきた。だが彼は意外にも、いつもよりやさしい心づかいを示してくれた。キャサリンにたいする彼の態度の変化はそれだけだった。彼女はいまほど慰めを必要としているときはなかったが、ヘンリーにもちゃんとそれがわかっているようだった。

ヘンリーのやさしい心づかいは、その晩ずっと変わることはなかった。おかげでキャサリンは、少しずつ元気を取り戻し、なんとか落ち着いた気分になってきた。過去の過ちを忘れたり弁解したりする気にはとてもなれないけれど、あのことがほかの人に知られませんように、ヘンリーにこれ以上軽蔑されませんように、と祈った。「自分はなぜあのような根拠のない恐怖心に襲われ、なぜあのようなことを感じたり行なったりしたのだろう？」と、頭の中ではそのことばかり考えていた。するとまもなく、こういう事実が明らかとなった。あれはすべて自分の妄想の産物なのだ。何もかも恐ろしがるのだと決意した想像力が、取るに足らぬ出来事の一つ一つに、むりやり重大な意味を帯びさせたのだ。恐怖を渇望する心が、ノーサンガー・アビーに行く前から芽ばえ、その目的のために、すべてのことをねじ曲げてしまったのだ。ノーサンガー・アビーはどんなお屋敷かしら、と想像したときの自分の気持ちを彼女は思い出した。バースを去る前にすでに頭がのぼせあがって、この愚行の準備がすっかりできていたのだ。そして、どうやらそのすべての原因は、バースで読みふけっていた小説の影響ではないかと思われた。ラドクリフ夫人の小説はすごく面白いし、その模倣者たちの小説もとても面白いけれど、たぶんああいう小説には、人間性の忠実な描写を期待してはいけないのだ。少なくとも、イングランド中央部に住む人間の忠実な描写を期待してはいけないのだ。アルプス地方やピレネー地方のことなら、その松林も悪徳も忠実に描写されるかもしれない。イタリアやスイスやフランス南部なら、ああいう小説に描かれたような恐ろしいことが、実際にたくさんあるかもしれない。よその国のことまで疑うつもりはない。いや、自分の国でも、北の果て（スコットランド）や西の果て（ウェールズ）のことはわからない。でもイングランド中央部では、夫から愛されていない妻といえども、国の法律と時代の風俗習慣によって、生命の安全はある程度保証されているはずだ。殺人は絶対に許されないし、召使は奴隷ではないし、毒薬や眠り薬を、胃腸薬みたいに薬屋で簡単に買うことはできない。アルプス山中やピレネー山中には、善と悪が入り混じった人間はいないのかもしれない。そういう山中には、天使のような汚れなき人間と、悪魔のような邪悪な人間の二種類しかいないのかもしれない。でもイギリスはそうではない。イギリス人の心と習慣は、みんな同じというわけではないが、たいてい善と悪が入り混じっているとキャサリンは思っている。だから、ヘンリー・ティルニーとエリナー・ティルニーの性格に多少の欠点が現われたとしても、彼女はすこしも驚かないだろう。それに、ティルニー将軍の性格にかなりの欠陥が認められたとしても、すこしも不思議はない。彼女は将軍にとんでもない濡れ衣を着せてしまったが、その疑惑は晴れても、いくら考えても、将軍が心のやさしい立派な人だとは到底思えなかった。

キャサリンは、こういういくつかの点で気持ちの整理をし、これからはしっかりと分別をもって判断し行動しようと決心した。これから自分がなすべきことはただひとつ、自分を許して、いままで以上に幸せになることだ。つぎの日になると、時間という慈悲深い救いの手が、ほんの少しずつだが彼女の味方をしてくれた。それに、あのことはいっさい話題にしないという、ヘンリーの驚くべき寛大さと気高い振る舞いもありがたかった。おかげで彼女は、最初に心配していたよりもずっと早く落ち着きを取り戻し、前と同じように、ヘンリーの話を聞くたびに自分が向上するような気がした。でももちろん、言葉を聞いただけでぞっとすることもあった。たとえば大きな衣装箱や飾り箪笥だ。それに、どんな形のものでも、漆塗りは見るのもいやだった。しかし、過去の愚行を思い出させるものを見るのはつらいが、ときどき見るのは無駄ではないとキャサリンは思った。

ロマンスの世界の恐怖が去ると、すぐに日常生活の心配事が始まった。イザベラの手紙を待ちわびる気持ちは日ごとに強くなった。その後のバースの町や社交会館の様子が知りたいし、とりわけイザベラのことがすごく気になった。私がバースを去るときイザベラは、きれいな木綿の網織物をどう合わせるか苦労していたけど、あれはどうなったかしら？　それに、イザベラとジェイムズはうまくいっているかしら？　とにかく、便りをくれそうなのはイザベラだけなのだ。兄のジェイムズは、オックスフォードに帰るまで手紙は出さないと言っていたし、アレン夫人も、フラートンに帰るまで手紙は書けそうにないと言っていた。でもイザベラは、絶対に手紙を書くと何度も約束してくれたし、約束したことは絶対に守る人なのに、なぜ手紙をくれないのかしら？　ほんとに不思議でしょうがない！

キャサリンは九日間、毎日手紙を待ちわびて、毎日待ちぼうけを食わされて、「イザベラはなぜ手紙をくれないのかしら？」と毎日同じ嘆きをくり返し、その嘆きは日ごとに激しくなった。だが十日目の朝、キャサリンが朝食室に入ってゆくと、うれしそうな顔をしたヘンリーから一通の手紙を手渡された。キャサリンは、ヘンリーがその手紙を書いてくれたみたいに、彼に心からお礼を言って、差出人の名前を見た。

「あら、兄のジェイムズからの手紙だわ」

キャサリンは封を開けた。オックスフォードからの手紙で、こういう内容だった。

親愛なるキャサリン

こんなことをわざわざ知らせたくないけど、おまえには知らせなくてはならない。イザベラ・ソープとぼくとのことはすべて終わりました。昨日、彼女にもバースにも別れを告げました。もう二度と彼女に会うつもりはないし、バースを訪れるつもりもありません。おまえを苦しめるだけだから、くわしいことは書きません。すぐに別の方面から手紙が来て、どちらが悪いかわかると思う。ぼくは愚かにも、自分が愛した女性から愛されていると思い込んでしまった。おまえの兄に罪があるとすれば、その愚かさだけだということがわかってもらえると思う。いや、ほんとうにありがたい！　ぼくは危ないところで目が覚めたんだ。たいへんなショックだったけど！　父上があんなに心のこもった承諾を与えてくれたのに……いや、もうこの話はやめよう。彼女はぼくを永遠に不幸な人間にしてしまった！

キャサリン、すぐに返事をください。おまえだけがぼくの味方だ。おまえの愛情だけは信じている。ティルニー大尉がイザベラ・ソープとの婚約を発表する前に、おまえもノーサンガー・アビーの滞在を終えたほうがいい。そうしないと、おまえも気まずい思いをすることになる。気の毒に、ジョン・ソープはいまロンドンにいる。ぼくは彼と顔を合わせたくない。彼は正直な心を持った男だから、このことでものすごく心を痛めるだろう。ぼくはジョン・ソープと父上に手紙を書いた。何よりも、イザベラの二枚舌がぼくの心を傷つけた。彼女といくら話をしても、彼女は最後の最後まで、いまでもぼくを愛していると言い張って、ぼくの心配を笑い飛ばしたんだ。こんなに長い間そんな仕打ちに耐えていたのかと思うと、ほんとうに自分が恥ずかしい。でもほんとうに、彼女に愛されていると信じる理由があったのだ。彼女の狙いが何だったのか、いまでもまったく理解できない。ティルニー大尉と結婚するために、ぼくをだます必要なんてないからね。とにかくぼくたちは、お互いの同意のもとに別れた。ああ！　彼女に会わなければよかったのだ！　もう二度とあんな女性に会うことはないだろう！　キャサリン、恋をするときはくれぐれも気をつけなさい。どうか兄の言葉を信じてください。

キャサリンは三行も読まないうちに顔色を変えて、「えっ！」と悲痛な叫び声を上げた。悪い知らせを受け取ったことは明らかだった。ヘンリーは、彼女が手紙を読み終わるまで、真剣なまなざしで見つめていたが、最初から最後まで悪い知らせだということがはっきりとわかった。だがそのときティルニー将軍が入ってきたので、驚いた顔をする暇もなく、みんなすぐに朝食の席についた。だがキャサリンは食事が喉を通らず、目には涙があふれ、とうとう頬を伝って流れ出した。手紙は、最初は手に握られていたが、それから膝の上に置かれ、それからポケットに入れられた。でも彼女は、自分が何をしているかまったくわかっていないようだった。幸い将軍は、ココアを飲むのと新聞を読むので忙しくて、キャサリンの異変には気づかなかった。しかしヘンリーとエリナーには、彼女の苦しみが手に取るようにわかった。キャサリンは思いきって食卓を離れ、急いで自分の部屋へ戻ったが、メイドが掃除中なので、また階下へ戻り、ひとりになろうと思って客間に入った。ところがそこにはヘンリーとエリナーがいて、キャサリンのことを心配して話をしている最中だった。キャサリンは「すみません」と言って引き返そうとしたが、ふたりにやさしく引き戻された。「何かお力になれることがあったら、何でもおっしゃってね」とエリナーがやさしく言葉をかけ、ふたりは部屋を出ていった。

キャサリンは三十分ほど、思う存分、悲しみと物思いに浸ると、やっとヘンリーとエリナーに会う気力が出てきた。でもあのことをふたりに打ち明けるかどうかは別問題だ。とくに聞かれたら、ある程度のことはほのめかすかもしれないが、それ以上のことを言うつもりはない。大切な親友イザベラの恥になるようなことを人に話すなんて、とんでもない！　しかもこれには、ふたりのお兄さまであるティルニー大尉が深く関係しているのだ！　このことは何も言わないほうがいいとキャサリンは思った。ヘンリーとエリナーは朝食室にいたが、キャサリンが入ってゆくと、ふたりとも心配そうに彼女を見た。キャサリンが食卓の椅子に座ると、短い沈黙のあとエリナーが言った。

「フラートンから悪い知らせが来たのではないでしょうね？　ご両親をはじめ、ご家族の皆さまはお元気なのでしょうね？」

「はい、おかげさまでみんな元気です」キャサリンはため息をつきながら言った。「あの手紙は、オックスフォードの兄から来たものです」それからちょっと沈黙がつづいたが、やがて涙声でつづけた。「もう手紙なんて欲しくない！」

「申し訳ありません」とヘンリーは、開いたばかりの本を閉じて言った。「悪い知らせの手紙なら、あんなにうれしそうに渡すべきではなかった」

「誰にも想像できないほど悪い知らせなんです！　ああ！　兄のジェイムズがかわいそう！　その理由はあなたにもすぐにわかります」

「こんなに心のやさしい愛情深い妹さんを持って、あなたのお兄さんは幸せだ」とヘンリーは熱っぽい調子で言った。「どんなに苦しいときでも、心が慰められるでしょう」

「ひとつお願いがあります」キャサリンはすぐに不安そうに言った。「あなたのお兄さま……つまり、ティルニー大尉がこちらに来るようでしたら、私に知らせてください。私はその前にここを去ります」

「ぼくたちの兄？　フレデリック？」

「そうです。こんなにすぐにここを去るのは残念ですけど、私はティルニー大尉と同じ屋根の下にいるわけにはいかないんです。恐ろしいことが起きたんです」

エリナーは刺繍の手をとめて、目を丸くしてキャサリンを見つめたが、ヘンリーはすぐに事の真相に気づいたらしく、イザベラ・ソープの名前を口にした。

「まあ、鋭いわね!」キャサリンは思わず大きな声で言った。「そのとおりよ! でも、私たちがバースでこのことを話したときには、まさかこんなことになるとは、あなたも思っていなかったでしょうね。イザベラから便りがなかったのも不思議はないわ。イザベラは私の兄を捨てたんです。そしてあなたのお兄さまと結婚するんです! こんな無節操なことが……こんなひどい心変わりが……ほんとに、こんなひどいことがこの世にあるなんて信じられますか?」

「いや、ぼくの兄のことに関しては、あなたは誤解していると思う。イザベラ・ソープがあなたのお兄さんを捨てたというのが事実だとしても、そのことにぼくの兄が深く関係しているとは思えません。ぼくの兄が、イザベラ・ソープと結婚するなんてことはあり得ません。それはあなたの誤解です。あなたのお兄さんにはお気の毒です。あなたの愛する人が不幸な目にあうのはお気の毒です。でも、ぼくの兄がイザベラ・ソープと結婚するなんてことになったら、ぼくはきっと腰を抜かすでしょうね」

「でもほんとなんです。ご自分で、私の兄の手紙を読んでみてください。……あっ、ちょっと待って……一箇所だけ……」キャサリンは最後の一行を思い出して赤くなった。

「ぼくの兄に関係した部分だけ読んでいただけますか?」

「いいえ、ご自分でお読みください」さっきより頭がはっきりして、思い直してキャサリンは言った。「私、何を考えていたのかしら? (さっき赤くなったことを思い出してまた赤くなって）兄は、ただ私に忠告してくれただけだわ」

ヘンリーは喜んで手紙を受け取り、じっくりと最後まで読むと、手紙を返しながら言った。

「なるほど。もしこの通りだとすると、残念としか言いようがありませんね。でも、妻の選び方で家族をがっかりさせる男はたくさんいます。ぼくの兄が最初ではないでしょう。ぼくは恋人としても息子としても、兄の立場をうらやましいとは思いません」

エリナーも、キャサリンに促されて手紙を読み、同じように心配と驚きを表明し、イザベラ・ソープの家柄と財産についてたずねた。

「お母さまはとてもよさそうな方です」とキャサリンは答えた。

「お父さまは何をしていらっしゃったの？」

「弁護士だったと思います。お住まいはロンドン郊外のパトニーです」

「お金持ちなのかしら？」

「いいえ、それほどお金持ちではありません。イザベラには財産なんてないと思います。でもティルニー家にとっては、そんなことは問題ではありませんね。ティルニー将軍はとても進歩的な考えをお持ちですもの！　このあいだ私にこうおっしゃったわ。お金というのは、子供たちを幸せにするのに役立つから大事なんだって」

ヘンリーとエリナーは一瞬顔を見合わせた。

「でも」とエリナーが短い沈黙のあとで言った。「そんな女性と結婚して、フレデリックお兄さまは幸せになれるのかしら？　イザベラ・ソープはとても無節操な女性だと思うわ。そうでなければ、あなたのお兄さまにそんなひどい仕打ちをするはずがないわ。それに、フレデリックお兄さまがそんな女性に夢中になるなんて変だわ！　彼女はあなたのお兄さまを好きになって婚約したのに、フレデリックお兄さまの目の前で、その婚約を破棄したんですもの！　ね、ヘンリーお兄さま、信じられないでしょ？　フレデリックお兄さまは、あんなにプライドが高い人なのに！　愛する値打ちのある女性なんてこの世にいないって、いつも言っていたのに！」

「そのとおりだ。だからぼくも信じられないんだ。あの兄貴がそんなことをするなんて信じられない。兄貴がいつも言っていたことを考えると、兄貴はもうおしまいだな。ぼくが思うに、イザベラ・ソープはものすごく慎重な女性だから、別の男性をしっかり確保しないうちに、前の男性と別れるはずがない。ほんとに兄貴はもうおしまいだ！　死んだも同然だ。完全に理性を失ったんだ。エリナー、義理の姉を迎える覚悟をしたほうがいい。おまえはその姉上をきっと大好きになるよ。あけっぴろげで率直で、純真で正直で、素朴な強い愛情の持ち主で、気取りがまったくなくて、嘘や偽りとはまったく無縁な姉上だ」

「そんなお義姉さまなら、きっと大好きになるでしょうね」とエリナーはほほえみながら言った。

「でも」とキャサリンが言った。「イザベラはモーランド家にひどい仕打ちをしたけど、ティルニー家にたいしては立派に振る舞うと思うわ。彼女はほんとに自分の好きな男性を見つけたんですもの。こんどは心変わりなんかしないと思うわ」

「そうだね」とヘンリーは答えた。「残念だけど、准男爵でも現われないかぎり、心変わりはしないだろうな。兄貴がイザベラ・ソープから逃れられるチャンスはそれだけなんだけど。そうだ、バースの新聞を手に入れて、到着者の芳名録に、准男爵の名前が載っていないか調べてみよう」

「それじゃ、イザベラの行動はすべて野心のためだとお考えなんですか？」とキャサリンが言った。「そういえば、思い当たることがあるわ。ふたりが婚約したあと、父からの贈与の額を知らされたとき、イザベラは、額が少なくてがっかりした様子だったんです。あのときのことは忘れられません。私、こんなに人を見損なったのは生まれて初めてです」

「あなたはいろいろな人を知っていて、よく研究していますからね」とヘンリーは言った。

「私はイザベラに失望したし、私が失ったものも大きいけど、でも、いちばん傷ついたのは私の兄です。なかなか立ち直れないと思います」

「もちろん、あなたのお兄さんがいちばんお気の毒です」とヘンリーは言った。「でもぼくたちとしては、お兄さんの苦しみだけに同情して、あなたの苦しみを忘れるわけにはいかない。あなたは親友のイザベラさんを失って、自分の半身を失ったような気持ちでしょう。心にぽっかり穴が開いて、何物によっても埋められない感じでしょう。もう人とつきあうのもうんざりだし、バースでイザベラさんと楽しんだ娯楽の数々も、彼女がいなくては、考えただけでもぞっとするでしょう。舞踏会も、もう絶対に行く気にはなれない。何でも遠慮なく話ができる友達、絶対に信頼できる友達、どんなに苦しいときでも相談に乗ってくれる友達、そういう友達には、もう二度と出会えそうにない。あなたは今そういう心境ではありませんか？」

「いいえ、そんなことありません」キャサリンはちょっと考えてから言った。「そういう心境でないといけませんか？　私はとても傷ついたし、とても悲しいけど、でも、みなさんが思うほどひどいショックは受けていません。もうイザベラを愛することはできないし、もう手紙ももらえないし、もう二度と会うこともないと思うと悲しいけど、ほんとに、みなさんが思うほどひどいショックは受けていません」

「あなたはいつも、人間性の名誉となるような、じつに立派な感じ方をしますね。みんなも自分を知るために、あなたのそういう気持ちをよく研究すべきですね」

なぜだかよくわからないが、キャサリンはこの会話によって、ものすごく気持ちが楽になった。絶対に言うまいと思っていたイザベラとティルニー大尉のことを、いつのまにか言ってしまったが、そのおかげで気持ちが楽になったのだから、それを後悔するわけにはいかなかった。

第二十六章

このあと、ヘンリーとエリナーとキャサリンは、ティルニー大尉とイザベラの結婚のことをたびたび話題にした。キャサリンが驚いたことに、ヘンリーとエリナーはこの点で完全に意見が一致しているようだった。イザベラに地位も財産もないことが、この結婚の大きな障害になるというのだ。イザベラの人間性は別にして、彼女に地位と財産がないという理由だけで、将軍はこの結婚に反対すると、ヘンリーもエリナーも確信しているのだ。キャサリンは不安になって自分のことを考えざるを得なかった。自分もイザベラと同様、地位も持参金もないからだ。ティルニー家の財産相続人である長男のティルニー大尉でさえ、自分の地位と財産だけでは不十分だというなら、次男のヘンリーと結婚する女性は、一体どれくらいの地位と財産が必要なのだろう？　それを考えると、キャサリンは暗い気持ちになったが、自分にたいする将軍の態度や言葉を思い出すと、すこし明るい気持ちになった。自分は最初から将軍に気に入られていたような気がするのだ。それにお金についても、将軍はとても寛大で私心のない意見をたびたび口にしていた。お金に関しては、ヘンリーもエリナーも将軍を誤解しているのではないかと、キャサリンは思った。

だがヘンリーもエリナーも、大尉が自分で父の同意を求めにくる勇気はないと確信しており、大尉がいまノーサンガー・アビーに帰ってくる可能性はないと、何度もキャサリンに言った。それでキャサリンも、あわててノーサンガー・アビーを去る必要はなさそうだと思った。しかし、大尉がいつ父の同意を求めにくるにしても、大尉がイザベラの振る舞いを、父に正しく報告するとは考えられない。だからまずヘンリーが、イザベラのことをありのままに将軍に話したほうがいいのではないかと、キャサリンは思った。そうすれば将軍は、冷静で公平な意見を持つことができるし、身分違いよりも正当な理由で、この結婚に反対できるからだ。キャサリンはヘンリーにそう言ったが、ヘンリーはその提案に、彼女が期待したほど飛びついてこなかった。

「いや」とヘンリーは言った。「父にそんな手助けは必要ないし、兄が自分の愚かさを告白する前に、ぼくがよけいなことを言う必要はない。兄は、自分の話は自分で話すべきです」

「でもお兄さまは、ほんとうのことを半分しかおっしゃらないんじゃないですか?」

「四分の一言えば十分です」とヘンリーは言った。

それから数日がたったが、ティルニー大尉からは何の便りもなかった。ヘンリーもエリナーも、どう考えていいかわからなかった。もう婚約したから何も言ってこないのかもしれないが、婚約したのに何も言ってこないのはおかしいような気もする。いっぽう将軍は、大尉の筆不精に毎日腹を立てていたが、息子のことを心配しているわけではなかった。将軍にとって緊急の心配事は、キャサリンがノーサンガー・アビーで楽しく過ごしているかどうかということだった。将軍はこのことをたびたび心配し、「毎日同じ人間と同じことをして、退屈ではありませんか？　フレイザー夫人一家がいらっしゃるといいんだが」と言い、盛大なディナー・パーティーを開きましょうと言ったり、近隣に住むダンス好きの若い男女の数を数えたりした。でも残念ながら、いまは狩猟の季節ではなく、野鳥も四足獣もいないし、フレイザー夫人一家もいなかった。それで将軍は、ある朝ヘンリーにこう言った。

「おまえがこんどウッドストンへ帰ったときは、みんなで押しかけて、一緒に食事でもしよう」

それは光栄ですとヘンリーは喜び、キャサリンもこの計画に大喜びだった。

「それで、その楽しみはいつごろになりそうですか？」とヘンリーは言った。「ぼくは教区の会合に出席するために、月曜日にウッドストンに戻らなければなりません。たぶん二、三日滞在します」

「よし、それじゃそのときに行こう。日にちを決める必要はない。おまえも特別なことをする必要はない。食事は家にあるもので十分だ。独身者の食卓だから、お嬢さんたちも大目に見てくれるだろう。ええと……月曜日は、おまえが教区の会合で忙しいからだめだ。火曜日は私が忙しい。うちの土地管理人が、朝、ブロッカムから報告書を持ってやってくるし、そのあとはクラブに顔を出さなくてはならん。欠席したらみんなに顔向けができん。私がバースから戻ったことはみんな知っているから、欠席したら気を悪くするだろう。ミス・モーランド、これが私の生活信条なんです。わずかな時間と心づかいですむことなら、なるべく隣人の機嫌を損ねないようにする、というのがね。みんな立派な連中です。年に二度、ノーサンガーから雄鹿の半身肉をプレゼントするし、できるだけディナーを共にすることにしているんです。だから火曜日は問題外だ。でも水曜日は大丈夫だ。ヘンリー、水曜日に行くかもしれん。牧師館のまわりもすこし見たいから、できるだけ早く行こう。たぶん二時間四十五分でウッドストンに着くから、十時にここを出発しよう。そうすれば、水曜日の一時十五分前に牧師館に着くわけだ。わかったね、ヘンリー」

キャサリンは、この小旅行が舞踏会よりも何倍も楽しみだった。ウッドストンはそれくらい見たい場所なのだ。一時間後にヘンリーが、長靴と外套で旅支度をして、キャサリンとエリナーのいる部屋にやってきたが、キャサリンの心はまだ喜びで弾んでいた。ところがヘンリーはこう言った。

「みなさん、ぼくはひとつの教訓を申し上げるためにやってきました。この世の喜びには代償がつきものだということです。われわれは往々にして、非常に不利な条件で喜びを買うのです。つまり、支払いを受けられないかもしれない為替手形を買うために、目の前の幸せという現金を支払うことがあるのです。いまのぼくを見てください。これが何よりの証拠です。ぼくは、水曜日にウッドストンであなたたちに会う幸せを手に入れるために、目の前の幸せ、つまりここでの滞在を、予定より二日早く切り上げて出発しなければならないのです。しかもその水曜日の幸せは、悪天候などの理由で中止になるかもしれないのです」

「えっ？　いますぐに出発？　どうしてですか？」ぽかんとした顔でキャサリンは言った。

「どうして？」とヘンリーが言った。「よくそんな質問ができますね。もちろん、いますぐに牧師館に帰って、年老いた家政婦をびっくりさせるためです。つまり、あなたたちのディナーの用意をさせるためです」

「まあ、ほんとに？」

「悲しいけどほんとです。ぼくはここにいたいんですけど」

「でも、なぜそんなことをするんですか？　食事は家にあるもので十分だって、将軍はおっしゃっていたじゃないですか。」

ヘンリーはただほほえんだだけだった。

「エリナーさんと私のためでしたら、そんな必要はありません」とキャサリンはつづけた。「あなたは特別なことをする必要はないって、将軍もあんなにはっきり言っていたじゃないですか。それに、たとえそれが将軍の本心ではないとしても、将軍はお屋敷で毎日ご馳走を食べていらっしゃるんですから、一日くらい普通の食事をしても問題ないんじゃないですか？」

「父のためにもぼくのためにも、あなたのような考え方ができるといいのですが。さようなら。エリナー、明日は日曜日だから、ぼくは戻らないよ」

ヘンリーは出発した。キャサリンは、ヘンリーの判断を疑うよりも自分の判断を疑うほうが簡単なので——彼が行ってしまうのは寂しいが——彼の判断が正しいと思わざるを得なかった。それにしても、将軍の振る舞いはまことに不可解であり、いつまでも彼女の頭から離れなかった。将軍が食事にうるさいことは、キャサリンも自分の目で見て知っている。でも将軍は、特別な食事を用意する必要はないと、あんなにはっきり言いながら、腹の中では正反対のことを考えているとしたら、一体どういうことなのだろう？　まったくわけがわからない！　もしほんとにそうなら、人の気持ちをどう理解したらいいのだろう？　ティルニー将軍のほんとの気持ちは、息子のヘンリーにしかわからないのだろう。

でもとにかく、土曜日から水曜日までは、ヘンリーなしで過ごさなければならない。考えが行き着いた先はこの悲しい事実だった。ティルニー大尉の手紙はきっとヘンリーの留守中に来るだろう。そして水曜日はきっと雨だろう。過去も現在も未来も暗いことばかりだ。兄のジェイムズは不幸のどん底にあり、自分はイザベラを失ってひどいショックを受け、エリナーはヘンリーがいないと気持ちが落ち込んでしまう。ああ！　いったい何に関心を持って、何を楽しめばいいのだろう！　小さな森の散歩道も、植え込みの散歩道も飽きてしまった。静かすぎて退屈なのだ。ノーサンガー・アビーの建物も、もう普通の建物と何の変わりもない。むかし修道院だったと思っても、もう何も感じない。この建物のおかげで愚かな想像をして、愚かなことをしてしまったという、苦い思い出がよみがえるだけだ。なんという変わりようだろう！　こういう古いお屋敷にあんなに憧れていたのに！　キャサリンの想像力にとって今いちばん魅力的なのは、快適で、素朴で、居心地のいい牧師館だった。フラートンの牧師館に似ているが、もうすこし立派な牧師館だ。フラートンの牧師館には欠点があるけれど、ウッドストンの牧師館には欠点などないだろう。ああ、早く水曜日になればいいのに！

そして水曜日になった。待っていたとおりちゃんと水曜日になり、そして天気は快晴だった。キャサリンは天にも昇る心地だった。四頭立て四輪馬車が、ティルニー将軍とエリナーとキャサリンを乗せて、十時にノーサンガー・アビーを出発し、約二十マイルの快適なドライブののち、ウッドストン村へと入っていった。人口の多い大きな村で、地形も悪くなかった。とてもすてきな村だとキャサリンは思ったが、恥ずかしくて口に出せなかった。なぜなら将軍は、「この村は土地が平坦すぎるし、面積も狭すぎる」と弁解したいらしいのだ。でも彼女は心の中で、いままで見たなかで一番すてきな村だと思い、目の前を通り過ぎてゆく小ぎれいな家々や、小さな商店などを感心しながら眺めた。牧師館は、村の家々からかなり離れたところにあった。どっしりした石造りの新しい建物で、半円形の車寄せと、緑色の門がついていた。馬車が玄関前に到着すると、ヘンリーが丁重に一行を出迎えた。彼の孤独を慰める友である、大きなニューファウンドランド犬の子犬と、二、三頭のテリア犬も一緒だった。

キャサリンは家に入ったとき胸がいっぱいで、まわりを見ることも口をきくこともできなかった。将軍に感想を求められるまで、自分がどんな部屋にいるのかもわからなかった。あらためて部屋を見まわすと、世界一居心地の良さそうな部屋だとわかった。でもさっきのことがあるので、用心してあまり褒めなかったので、彼女の冷静な褒め方は、将軍をひどく失望させた。

「いや、これが立派な家だとは言わん」と将軍は不機嫌そうに言った。「フラートンやノーサンガーの屋敷と比較するつもりはない。たしかにこれは、小さくて狭いただの牧師館だ。しかし、なかなか上品で住みやすい家だ。たいていの牧師館より立派なはずだ。

いや、はっきり言って、イギリスの田舎のどこを探したって、この半分も立派な牧師館はないだろう。もちろん改善の余地はある。これ以上改善の余地がないなんて言うつもりはない。理屈に合った改善なら……たとえば張り出し窓をつけるとか……でもここだけの話だが、私はあの張り出し窓というのがどうも気に入らん」

キャサリンはこの話をよく聞いていなかったので、意味がよくわからなかったし、傷つきもしなかった。ヘンリーが巧みに話題を変え、ちょうど召使が、飲み物と食べ物をどっさり載せたお盆を持って入ってきたので、将軍はすぐに機嫌を直し、キャサリンもふだんの落ち着いた気分に戻った。

問題の部屋は、調和のとれた大きな部屋で、食堂として立派な家具が備え付けられていた。庭を散歩する前に、小さな部屋にも案内されたが、これが主人の部屋で、この日のためにきれいに片づけられていた。それから、客間にする予定の部屋に案内された。まだ家具は備え付けられていないが、キャサリンはその部屋の感じがとても気に入った。床まで窓になっていて、部屋の前は牧草地があるだけだが、窓からの眺めがじつにすばらしかった。キャサリンはこんどは正直に、感じたままの感動を口にした。彼女のうれしそうな顔を見て、こんどは将軍も大満足だった。とてもすばらしい部屋で、

「まあ！　なぜこのお部屋に家具を置かないんですか？　何も置いてないなんて残念だわ！　こんなすてきなお部屋は見たことないわ！　世界一すてきなお部屋だわ！」

「いや、家具はすぐに入れます」将軍はたいへん満足そうにほほえんだ。「しかし、女性の趣味をお聞きしてからでないとね！」

「そうね、これが私の家なら毎日ここで過ごすわ。まあ、あの林にすてきなコテッジがあるわ！　リンゴの木もあるわ！　なんてすてきなコテッジでしょう！」

「あのコテッジが気に入りましたか？」と将軍が言った。「景色として気に入ったんですね？　わかりました。ヘンリー、必ずロビンソンに言っておきなさい。あのコテッジは残そう」

自分の希望がこんなに尊重されるのを聞いて、キャサリンははっとして黙り込んでしまった。「壁紙とカーテンはどんな色がお好きかな？」と将軍から質問されても何も言えなかった。でもみんなで外へ出ると、新しい景色と新鮮な空気が、その気まずい連想を吹き払ってくれた。牧草地に囲まれた散歩道があるきれいな庭――ヘンリーのアイデアで半年前から作りはじめたものだ――に来ると、彼女はすっかり元気を取り戻し、いままで見たどんな庭よりも美しいと思った。といっても、まだどの植え込みも、隅に置かれた緑色のベンチより高くなっていないのだが……。

それから別の牧草地を散歩したり、村の中を歩いたり、馬屋の改修工事の進み具合を見たり、よちよち歩きを始めた子犬たちと遊んだりしているうちに四時になったが、キャサリンは、まだ三時にもなっていないような気がした。予定では四時にディナーを取って、六時に帰途につくことになっていた。一日がこんなにあっという間に過ぎたのは初めてだった。

ディナーのときキャサリンは、こういう事実に気づかないわけにはいかなかった。「食事は家にあるもので十分だ」と将軍は言ったのに、豪華な料理を見てもぜんぜん驚かないし、それだけでは足りなくて、サイドテーブルに冷肉はないかと探しているようなのだ。だがヘンリーとエリナーの観察は違っていた。将軍が自分の家以外でこんなに楽しそうに食事をしているのは見たことがないし、バターが溶けているのに怒らない将軍を見るのも初めてだった。

将軍が六時にコーヒーを飲み終えると、三人は再び車上の人となった。将軍はこの訪問の間じゅう、キャサリンにたいへん好意的な態度を示してくれたし、彼女は将軍の期待を十分確信することができた。もしヘンリーの気持ちについても確信が得られたら、キャサリンは、「つぎはいつ、どういうかたちで戻ってくるのかしら?」などと思い悩まずに、ウッドストンを去ることができたであろう。

第二十七章

翌朝、思いがけないことにイザベラから次のような手紙が届いた。

バースにて、四月

親愛なるキャサリン

ご親切なお手紙を二通もいただき、ほんとうにありがとうございました。お返事が遅くなって申し訳ありません。私はなんて怠け者なんでしょう。ほんとうに恥ずかしいわ。この忌まわしいバースにいると、手紙を書く時間もないの。あなたがバースを去ったあと、私はあなたに手紙を書こうと毎日ペンを取ったのですが、そのたびに、つまらないことで邪魔をされてしまうのです。すぐにお手紙をくださいね。私の自宅宛にお願いします。ありがたいことに、私たちは明日この忌まわしいバースを去ります。あなたがいなくなってから、ここにいても楽しいことなんて何もありません。埃はひどいし、好きな人はみんないなくなってしまったし。あなたに会えたら、ほかの人なんてどうでもいいわ。あなたは私にとって一番大切な人ですもの。あなたのお兄さまのことがとても心配です。オックスフォードへ行ったきり、一度も便りがないんですもの。何か誤解があるんじゃないかしら。あなたがとりなしてくだされば、きっと誤解も解けるわ。あなたのお兄さまは、私が愛した、いいえ、私が愛することのできたただひとりの男性です。あなたがお兄さまにそう言ってくだされば、きっとわかってくださるわ。今年の春の流行が町に現われはじめました。帽子はひどいものばかりです。あなたは毎日楽しくお過ごしのことと思いますが、もう私のことなんて忘れたかしら？　あなたがいま訪問中のご家族のことは何も申しません。寛大さに欠けることはしたくありませんし、あなたの大切な人たちを悪く言いたくありませんもの。でもほんとに、誰を信じていいのかわかりません。若い男性は、同じ心が二日と続かないんですもの。でもうれしいことに、私の嫌いな男性のなかでもとくに大嫌いな男性が、やっとバースを去りました。こう言えば、それがティルニー大尉のことだとおわかりでしょ？　あなたも覚えていると思いますが、あなたがバースにいるときに、私を追いかけまわして困らせたあの人です。あのあとますますひどくなって、私の影法師みたいになったの。あんなにちやほやされたら、たいていの女性はだまされるんじゃないかしら。でも私は、男性の浮気心を知っているからだまされないわ。彼は二日前に連隊に帰りました。もう二度とつきまとわれることはないでしょう。あんなひどい気取り屋は見たことがないわ。ほんとにいやな男です。最後の二日間は、シャーロット・デイヴィスにつきっきりでした。彼の趣味の悪さに同情したけど、放っておきました。最後に会ったのはバース・ストリートでしたが、話しかけられるといやなので、私はお店に逃げこんで顔も見なかったわ。それから彼はポンプ・ルームへ行ったけど、私は死んでもあとを追う気はなかったわ。それにしても、ティルニー大尉とあなたのお兄さまはえらい違いね！　お願い、お兄さまの近況をお知らせください。私は彼のことがとても心配なの。バースを去るとき、風邪か何かで元気がなくて、とても不機嫌そうでした。私が自分で手紙を書きたいのですが、宛先の住所をどこかに置き忘れてしまったの。それにさっき言ったように、彼は私のことを何か誤解しているようなの。彼が納得いくように、あなたから説明してあげてください。それでもまだ何か疑いがあるようでしたら、彼から私に手紙をくださるか、ロンドンへ来たときに、パトニーの拙宅にお立ち寄りくだされば、誤解も解けると思います。私はもう長いこと、社交会館にもお芝居にも行っていません。ただ、昨夜ホッジズ一家（一九五頁参照）と一緒に、半額切符（開演三十分前に割引になる）でちょっとだけお芝居を観ましたけど。ホッジズ一家に、どうしてもって誘われたの。「イザベラ・ソープは、ティルニー大尉がいなくなったので家に引きこもっているんだ」なんて言われたくないので、仕方なく行ったのよ。そうしたら、偶然ミッチェル一家（一三二頁参照）のとなりの席だったの。私が外出しているのを見て、すごくびっくりしていたわ。あの人たちが意地悪だということはわかっています。前は私にあいさつもしてくれなかったけど、いまはとても愛想がいいの。でも私は、あんな人たちにだまされるほど馬鹿ではないわ。頭はいつもしっかりしているつもりよ。アン・ミッチェルは私の真似をしてターバンをつけてきたけど、ほんとにひどかったわ。前の週の演奏会のときに私がつけていったの。私の顔はちょっと変わっているからターバンが似合うのよ。ティルニー大尉がそう言っていたわ。みんなが私を見ているって。でも、あんな人の言うことなんて信用しないわ。私はいまは紫色の服しか着ないの。ぜんぜん似合わないのはわかっているけど、それでもいいの。紫色は、あなたのお兄さまの大好きな色なんですもの。ああ、親愛なるキャサリン、どうかお願いです、お兄さまと私にすぐに手紙を書いてください。

いつまでもあなたの――

こんな見え透いた策略には、もうキャサリンでさえだまされなかった。矛盾と嘘だらけの手紙だということはすぐにわかった。彼女はイザベラのことが恥ずかしかったし、イザベラを愛した自分も恥ずかしかった。言い訳もそらぞらしいし、愛の告白も忌まわしいし、なんという厚かましい要求だろう！　彼女に代わって私がジェイムズお兄さまに手紙を書いてほしい？　とんでもない！　私はお兄さまの前では、二度とイザベラの名前なんて口にしないわ！

ヘンリーがウッドストンから戻ってくると、キャサリンは彼とエリナーに、ティルニー大尉がイザベラと別れたことを告げ、心からお祝いの言葉を述べ、手紙の重要な部分を、憤りをこめて大きな声で読み上げた。そして読み終えると大きな声でこう言った。

「イザベラのことはこれでおしまい！　彼女とのおつきあいもこれでおしまい！　彼女は私のことを馬鹿だと思っているのね。そうでなければ、こんな手紙を書けるはずがないわ。でもこの手紙のおかげで、私がどう思われているかわかったし、イザベラがどういう人間かわかってよかったわ。何もかもはっきりしたわ。イザベラはうぬぼれの強い浮気女なのね。そしてその手練手管がうまくいかなかったのね。彼女は私の兄のことも私のことも、なんとも思っていなかったのね。あんな人と知り合わなければよかったわ」

「すぐにそうなりますよ。知り合わなかったと同じことにね」とヘンリーは言った。

「でも、ひとつだけわからないことがあるわ」とキャサリンは言った。「イザベラがティルニー大尉に下心を抱いていて、それがうまくいかなかったことはわかります。でも、ティルニー大尉はどういうつもりだったのか、それが私には理解できません。大尉はなぜあんなにイザベラに言い寄って、私の兄とイザベラの仲を裂くような真似をしたんですか？　そしてなぜさっさと逃げてしまったんですか？」

「兄の気持ちについては、はっきりしたことは言えません。イザベラ・ソープと同様、兄もうぬぼれの強い浮気男なんでしょう。ふたりの違いは、兄のほうが頭がしっかりしていて、自分のうぬぼれに足元をすくわれないということです。でも、兄のしたことは間違っていると、あなたが思っているなら、ぼくたちはその動機を詮索しないほうがいいですね」

「それじゃあなたは、大尉はイザベラのことをなんとも思っていなかったとお思いなんですか？」

「ええ、そうだと思います」

「恋のたわむれのために、イザベラを好きなふりをしたんですか？」

ヘンリーは同意のしるしにうなずいた。

「それじゃ私は、ティルニー大尉を好きにはなれません。私たちのためにはいい結果になりましたけど、絶対にティルニー大尉を好きにはなれません。イザベラは、失う心など持っていないと思うので、たいした被害はありませんが、もしイザベラが本気で大尉を好きになっていたら、どうするんですか？」

「それにはまず、イザベラ・ソープは失う心を持っている、と考えなくてはなりません。つまり、イザベラ・ソープとはまったく違うタイプの女性だということです。そしてまったく違うタイプの女性なら、当然、兄からまったく違う扱いを受けていたでしょう」

「あなたがあなたのお兄さまの味方をするのは当然ね」
「そして、もしあなたがあなたのお兄さんの味方をするなら、イザベラ・ソープが失恋しても悲しくないはずです。でもあなたは、生まれつき気高い心を持っているので、普通の人とは違った考え方をする。普通の人は、自分の家族をえこひいきしたり、自分の家族にひどいことをした人間に復讐したくなるけど、あなたはそういうことができないのです」

キャサリンはこんなふうに褒められて、怒りの気持ちが消えてしまった。ヘンリーはこんないい人なのだから、お兄さまのティルニー大尉が、許しがたい罪など犯すはずがない。キャサリンは、イザベラの手紙には返事を書かないことに決め、このことはもう考えないことにした。

第二十八章

それから数日後、将軍は一週間ほどロンドンに行く用事ができた。将軍はたとえ一時間でも、キャサリンのお相手を務められなくなったことを残念がり、自分の留守中は、お客さまが楽しい滞在をできるようにしっかり気を配ってほしいと、ヘンリーとエリナーに言いつけてノーサンガー・アビーを出発した。将軍が出発するとキャサリンは、ときには損失が利益になるという初めての体験をした。将軍がいなくなったとたん、時間はじつに楽しく過ぎてゆき、みんな自分の好きなことができるし、思う存分笑えるし、時間ものんびりと楽しく食事ができるし、好きな時間に好きなところへ散歩ができるし、時間も娯楽も、疲労までも、全部自分たちの自由になった。将軍の存在がいかに自分たちを束縛していたか、キャサリンはあらためて思い知り、その束縛から解放されたことをほんとうにありがたいと思った。このようなくつろぎと喜びの日々を送り、彼女はノーサンガー・アビーとティルニー兄妹がますます大好きになった。もうすぐここを立ち去らなければならないという恐れと、自分がふたりを愛しているほどには、自分はふたりから愛されていないのではないかという不安がなかったら、毎日の一分一秒まで完璧に幸せだっただろう。しかし、彼女の滞在はもう四週間目に入り、将軍が戻ってくる前に五週間目に入るだろう。それ以上滞在したら、邪魔者扱いされるかもしれない。それを考えるたびに憂鬱になった。そこでキャサリンは、その心の重荷を取り除くためにエリナーにその話をし、そろそろおいとましたいと言って、エリナーの反応によって自分の態度を決めることにした。

こういうことは、早く言わないと言い出しにくくなると思ったので、キャサリンは、エリナーとふたりだけになった機会をとらえ、エリナーがまったく別な話をしている最中に突然こう言った。

「あの……私、そろそろおいとましなくてはなりません」

「えっ？」エリナーはひどく悲しそうな顔をした。「もっといてくださると思っていたわ。私の勝手な希望で誤解したのかもしれませんけど、もっと長くいてくださると思っていたわ。あなたがいてくださると、私はほんとうにうれしいの。ご両親もそれをお知りになれば、あなたの帰宅を急がせたりなさらないと思うわ」

「えっ？」キャサリンはあわてて弁解した。「私の帰宅を急がせるなんて、そんなことは父も母も考えていません。私の両親は、私が幸せならそれで満足なんです」

「それじゃ、なぜそんなに帰宅を急ぐの？」

「えっ？　だって、もうずいぶん長いことここにいるんですもの……」

「わかったわ、そういうことでしたら、これ以上お引きとめいたしません。長くいすぎたとお思いなら……」

「えっ？　そういう意味ではありません。私の気持ちとしては、もう四、五週間だってここにいたいんです」

というわけで、当分は帰宅のことは考えないことになった。こうして不安の種が取り除かれると、もうひとつの不安——自分がふたりを愛しているほどには、自分はふたりから愛されていないのではないかという不安——も同じように薄らいだ。「もっと長くいて」と彼女を引きとめたときのエリナーの心のこもった真剣な態度と、彼女の滞在延長を知らされたときのヘンリーのうれしそうな顔は、彼女がふたりから大切に思われているという何よりの証拠となってくれた。残る不安はただひとつ、それがなくては人生の幸福感を味わえないあのことだけだった。でもキャサリンは、「ヘンリーは私を愛している」とほぼ確信していたし、「ティルニー将軍もエリナーも私を愛していて、私をティルニー家の一員として迎えたいと思っている」と完全に確信していた。そこまで確信しているのだから、この件に関するキャサリンの疑いと不安は、いわば勝手に不安を楽しんでいるようなものだった。

ヘンリーは、将軍が留守のあいだはノーサンガー・アビーを離れずに、キャサリンとエリナーのお相手をするように命じられていたが、その命令に従うわけにいかなくなった。副牧師が緊急の用事があるというので、彼は土曜日に屋敷を出発し、ウッドストンに二日滞在することになったのだ。でも彼がいなくなっても、将軍がいるときとはだいぶ感じが違った。ヘンリーがいないのは寂しいが、将軍の存在によって幸せが破壊されることはないからだ。エリナーとキャサリンは一緒に同じことをしてさらに親交を深め、ふたりだけでいつまでも楽しく過ごすことができた。ヘンリーが出発した日、ふたりが夜食の部屋を出たときはすでに十一時になっていた。これはノーサンガー・アビーの習慣ではかなり遅い時間だ。ふたりが階段を上がりきったとき、分厚い壁ごしなのではっきりわからないが、玄関前に馬車が止まったような気がし、つぎの瞬間には、大きな呼び鈴の音がして、やはりそうだとわかった。「いったい何かしら？」という最初の不安と驚きがおさまると、エリナーが、「きっとフレデリックお兄さまだわ」と言った。こんな遅い時間というのは珍しいが、ティルニー大尉はよくこんなふうに突然帰ってくるのだそうだ。それでエリナーは、兄を出迎えるために急いで階段をおりていった。

キャサリンは、ティルニー大尉と顔を合わせる心の準備をしながら、自分の部屋へ引きあげた。私は大尉の振る舞いを不愉快に思っているし、大尉はおしゃれな紳士だから、私など眼中にないと思うが、顔を合わせたとき、最悪の状況にはならないだろう。つまり、大尉の口からイザベラ・ソープの話題が出ることはないだろう。大尉は自分のしたことを恥じているはずだから、その話題が出る危険はないはずだ。バースの話題さえ出なければ、私は大尉に礼儀正しく振る舞えると思う。と、そんなことを考えているうちに時間がたっていった。エリナーは大尉との再会を喜んで、長話をしているようだが、大尉にとってはけっこうなことだ。彼が到着してからもう三十分になるのに、エリナーはまだ上がってこなかった。

そのときキャサリンは、廊下でエリナーの足音がしたような気がしたので、耳を澄ましたが、何も聞こえなかった。だが、気のせいだと思った瞬間、何かがドアに近づいてくる気配がしたのでぎょっとした。誰かがドアに手を触れたようだった。つぎの瞬間、ドアの取っ手がかすかに動いた。誰かがドアの向こうにいることは間違いない。誰かが部屋に忍び込もうとしているのだ。キャサリンは思わず身震いした。しかし、またつまらぬ不安のために理性を失ったり、根拠のない妄想に惑わされたりしてはいけないと思い、そっと前に進み出てドアを開けた。なんと、ドアの外に立っていたのはエリナーだった。だがキャサリンがほっとしたのはほんの一瞬だった。エリナーの顔は真っ青で、ひどく興奮した様子なのだ。部屋に入ろうとしているのだが、すごく入りにくそうで、やっと部屋に入ると、こんどは、何か話そうとしているのだが、ものすごく話しにくそうだった。大尉のことで心配事がもちあがったのだと、キャサリンは思い、黙っていたわりの気持ちを示し、エリナーを椅子に座らせ、こめかみにラヴェンダー水（鎮痛や精神安定の効果があるとされる）を塗ってやり、愛情をこめて心配そうに顔をのぞきこんだ。

「だめ、キャサリン、そんなことをしてはいけないわ」部屋に入ってきて初めてエリナーが口をひらいた。「私は大丈夫。こんなふうに親切にされると困るわ。耐えられないわ。私はあなたにこんなことを伝えにきたんですもの！」

「私に伝えにきた？」

「こんなことをどう伝えたらいいのでしょう！　ああ！　どう伝えたらいいのでしょう！」

キャサリンの頭に新しい考えがひらめき、エリナーと同じように真っ青になって彼女は叫んだ。

「ウッドストンからの知らせですか？」

「いいえ、違います」エリナーはひどく同情したようにキャサリンを見つめた。「ウッドストンからの知らせではありません。私の父からの知らせです」

私の父、と言ったときのエリナーの声は震え、そのまま下を向いてしまった。将軍の突然の帰宅は、それだけでもキャサリンの気持ちを落ち込ませるのに十分だった。これ以上の悪い知らせはないと思い、ショックのためにしばらく何も言えなかった。エリナーは、父の言葉をしっかり伝えようと必死に気持ちを落ち着けて、下を向いたままこうつづけた。

「あなたは心のやさしい人だから、私がこんなことをお伝えしても、私を恨んだりなさらないわね？　私は心ならずもお伝えしなければならないの。ついこのあいだ、私たちのあいだで話が決まったばかりなのに！　私の希望で、あなたにもっと滞在していただくことに決まって、私はあんなに大喜びして、何度もありがとうって言ったばかりなのに！　それなのに、あなたのそのご親切をお受けできませんなんて、どうして私に言えるでしょう！　あなたと一緒に過ごしたおかげで、私はこんなに幸せな気持ちになれたのに、そのお返しが……いいえ、言葉なんて何の役にも立ちません。ああ、キャサリン、私たちはお別れしなければならないのです。父は、月曜日に家族全員で出かける約束を思い出したの。ヘレフォード近くのロングタウン卿のお宅に、二週間滞在する予定なんです。これ以上は説明も弁解もできません。私にはとてもできません」

「ね、エリナー」キャサリンは感情を抑えて大きな声で言った。「そんなに気にすることはないわ。先約を優先するのが当然よ。こんなに突然お別れするのはとても残念だけど、私は気を悪くなんかしていないわ、ほんとよ。私はこの滞在をいつ終えても構わないんですもの。それに、あなたにうちに来ていただくことだってできるわ。ロングタウン卿のお宅からお帰りになったら、フラートンにいらっしゃいませんか？」

「それは……私の一存では決められないわ」

「それじゃ、いつでも来られるときに来てください」

エリナーは何も答えなかった。キャサリンは、先のことよりも目の前のことに関心を戻し、声に出して考えながらつづけた。

「月曜日……そんなにすぐに……月曜日にみんな行ってしまうのね……ええ、わかったわ。私もおいとまするわ。みなさんが出発する前においとますればいいわね。でも心配しないで、エリナー。私も月曜日に出発できるわ。私の両親に知らせる時間がないけど問題ないわ。途中まで召使を一人つけてくださるでしょ？　そうすればすぐにソールズベリーに着くし、そこから家まではたったの九マイルよ」

「ああ、キャサリン！　そうできればいいんですけど。もちろん、途中まで召使を一人おつけするのが当然よ。いいえ、あなたはその何倍も丁重な見送りを受けて当然よ。でも……ああ、どう言えばいいのでしょう！　あなたの出発は、明日の朝ということに決まったの。時間も決められていて、馬車の手配もされていて、明日の朝七時に迎えに来ます。召使は一人もつきません」

キャサリンは息もつけず、何も言えず、そのまま座り込んでしまった。

「それを聞いたとき、私は自分の耳を疑いました」とエリナーはつづけた。「あなたが今どんなに不愉快でも、どんなに怒っても当然です。でもあのときの私の不愉快さと怒りほどではないでしょう。でも、私の気持ちなどどうでもいいことです。ああ、何か申し開きができればいいのですが！　ああ、あなたのご両親はなんとおっしゃるでしょう！　後見役のアレン夫妻とご一緒だったあなたを、こんな遠いところへご招待したのに、当然の礼儀すら払わずに家から追い出すなんて！　ああ、私のキャサリン、こんなひどいことを伝えにくるなんて、この責任は全部私にあるような気がするわ。でもあなたは私を許してくださるわね？　あなたはこの家に長くいらっしゃったから、わかってくださるわね？　この家では、私は名目だけの女主人で、何の力もないんです」

「私が将軍を怒らせてしまったのかしら？」キャサリンは震えるような声で言った。

「とんでもない！　これは娘として言いますが、あなたが父を怒らせたなどということはあり得ません。父はたしかに動揺しています。ものすごく動揺しています。あんなに動揺している父を見たのは初めてです。父は怒りっぽい性格ですが、何か異常なほど腹の立つことが起きたんです。父にとって重大なことで、すごくがっかりすることか、すごく腹の立つことが起きたんです。でもあなたがそれに関係があるとは思えません。だって、そんなことあり得ないでしょ？」

キャサリンは口をきくのが苦痛だったが、エリナーのためを思ってこう言った。

「もし私がお父さまを怒らせたのだとしたら、ほんとうにごめんなさい。そんなつもりはまったくなかったんですけど。でもエリナー、私のことは気にしないで。約束は守らなくてはいけないわ。ただ、もうすこし早くそのお約束を思い出してくだされば、私は両親に手紙を書けたんですけど。でも、それもたいした問題ではないわ」

「あなたの身の安全にとって問題がないことを、心からお祈りします。でも、ご両親にお手紙を書けなかったのは、ほかの点では重大な問題だわ。あなたの気持ちや、体面や、礼儀作法にとっても、そしてご両親にとっても世間にとっても、重大な問題だわ。アレンご夫妻がまだバースにいらっしゃれば、そこまでは比較的簡単に行けます。バースまでなら二、三時間で行けます。でもフラートンまでは七十マイルもあるわ。若い女性が駅馬車で、お供もなくたったひとりで、そんな長旅をするなんて！」

「あら、長旅なんてなんでもないわ。そんなことは心配なさらないで。それにもしお別れするなら、二、三時間早くても遅くても変わりはないわ。明日の朝七時までには支度できます。時間になったら呼んでください」

キャサリンはひとりになりたいのだと、エリナーは思い、それに、これ以上話さないほうがお互いのためにいいと思い、「それじゃ、明日の朝お目にかかるわね」と言って部屋を出て行った。

キャサリンは胸がいっぱいで、とにかくひとりになりたかった。エリナーのいる前では、友情とプライドが涙をせきとめていたが、ひとりになったとたんに涙がどっと溢れ出た。ノーサンガー・アビーをこんなふうに追い出されるなんて！　将軍は正当な理由もなく、突然乱暴に、無礼このうえないかたちで私を追い出して、ひと言のお詫びの言葉もないのだ。しかもヘンリーは遠くへ行っていて、彼にお別れの言葉も言えないのだ。

彼にたいする希望も期待も当分あきらめなくてはならないし、それがいつまで続くかわからないし、いつまた会えるかどうかもわからないのだ。しかも、これはすべてティルニー将軍のせいなのだ！　あんなに礼儀正しくて、あんなに育ちが良くて、いままで私をあんなに気に入ってくれていたティルニー将軍のせいなのだ！　悔しいし、悲しいし、まったく理解できない。なぜこんなことになったのか、いつまでこんなことが続くのか、考えれば考えるほど、キャサリンの当惑と驚きは募るばかりだった。それにしてもなんというひどい仕打ちだろう！　私の都合などまったく考えず、出発の時間も、旅の方法も、選択の余地すら与えずに突然追い出すなんて、ほんとにひどい！　みんなは月曜日に出発するのに、私の出発は、一日前の日曜日と決めてしまい、しかも早朝七時の出発だ。将軍が私の顔を見ないですむように、彼が起きる前に追い出したいのだ。どう見ても、故意の侮辱としか思えない。何なのかさっぱりわからないが、私は将軍を怒らせるようなことをしてしまったのだ。エリナーは私につらい思いをさせないために、将軍の怒りは私と関係ないと言っていたが、そんなことは信じられない。将軍がなぜ怒っているのかわからないが、私と関係ないなら、少なくとも関係ないと思われているなら、将軍が私にこんなひどい仕打ちをするはずがない。

その夜は重苦しく過ぎていった。ぐっすり眠ることなど不可能だし、睡眠の名に値する休息をとることもできなかった。最初の晩は、この部屋で恐ろしい妄想に苦しめられたが、最後の晩もこの部屋で、興奮と不安に満ちたまどろみの一夜を過ごすことになった。でも最初の晩と最後の晩と、興奮と不安の原因はなんという違いだろう！　悲しいことに、今夜の不安のほうがずっと現実的で、ずっと深刻だった。今夜の不安は事実に基づいたものであり、その恐怖は、現実に起こりうることだからだ。そして、その現実に起こりうるわが身の不幸に思いをめぐらせていると、ひとりぼっちの寂しさも、部屋の暗さも、屋敷の古さも、何の感情ももたらさなかった。外では突風が吹き荒れ、奇妙な物音がときおり屋敷じゅうに響きわたったが、眠れぬままに何時間聞いていても、何の好奇心も恐怖心も感じなかった。

翌朝、六時になるとエリナーが部屋にやってきた。最後の心づかいを示したくて、手伝うことがあれば手伝いたいと思ったのだが、もう手伝うことはほとんどなかった。キャサリンはぐずぐずせず、身支度も荷造りもほとんど終わっていた。エリナーが部屋に入ってきたとき、キャサリンは、もしかしたら将軍の謝罪の言葉を伝えにきたのかもしれないと思った。怒りがおさまって謝りたくなったのかもしれない。それは大いにありうることだ。「でも、あんなひどい仕打ちを受けたあとで、謝罪の言葉をどの程度受け入れるべきだろう？」とキャサリンは思った。だがそんなことを考える必要はなかった。彼女がどの程度寛大な態度を示すべきか、どの程度威厳のある態度を示すべきか、それを試されることはなかった。謝罪の言葉などなかったからだ。エリナーは何の伝言も持ってこなかったし、ふたりは顔を合わせてもほとんど言葉を交わさなかった。ふたりとも、いまは何も言わないほうがいいと思い、二階にいるあいだは、どうでもいいことをほんの二言三言交わしただけだった。キャサリンは忙しそうに身支度を終え、エリナーは、荷造りは苦手なのだが、最後のトランク詰めを一生懸命手伝った。すべての用意が整うと、ふたりは部屋を出たが、キャサリンは三十秒ほどあとに残って、部屋の思い出深い品々に別れの一瞥を投げかけた。朝食室へおりてゆくと、すでに朝食の用意ができていた。

キャサリンは、食事を勧められる苦痛を逃れるために、そしてエリナーを安心させるために、なんとか食べようと努めたが、食欲はまったくないし、食べ物がほとんど喉を通らなかった。きのうの朝食となんという違いだろう！　あまりの違いを思うと、あらためてみじめな気持ちが募り、目の前のすべてのものが忌まわしかった。三人でここで楽しい朝食を取ってから、まだ二十四時間もたっていないのに、何から何までなんという違いだろう！　きのうの朝は、なんというくつろぎと、喜びと、安心感（これは偽りだったが）をもってまわりを見まわしたことだろう！　目の前のあらゆるものを楽しみ、ヘンリーが一日だけ留守にすること以外は、将来にたいして何の不安もなかったのだ。ああ、なんという幸せな朝食だったろう！　それはもちろん、ヘンリーがそこにいたからだ。ヘンリーが隣りに座って料理を取ってくれたからだ。キャサリンはこのような物思いにふけっていたが、そのあいだ、エリナーからはひと言も話しかけられなかった。エリナーも自分の物思いにふけっていたからだ。だがやがて馬車の音がして、ふたりは現実に引き戻された。馬車を見るとキャサリンの顔色が変わった。侮辱的な扱いを受けているという屈辱感に襲われ、猛烈な怒りがこみあげた。エリナーは、口をひらく決意をしてこう言った。

「キャサリン、必ずお手紙をくださいね。フラートンに着いたらすぐにお手紙をくださいね。あなたが無事に着いたとわかるまでは、一時間だって安心できないわ。どんなことがあっても一通だけはくださいね。あなたがフラートンに無事に着いて、ご家族の皆さまがお元気だということを知らせてくださいね。ふつうに文通できるようになるまでは、それ以上は期待しないわ。ロングタウン卿のお宅宛にお願いします。あ、それから、アリス宛の手紙に同封してくださいね」

「いいえ、エリナー、私からの手紙を受け取ってはいけないと、お父さまに言われているなら、私は手紙を出さないほうがいいわ。私が無事に着くのは間違いないんですもの」

「あなたのお気持ちはわかるわ」とエリナーは言った。「これ以上無理にはお頼みしません。お別れしても、あなたのやさしい心を信じているわ」

エリナーに悲しそうな顔でそう言われると、キャサリンのプライドは一瞬にして吹き飛んでしまい、彼女はすぐにこう言った。「ああ、エリナー！　もちろん着いたらすぐに手紙を書くわ」

ちょっと言い出しにくいことだが、エリナーがひとつだけ気になっていることがあった。キャサリンは長いあいだ家から離れているのだから、旅費が足りないのではないかと思ったのだ。そこで、「もし旅費が足りなければ、ご用立てしますけど」とそれとなく言うと、案の定そのとおりだった。キャサリンはお金のことをまったく考えていなかったが、財布を見てびっくりした。エリナーの親切な申し出がなかったら、フラートンまでの食事代も馬車代も持たずに追い出されるところだった。このまま出発していたらどうなっていたかと思うと、ふたりは胸がいっぱいになり、馬車を待っているあいだ、どちらもひと言も口をきかなかった。だがそれもほんの少しの時間だった。まもなく、馬車の用意ができたという知らせが来た。キャサリンはすぐに立ち上がり、さようならの言葉の代わりに、愛情のこもった長い抱擁が交わされた。ふたりで玄関ホールまで来ると、キャサリンは一瞬立ちどまった。それまでふたりとも、ヘンリーの名前を一度も口にしなかったのだが、彼女はその名前を口にせずに立ち去ることはできないのだ。キャサリンは震える口で、相手にやっと聞こえるかぼそい声で、「どうぞ、お留守の方によろしくお伝えください」と言った。だが名前を言わずにそう言っただけで、もはや感情を抑えきれなくなり、あわててハンカチで顔を隠すと、逃げるようにして玄関ホールを突っ切って、玄関前の馬車に飛びこんだ。そして、キャサリンを乗せた馬車はあっという間に走り去った。

第二十九章

キャサリンはみじめすぎて恐怖すら感じなかった。旅そのものはすこしも怖いとは思わないし、長旅にたいする心配も、ひとりぼっちの寂しさを感じる暇もなく、すでに旅は始まっていた。馬車の隅にうずくまって、とめどない涙を流しながら顔を上げると、もう屋敷の塀から数マイル離れたところまで来ていた。あわてて屋敷の方を見ても、広大な敷地のいちばん高い部分も何も見えなかった。不幸にも彼女がいま走っている道は、十日前にあんなに幸せな気持ちで、ウッドストン村への往復に通った道だった。ウッドストン村までの十四マイルのあいだ、キャサリンのつらい気持ちはますますひどくなるばかりだった。十日前に眺めた車窓の景色を、こんな悲しい気持ちで眺めなくてはならないのだ。ウッドストン村に一マイル近づくたびに、彼女の苦しみは激しさを増し、村から五マイル手前にある曲がり角を曲がらずに通り過ぎるとき、「ああ！　ヘンリーはすぐそばにいるのに、私のことを何も知らずにいるのだ」と思い、彼女の悲しみと苦しみは頂点に達した。

ウッドストンの牧師館で過ごした一日は、キャサリンの人生でいちばん幸せな一日だった。あの日あの牧師館で、将軍はヘンリーとキャサリンのことで、たしかにはっきりと言ったのだ。ふたりの結婚を願っていると思わせるようなことを、言葉でも態度でもたしかに言ったのだ。ほんの十日前に、将軍は彼女に特別な好意を示して、彼女を有頂天にさせたのだ。ものすごく意味ありげなことを言って、彼女をまごつかせさえしたのだ。それが今このようなひどい仕打ちを受けるとは、いったい彼女が何をしたというのだろう？　いったい何を怠ったというのだろう？

キャサリンが将軍にたいして申し訳ないと思っていることがひとつあるが、それが将軍の耳に入る可能性はほとんどないはずだ。彼女の妄想が生んだ、将軍にたいする忌まわしい疑惑を知っているのは、ヘンリーと彼女だけだし、彼女はもちろん、ヘンリーもこの秘密を口外するはずがない。少なくとも故意に口外するはずがない。彼女が考えたことや行なったこと、つまり、あの根拠のない妄想や、彼女が夫人の部屋を家捜ししたことが、運悪く、何かの偶然で将軍に漏れたとすれば、将軍がどんなに怒り狂っても不思議はない。彼女が将軍に殺人者の汚名を着せたことが将軍に知れたら、彼女が屋敷から追い出されても不思議はない。しかし、どんなひどい仕打ちをされても当然だと思われるその秘密が、将軍に漏れるはずはないとキャサリンは思った。

キャサリンはこの問題でずいぶん頭を悩ませたが、しかし、いちばん頭を悩ませたのは問題ではなかった。もっと身近なことで、もっと緊急を要する心配事があった。ヘンリーが明日ノーサンガー・アビーに戻って、彼女が屋敷を去ったことを知ったら、彼はどう思い、どう感じ、どういう顔をするだろう？　彼女にはこれが何よりも重大な関心事であり、絶えず頭につきまとって、彼女をいらだたせたり慰めたりした。「私が去ったことを、彼は黙って冷静に受け入れるだけかもしれない」と思っていらいらしたり、「いや、彼は私が去ったことを残念がり憤慨するにちがいない」と思って自分を慰めたりした。彼が将軍に事情を聞くことはないだろう。でもエリナーには、これは一体どういうことだと聞くにちがいない。

どれもこれも、一瞬も心の休まらぬ重大な問題ばかりだが、こうした問題をこんなふうに疑ったり検討したりしているうちに、あっという間に時間が過ぎて、旅は思ったよりも早く進んだ。ウッドストンを過ぎてからは、狂おしい考えごとで頭がいっぱいだったので、車窓の景色などまったく目に入らなかったし、旅の進みぐあいを見る余裕もなかった。車窓の景色に何も面白いものがなくても、長い道中をすこしも退屈とは思わなかった。それに、退屈しないですんだ理由がもうひとつあった。早く家に着きたいという気持ちがなかったからだ。ノーサンガー・アビーを追い出されてこんなみじめなかたちで家に帰るのでは、たとえ十一週間ぶりの帰宅でも、家族との再会の喜びもぶちこわしだ。自分をおとしめず、家族を悲しませないようにするには、この突然の帰宅をどう説明したらいいのだろう？　全部正直に話したら、自分の悲しみを増し、家族の無益な怒りをあおり、将軍はもちろん、何の罪もないヘンリーとエリナーまで恨まれることになるかもしれない。そうならないようにするには、一体どう説明したらいいのだろう？　ヘンリーとエリナーの美点を正しく伝えることは、いまの彼女にはとてもできそうにない。感情があふれすぎてうまく説明できそうにない。将軍のせいでヘンリーとエリナーまで恨まれることになったら、彼女は胸が張り裂ける思いがするだろう。

キャサリンはこういう精神状態だったので、有名なソールズベリー大聖堂の尖塔が見えてくるのを待ち望むどころか恐れていた。大聖堂の尖塔が見えてきたら、わが家から二十マイル以内に来た証拠なのだ。ノーサンガー・アビーを出るとき、ソールズベリー大聖堂をめざして行けばいいことはわかっていたが、最初の休憩地のあと、つぎはどこへ行けばいいか、それはすべて駅馬車屋の親方に任せきりだった。ソールズベリーまでの道筋については彼女は何も知らなかった。でも苦しい目にも、怖い目にも一度も遭わなかった。若さと、礼儀正しさと、気前のよさのおかげで、彼女のような旅人が受けられる親切をすべて受けることができた。馬の交換のために、途中で何度か休憩しただけで、何の事故も不安もなく、十一時間ほどの旅をつづけ、午後六時から七時の間にフラートン村へと入っていった。

小説の最後で、ヒロインが生まれ故郷に錦を飾る。幾多の苦難を乗り越えて、みごとに名声を回復し、伯爵夫人という栄光に包まれ、何台もの二頭立て四輪馬車に分乗した貴族の親戚たちと、旅行用四頭立て四輪馬車に乗った三人の侍女を従えて、意気揚々と故郷の村に帰ってくる。ここはまさに、作者の最後の腕の見せどころであり、たっぷりと描写しなければならない重要な場面である。小説の結末を華やかに飾り、作者は、ヒロインが気前よくふりまく栄光のお裾分けにあずかることになる。――しかし、私の小説の結末はだいぶ趣が違う。私のヒロインはひとりぼっちで、恥辱にまみれて故郷の村に帰ってくる。栄光に包まれて意気揚々と帰ってくるわけではないから、たっぷりと描写する気にはとてもなれない。ただの駅馬車で帰ってくるヒロインでは、作者の気持ちもぜんぜん盛り上がらないし、格調高い感動的な場面を描くことなど到底できない。というわけで、私のヒロインを乗せた駅馬車は、日曜日の人だかりが見守るなかをさっさと走り抜け、ヒロインはさっさと馬車をおりることとなった。

しかし、こうして牧師館へ向かうキャサリンの気持ちがどれほど落ち込んでいようと、それを語る作者の屈辱がどれほど大きかろうと、キャサリンは、モーランド家の人々にはすばらしい喜びをもたらすはずだ。彼らは駅馬車を見て喜び、キャサリンを見て大喜びするはずだ。フラートン村では駅馬車などめったに見られないから、駅馬車が現われると、すぐに家族全員が窓辺に集まり、馬車が牧師館の門の前で止まると、全員が目を輝かせて、「いったい誰だろう？」と想像した。それはまったく予期せぬ出来事だった。

でも一番下のふたりの子供たち、六歳になるジョージと四歳になるハリエットは、馬車を見ると必ず兄か姉が乗っていると期待するので、このふたりにとっては、予期せぬ出来事というわけではなかった。キャサリンの姿を最初に認めた目は、なんと幸せそうに輝いたことだろう！　そして最初に「キャサリン！」と叫んだ声は、なんと幸せそうに響いたことだろう！　しかし、その幸せはどちらに与えられたのか――つまり、キャサリンの姿を最初に認めて最初に「キャサリン！」と叫んだのは、ジョージだったのかハリエットだったのか――それはしかとはわからない。

父、母、セアラ、ジョージ、ハリエット、家族全員が玄関前に集まって、心からの愛情をこめてキャサリンを迎えた。その光景を見ると、キャサリンの最高にやさしい感情が呼び覚まされ、馬車からおりて家族のひとりひとりと抱擁を交わすと、自分でも信じられないほど心が慰められるのを感じた。こんなふうに家族に囲まれてやさしく抱擁されると、幸せな気持ちにさえなり、家族愛の喜びのなかに、しばらくはすべての不幸が消え失せた。家族はキャサリンと再会したうれしさに、突然の帰宅の理由を聞く暇もなく、全員でティー・テーブルを囲んで腰をおろした。モーランド夫人は、キャサリンの青ざめた顔と、憔悴しきった様子に気がつき、元気をつけるために急いでお茶を用意させ、キャサリンがはっきりした返事をしなくてはならないような質問はしなかった。

それからやっとキャサリンは、しぶしぶためらいがちに口をひらき、突然の帰宅の理由を、三十分ほどかかって説明した。といっても、ほとんど説明になっていない説明であり、モーランド夫妻には、キャサリンの突然の帰宅の理由も詳細もさっぱりわからなかった。モーランド夫妻は怒りっぽい性格ではないし、侮辱に敏感ではないし、たとえ侮辱されても、すぐに激怒するような人たちではなかった。しかし、すべての事情が明らかになると、これは見過ごせない侮辱であり、簡単に許すことはできない侮辱だと思った。ただし、「簡単に許すことはできない」と怒りを感じたのは、最初の三十分間だけだった。モーランド夫妻は、娘の長い一人旅のことを思うと──ロマンティックな恐怖に襲われることはなかったが──娘はさぞかし不愉快な思いをしただろうと思わずにはいられなかった。自分たちなら、若い娘にこんな旅はさせないし、若い娘にこんな旅をさせたティルニー将軍の振る舞いは、紳士としても親としても立派とは言えないし、心のやさしさにも欠けると思わずにはいられなかった。将軍はなぜそんなことをしたのか。親切なもてなしをなぜ突然やめたのか。特別な好意がなぜ突然悪意に変わったのか。これはキャサリンにとってもモーランド夫妻にとってもまったくの謎だった。でも夫妻もキャサリンも、そのことで長いこと頭を悩ますようなことはしなかった。しばらくあれこれ推測したが、さっぱりわからないので、「それにしても変な話だ。ティルニー将軍は変な人だ」と言って、怒りも驚きも忘れることにした。でもセアラは、十六歳の少女の情熱をもって、大きな声でさらにあれこれ推測し、まだ謎の解明を楽しんでいた。それでとうとうモーランド夫人が言った。

「ねえ、セアラ、おまえはずいぶん無駄なことをしているわね。そんなことをいくら考えても、どうにもならないわよ」

「ティルニー将軍は約束を思い出して、キャサリンに出て行ってもらいたいと思ったわけね」とセアラは言った。「それはまあ仕方ないけど、なぜもっと礼を尽くしてくれなかったの？」

「ティルニー兄妹がお気の毒ね」とモーランド夫人は答えた。「こんな別れ方をして悲しかったでしょうね。それ以外のことはどうでもいいわ。キャサリンは無事に帰ってきたし、私たちの幸福は、ティルニー将軍と何の関係もないんですもの」

　キャサリンはため息をついた。

「でも」とモーランド夫人が悟りきったようにつづけた。「おまえの一人旅のことを知らずにいてよかったわ。でももう済んだことだし、結局何の問題もなかったわけね。若い人が苦労するのはとてもいいことよ。ね、キャサリン、おまえは普段からぼんやり者だからね。でも今回は、何度も駅馬車を乗り継いだりして、いろいろ頭を使って、ずいぶん勉強になったでしょう。馬車に忘れ物をしていないといいわね」

　キャサリンもそう願い、自分の進歩向上に努めようと思ったが、いまは何もする気力がなかった。いまは黙って一人になりたいと思うだけであり、「今日は早く寝なさい」

という母親の勧めにすぐに従った。モーランド夫妻は、娘の顔色の悪さと、心の動揺ぶりを見てもあまり心配しなかった。冷たい仕打ちを受けて心が傷つき、生まれて初めての一人旅で疲労困憊しているのだと思って、それ以上の心配はせず、一晩眠れば元気になると信じて、娘にお休みを言った。翌朝みんなが顔を合わせたとき、娘の回復ぶりは期待したほどではなかったが、それでもモーランド夫妻は、自分の娘がもっと深刻な悩みを抱えているとは夢にも思わなかった。娘の心の中のことを、夫妻はまだ一度も考えたことがないのだ。十七歳になる娘が初めての長旅から帰ってきたというのに、まことにのんきな親である！

キャサリンは朝食を終えると、エリナーにたいする約束を果たすために机に向かった。時間がたって遠く離れれば、きっと手紙をくれると信じたエリナーは、やはり正しかった。すでにキャサリンは、エリナーと冷たい別れ方をした自分を責めていた。自分はエリナーの美点と親切を十分に認めているだろうか？　きのうあとに残されたエリナーのつらい気持ちに十分な同情をしているだろうか？　だがこうした自責の念を感じても、ペンはなかなか進まなかった。このエリナー・ティルニー宛の手紙ほどむずかしい手紙はなかった。自分の気持ちと立場をきちんと伝え、未練心を見せずに感謝の気持ちを示し、慎重だが冷淡ではなく、恨み心を見せずに正直に書き、エリナーに悲しい思いをさせず、そして、ヘンリーに読まれても恥ずかしくない手紙でなければならない。そんな手紙を書かなくてはならないと思うと、怖くてなかなか書きはじめることができなかった。さんざん考えて悩んだ末、簡潔な短い手紙がいちばん安全だという結論に達し、キャサリンは、エリナーが用立ててくれたお金を同封し、簡単な感謝の言葉を述べ、皆さまのお幸せを心よりお祈り申し上げます、とだけ書くことにした。

キャサリンが手紙を書き終えると、モーランド夫人が言った。

「ずいぶん変わったおつきあいだったわね。突然始まって突然終わってしまって。こんなことになって残念ね。ティルニー兄妹はとてもすてきな方たちだって、アレン夫人がおっしゃっていたのに。それにイザベラさんのことも残念だったわね。ああ、かわいそうなジェイムズ！　でも何事も経験よ。このつぎはもっとすてきなお友達にめぐり会えるわ」

キャサリンは頬を紅潮させて、むきになったように答えた。「エリナーほどすてきな友達はいないわ」

「もしそうなら、いつかまたお会いできるわ。心配することはありませんよ。二、三年のうちにどこかでぱったり再会するわ。そうしたらどんなにうれしいでしょうね！」

残念ながら、モーランド夫人の慰めの言葉はまったく効果がなかった。二、三年のうちにどこかで再会するかもしれない、という言葉を聞いてキャサリンが思ったことは、二、三年のうちに恐ろしい変化が起きて、恐ろしい再会になるかもしれない、ということだった。私はヘンリー・ティルニーを忘れることはできないし、愛情が薄れることも絶対にないけれど、彼は私のことなんか忘れてしまうかもしれない。そんなかたちで再会するなんて！　そんな再会の場面を想像すると、キャサリンの目はたちまち涙でいっぱいになった。モーランド夫人は、慰めの言葉が逆効果だったとわかると、キャサリンを元気づけるもうひとつの手段として、アレン夫人を訪問することにした。

両家はほんの四分の一マイル離れているだけだった。モーランド夫人は歩きながら、ジェイムズの失恋に関する感想を大急ぎでこう述べた。

「ジェイムズはかわいそうだけど、この結婚が破談になっても、悪いことは何もありませんよ。相手は、私たちがまったく知らないお嬢さんだし、財産もまったくないんですもの。そんなお嬢さんと結婚したって、いいことは何もありません。それに、あんな振る舞いをしたんですもの、そんなお嬢さんをよく思うわけにはいきませんよ。いまはジェイムズもつらいでしょうけど、それが永遠につづくわけじゃありません。最初の花嫁選びの失敗に懲りて、これからはもっと分別のある慎重な人間になりますよ」

これがこの件に関するモーランド夫人の感想であり、キャサリンはなんとか黙って聞くことができた。でも、あとちょっとでも長かったら、我慢できなくなって、理性を失った返事をしてしまったかもしれない。というのは、キャサリンはこのなじみ深い道を歩きはじめると、自分の思いで頭がいっぱいになって、ほかのことは何も考えられなくなってしまったからだ。いまの彼女の気持ちは、この前この道を歩いたときと、なんという変わりようだろう！　ほんの三カ月前まで、彼女は陽気で明るい自由な心をもって、一日に十回もこの道を行ったり来たりしていたのだ。この世に不幸が存在するなんて思ったこともなく、何の心配もせず、まだ味わったことのない純粋な喜びと幸せを夢見ながら、この道をとびまわっていたのだ。ほんの三カ月前まで、彼女はたしかにそういう少女だったのだ。それがいまは……ああ、なんという変わりようだろう！

キャサリンにたいしていつも変わらぬ愛情を示すアレン夫妻は、思いがけない訪問に感激し、いつも以上に彼女を大歓迎した。キャサリンがティルニー家から受けた仕打ちを聞くと、夫妻は非常に驚き、非常に憤慨した。といっても、モーランド夫人の説明に誇張はないし、夫妻の怒りを故意に煽るようなものではなかった。

「キャサリンはきのうの晩、突然帰ってまいりましたの」とモーランド夫人は言った。「ひとりで駅馬車で帰ってきたんですよ。しかも前の晩まで、何も知らされていなかったんですって。どういう気まぐれか知りませんけど、ティルニー将軍が突然この子を気に入らなくなって、お屋敷から追い出したんですの。ほんとに薄情ね。ティルニー将軍はひどい変人にちがいないわ。でもまあ、この子が帰ってきてほんとによかったわ。それに、この子がどうしようもないぼんやり者じゃなくて、ちゃんとひとりでなんとかできるとわかってほっとしたわ」

アレン氏は分別のある友人として、適切な憤慨の言葉を述べた。そしてアレン夫人は、夫の言葉はとても適切だと思い、すぐに真似るべきだと思い、夫の驚きと、推測と、説明の言葉をつぎつぎにくり返し、会話がちょっと途切れるたびに、「ティルニー将軍はほんとに我慢ならないわね！」というひと言をつけ加えた。夫が部屋を出ていったあとも、アレン夫人は怒りを静めることもなく、話をそれほど脱線させることもなく、「ティルニー将軍はほんとに我慢ならないわね！」という言葉を二度口にした。だが三度目に口にしたあと、話がだいぶ脱線し、四度目に口にしたあとは、すぐにつづけてこう言った。

「ね、ちょっと聞いて。私のいちばんすてきなメクリンレースのひどいほころびは、バースを去る前にきれいに直していただいたの。どこがほころんでいたかぜんぜんわからないくらいよ。いつかぜひお見せするわ。ね、キャサリン、バースはほんとにすてきな所ね。私はぜんぜん帰りたくなかったわ。ソープ夫人がいらしたので、ほんとに助かったわね。ね、そうでしょ？　あなたも私も、最初はとても寂しい思いをしたんですもの」

「そうですね。でも、寂しい思いをしたのは最初だけだわ」とキャサリンは目を輝かせて言った。バースで生まれて初めて胸をときめかせたときのことを思い出したのだ。

「そうね。すぐにソープ夫人にお会いして、それからは何も不自由しなかったわね。ね、キャサリン、この黄色い手袋はずいぶん長持ちすると思わない？　社交会館に最初に行ったときに初めてはめて、それから何度も使ったわ。ね、あの晩のことを覚えてる？」

「えっ？　ええ、もちろんよく覚えているわ」

「あの晩はほんとに楽しかったわね。ヘンリー・ティルニー氏が私たちと一緒にお茶を召し上がったわ。あの方が一緒にいてくださって、ほんとによかったわ。とても感じのいい方ですもの。たしかあの晩、あなたはあの方と踊ったわね。よく覚えていないけど。でも、私の大好きなドレスを着ていったのはよく覚えているわ」

キャサリンは何も答えられなかった。アレン夫人はそれからちょっと別な話をして、また元の話題に戻った。

「ティルニー将軍はほんとに我慢ならないわね！　とても感じのいい、立派な方だと思っていたのに！　ね、モーランド夫人、あなただって、あんな育ちのいい紳士には会ったことがないと思うわ。ね、キャサリン、あのティルニー家のお宿は、ティルニー家が去ったその日に、新しい借り手がついたんですって。でも不思議はないわね。ね、ミルソム・ストリートですもの」

帰りの道すがら、モーランド夫人はキャサリンにこう言い聞かせた。

「おまえのことをいつも親身になって思ってくださる、アレン夫妻のような方がいてくださって、おまえはほんとうに幸せですよ。こういう昔からのお友達の好意と愛情に恵まれているのですから、ティルニー一家のような、つい最近知り合ったばかりのお友達に無視されても、不親切にされても、ぜんぜん気にすることはありませんよ」

これはたいへん分別に富んだ忠告である。しかし人間の心は、状況によって、どれほど分別に富んだ忠告でも、ぜんぜん納得できない場合もある。キャサリンの気持ちは、母親のどの忠告も納得できなかった。なぜなら、つい最近知り合ったばかりの友達の振る舞いにこそ、彼女の現在の幸せのすべてがかかっているからだ。モーランド夫人はいろいろ適切な例を出して、その忠告の正しさを強調したが、キャサリンは黙ってそれを聞きながら、頭の中では、「ヘンリーはもうノーサンガー・アビーに着いたはずだわ——彼はもう、私が去ったことを知らされたにちがいないわ——いまごろは、みんなでヘレフォードへ出発するところかもしれないわ」などと思いをめぐらせていた。

第三十章

もともとキャサリンは、じっと座っているタイプではないし、勤勉なタイプでもなかった。しかし、その欠点がこれまでどの程度だったかは別として、それがますますひどくなったことに、モーランド夫人は気づかないわけにはいかなかった。キャサリンはじっと座っていることができず、ほんの十分も同じことを続けられず、動くこと以外何もしたくないとでもいうように、庭や果樹園を何度も何度も歩きまわった。居間にほんのちょっと座っていることもできず、家の中でもどこでもいいから、とにかく歩きまわりたいとでもいうようだった。だがもっと大きな変化は、すっかり元気がなくなってしまったことだった。始終歩きまわったり仕事を怠けたりするのは、彼女の欠点がひどくなっただけだが、無口で悲しそうな様子は、以前の彼女とは正反対で、まるで別人になってしまったかのようだった。

モーランド夫人は、最初の二日間は黙って見守っていた。だがキャサリンは、三日目の夜ぐっすり眠ったあとも、いつもの明るさが戻らないし、相変わらず無気力な感じで、針仕事もまったくする気にならないようだった。とうとうモーランド夫人も、やんわりと小言を言わずにはいられなくなった。

「ね、キャサリン、おまえはいつのまに貴婦人になってしまったんだい？　お父さまのクラヴァットはいつ仕上がるの？　おまえ以外に作る人はいないんですよ。おまえの頭は、まだバースのことばかり考えているようだけど、何事も、それにふさわしい時と場所があるんですよ。舞踏会やお芝居見物に行くのがふさわしい時もあるし、仕事をするのがふさわしい時もあるの。おまえはもう十分楽しんだんですから、こんどは誰かの役に立つ仕事をしなければいけないわ」

キャサリンはすぐに針仕事を始めながら、悲しそうな声で、「私、バースのことばかり考えてなんかいないわ」と言った。

「それじゃおまえは、ティルニー将軍のことでいらいらしているんだね。ずいぶんお馬鹿さんだね。きっとまたお会いすることもありますよ。つまらないことでいらいらしてはいけませんよ」ちょっと間を置いてから夫人はつづけた。「ね、キャサリン、まさかおまえは、自分の家がノーサンガー・アビーのような立派なお屋敷ではないので、自分の家がいやになったのではないでしょうね。もしそうなら、おまえがあのお屋敷に行ったことは不幸を招くことになりますよ。人間はどこにいても満足できなくてはいけません。とくに自分の家にはね。だって人間は、ほとんどの時間を自分の家で過ごすんですもの。おまえは朝食のときに、ノーサンガー・アビーで食べたフランス・パンの話ばかりしていたけど、そういうのは感心しませんね」

「私はパンなんてどうでもいいの。何を食べても同じですもの」

「二階の部屋に、そういう問題について書かれたとてもいい本があるわ。立派な家柄の人とお知り合いになったために、自分の家がいやになってしまった若い女性の話よ。『ザ・ミラー誌』（感傷小説『感情の人』で知られるヘンリー・マッケンジー編集の雑誌）だと思うわ。あとで探しておくわ。おまえのためになるからね」

キャサリンは何も答えず、自分にふさわしいことをしようとすぐに針仕事を始めた。でもほんの数分すると、自分では気づかずにまた無気力状態に戻ってしまい、疲労といらだちのためか、針を動かすよりも頻繁に体を動かすようになった。モーランド夫人はその様子をじっと観察し、娘のぼんやりした不満そうな顔を見て、自分の家にたいする不満の確かな証拠を見て取り、これが娘の元気のなさの原因だと確信した。そこで、その恐ろしい病を一刻も早く退治しなければと思い、急いで二階の部屋へ例の本を取りに行った。その本を探すのに少々時間がかかり、ついでにほかの用事を済ますのに少々手間取ったので、大きな期待をかけた本を持って階下におりてきたときには、すでに十五分がたっていた。

二階で用を済ませているときは、自分が立てる物音しか聞こえなかったので、モーランド夫人は、数分前に客が来たことを知らなかった。夫人が部屋に入ったとき、最初に目に入ったのは、一度も会ったことのない見知らぬ青年の姿だった。青年は、非常に敬意をこめた態度でさっと立ち上がった。そして緊張した様子のキャサリンが、「ヘンリー・ティルニー氏です」と紹介すると、彼は、感受性豊かな人間特有の当惑した様子で、突然の訪問のお詫びを言って、こうつづけた。

「ああいうことがあったので、私がモーランド家で歓迎されるとは思っておりません。でも、お嬢さまが無事にお着きになったかどうか確かめたくて、こうしてお邪魔したのです」

ヘンリーのお詫びの言葉を聞いたモーランド夫人は、厳格な裁判官でもないし、恨みがましい人物でもなかった。夫人は、ティルニー兄妹も将軍の共犯だとは考えていなかったし、この兄妹にはいつも好意的な見方をしていた。だから夫人は、ヘンリーの訪問をたいへん喜び、「ようこそいらっしゃいました」と心から歓迎の言葉を述べ、キャサリンにたいする心づかいに感謝し、「うちの子供のお友達なら、いつでも大歓迎ですわ。済んだことはもう言いっこなしにしましょう」と言った。

ヘンリーは喜んで夫人の言葉に従った。思いがけない温かい歓迎にほっとしたが、キャサリンの突然の帰宅のことを、いますぐにきちんと説明できそうにないからだ。それで彼は黙って席に戻り、しばらくのあいだ、天気や道路に関するモーランド夫人のありふれた質問に丁重に答えていた。一方、不安と興奮と幸福感で熱に浮かされたようなキャサリンは、ただのひと言も発しなかった。しかし夫人は、キャサリンの赤くほてった頬と、きらきらと輝く目を見ると、ヘンリーのこの親切な訪問で、娘の気持ちもしばらくは落ち着くだろうと安心し、『ザ・ミラー誌』の第一巻を娘に読ませるのは延期することにした。

モーランド夫人は、父親のことで困惑しているヘンリーに同情し、会話を弾ませるためにも、ヘンリーを元気づけるためにも、夫の助けが必要だと思い、すぐに子供を呼びにやったのだが、あいにくモーランド氏は外出していた。援軍が来ないので、十五分ほどすると、夫人は何も話すことがなくなってしまった。しばらく沈黙がつづいたあと、ヘンリーは、夫人が部屋に入ってきたあと初めてキャサリンのほうを向き、突然てきぱきした調子で、「アレン夫妻はいまフラートンにいらっしゃいますか？」とたずね、キャサリンが返事に困っていると、勝手に「はい」という返事と取って、「それではごあいさつにお伺いしたいのですが」と言い、顔を紅潮させて、「申し訳ありませんが、道を案内していただけますか？」と言った。

「アレンさんのお宅なら、この窓から見えるわ」と妹のセアラが言った。

だがヘンリーは軽く会釈しただけだった。モーランド夫人はセアラに、おまえは黙っていなさいと首を振った。夫人はこう思ったのだ。ヘンリーはアレン夫妻にごあいさつしたいと言ったが、じつは父親のことで弁明したいことがあり、それをキャサリンだけに伝えたいのかもしれない。だから、キャサリンがヘンリーといっしょに行くのを邪魔しないほうがいい、と。

こうしてふたりは、アレン氏の屋敷に向かって歩きはじめたが、モーランド夫人の推測は完全に間違っていたわけではなかった。ヘンリーは父親のために弁明したいことがあったからだ。だが彼の第一の目的は、自分の気持ちをキャサリンに伝えることだった。そしてアレン氏の屋敷に着く前に、彼はじつにみごとにそれを実行した。キャサリンはヘンリーのその言葉を、何度聞いても飽きないと思ったほどだった。キャサリンはヘンリーの愛を確信した。そしてつぎに彼女の愛が求められたが、彼女の愛が完全にヘンリーのものだということは、ふたりともすでに十分すぎるほど知っていた。というのはこういうことだ。ヘンリーは今たしかにキャサリンを心から愛し、彼女の性格のすばらしさに魅了され、彼女といつも一緒にいたいと心から願っているけれど――ここで私ははっきりと言っておくが――彼の愛情は、彼女にたいする感謝の気持ちから生まれたものなのである。つまりヘンリーは、キャサリンから愛されていると確信したために、彼女のことを真剣に考えるようになったのである。これは、恋愛物語としては新しいパターンかもしれないし、ヒロインの名誉を著しく傷つけることになるかもしれない。しかし、世の中にはこういうパターンはよくあると思う。もしこれが、現実の生活においても珍しいパターンだとおっしゃるなら、私の奔放な想像力をぜひ称賛していただきたい。

アレン夫人への訪問は非常に短いものだった。ヘンリーは、意味も脈略もないとりとめのない話をし、キャサリンは言いようのない幸福感に酔いしれて、ほとんど口もきかなかった。やがてふたりは訪問を終え、またふたりだけの幸せに浸った。そしてふたりだけの時間が終わる前に、キャサリンは、ヘンリーのプロポーズは親の許可をどの程度得たものなのかを知ることができた。ヘンリーは二日前にウッドストンから戻ると、屋敷の近くで待ちかねていた父の出迎えを受け、キャサリンが去ったことを、怒り狂ったような言葉で告げられ、彼女のことは忘れろと命じられたのだった。

つまりヘンリーは、キャサリン・モーランドのことは忘れろと、父に命じられたにもかかわらず、彼女にプロポーズしたのである。キャサリンはこれを聞いてびっくりし、これからどうなるのかと恐ろしくなったが、ヘンリーの心づかいに感激せずにはいられなかった。ヘンリーは彼女によけいな心配をさせないために、将軍の命令のことは言わずにプロポーズしたのである。おかげで彼女は、何も気にせずにプロポーズを受け入れることができたのである。ヘンリーはさらにくわしい話をし、将軍はなぜ彼女にあのようなひどい仕打ちをしたのか、その理由を説明した。キャサリンは、それを聞くと勇気が湧いてきて、勝利の喜びさえ感じずにはいられなかった。彼女は自分の知らぬ間に将軍に誤解を与えていたのだが、それ以外は、将軍から非難されたり責任を問われたりすることは何もしていなかった。つまりキャサリンの罪は、「将軍が思っていたほどの金持ちではなかった」という一点だけなのだ。将軍は、彼女が大金持ちだと勝手に誤解して、バースで彼女に近づき、ノーサンガー・アビーに招待し、息子の嫁にしようとたくらんだのである。そして自分の誤解に気がつき、彼女がただの牧師の娘だとわかると、ただちに彼女を屋敷から追い出したのだ。自分の怒りと、彼女の家族にたいする軽蔑を示すには——それくらいでは気持ちはおさまらないが——それが一番だと考えたのである。

将軍を最初にこの誤解に導いたのは、あのジョン・ソープだった。将軍はある晩、劇場で、ヘンリーがキャサリンに関心を寄せていることに気づき、たまたまそばにいたジョン・ソープに、あのお嬢さんを知っていますかとたずねた。ジョンは、ティルニー将軍のような偉い人と話ができるのがうれしくて、得意になっていろいろなことをしゃべった。ちょうどそのころ、ジェイムズとイザベラの婚約が今日か明日かと期待され、自分もキャサリンとの結婚を決意しようとしていたときだった。それでジョンは——自分の虚栄心と強欲ゆえに、モーランド家は金持ちだと前から誤解していたのだが——さらに虚栄心に駆られて、モーランド家はものすごい大金持ちだと将軍に言ってしまったのである。ジョンは、自分をたいへんな重要人物だと思い込んでいて、自分の親戚も、これから親戚になる者も、全員立派な家柄の出でなければならないと思っている。だから彼の知り合いは、つきあいが増すにつれて財産も増えてくるのである。そういうわけで、友人ジェイムズ・モーランドの遺産相続の額も、最初から過大評価されていたのだが、妹のイザベラがジェイムズと親しくなると、その額はますます増えていった。ジェイムズの遺産相続の額をまず二倍にし、父モーランド氏の聖職禄の収入も二倍にし、その個人財産も三倍にし、おまけに大金持ちの伯母がいることにし、子供が多すぎるので半分に減らし、こうしてジョンは、モーランド家は大金持ちのたいへん立派な一家だと、将軍に報告したのである。しかし、将軍が特別な関心を寄せ、自分も結婚の思惑を抱いているキャサリンの財産については、ジョンはさらに隠し玉を用意していた。キャサリンはアレン氏の土地を相続し、父親から一万ポンドか一万五千ポンド与えられることになっていると将軍に言ったのだ。キャサリンはアレン夫妻ととても親しくしているので、かなりの遺産をもらえるはずだと、ジョンは本気でそう思っており、キャサリンはアレン氏から正式に認められた女相続人だと、将軍に言ったのである。

将軍は以上のような情報をもとに、行動を開始した。情報の正しさを疑う理由はないからだ。ジョン・ソープの妹イザベラは、ジェイムズ・モーランドと近々結婚するらしいし、ジョン自身も（本人が得意そうにそう公言したのだが）、ジェイムズ・モーランドの妹キャサリンと結婚するつもりらしい。だから、モーランド家に関するジョンの話は正しいと思うのが当然だろう。さらにこういう確かな事実も加わった。アレン夫妻は大金持ちで、子供がいない。そして夫妻は、バースでキャサリン・モーランドの付き添い役を務め——これは将軍もすぐに気づいたが——親のように親身になって彼女の世話をしている。これらの事実を見て将軍は決意した。息子ヘンリーがキャサリン・モーランドに好意を抱いていることは、息子の顔を見てわかっている。そこで将軍は(ジョンの情報には感謝するが)、ジョンが得意そうに公言しているキャサリンとの結婚を阻止して、その夢を打ち砕いてやろうと決心したのである。

将軍がそんなことを考えているとは、当時のキャサリンはもちろん知るはずもないが、それはヘンリーとエリナーも同じだった。将軍がキャサリンに関心を寄せる要素は何もないと、ふたりは思っていたから、将軍が突然キャサリンに関心を示し、その後もますます関心を寄せるのを見て、ふたりとも驚きの目を見張らずにはいられなかった。そのあとヘンリーは、「なんとしてもキャサリン・モーランドの心を射止めよ」とほのめかす将軍の言葉を聞いて、将軍がこの結婚を非常に望ましいものと考えているのはわかった。しかし、将軍がキャサリンを大金持ちだと誤解して、この行動に走ったのだということは、ヘンリーもエリナーもついこのあいだ、将軍の話を聞いて初めて知ったのだった。

将軍は、それがとんでもない誤解だということを、その誤解を吹き込んだ張本人、すなわちジョン・ソープから知らされたのだった。将軍はロンドンで偶然ジョンに会ったのだが、ジョンは以前とまったく正反対の精神状態にあった。キャサリンにプロポーズを断わられ、イザベラとジェイムズを仲直りさせる努力も失敗に終わり、気がむしゃくしゃしていたし、モーランド家とのつきあいはもう永遠におしまいだと思い、何の役にも立たない友情など蹴飛ばしてしまえという気分だった。それで、以前モーランド家を褒めるために将軍に言った言葉を、大急ぎで全部取り消したのである。自分はジェイムズ・モーランドの自慢話にだまされて、彼の父親を大金持ちの立派な人物だと思い込み、モーランド家の経済状態も人柄も誤解していたが、この二、三週間の出来事のおかげで、やっとほんとうのことがわかった。ジェイムズとイザベラの結婚話がもちあがったとき、モーランド氏は、最初は気前のいい申し出をして、すごく乗り気だったが、ジョンに鋭く問い詰められると、結婚するふたりに人並みの援助もしてあげられないことを白状したそうだ。じつは、モーランド家はとても貧乏な一家で、信じがたいほどの子沢山で、ジョンが最近知ったところによると、近所の人たちからもぜんぜん尊敬されていない。つまり、身分不相応な暮しをするために、子供を金持ちと結婚させようとたくらんでいる、ずうずうしいほら吹き一家なのだそうだ。

将軍はこれを聞いてびっくり仰天したが、にわかには信じがたいので、アレン氏の名前をもちだした。するとジョンは、それも自分の誤解だったと言った。アレン夫妻がモーランド家の近くに長年住んでいるので、つい誤解してしまったのだが、アレン家の土地を相続するのはキャサリンではなくて、別の青年だということもわかったそうだ。これ以上聞く必要はなかった。将軍は、自分以外の全人類に腹を立て、翌日ただちにノーサンガー・アビーに戻り、そして、読者の皆さまがすでにご存じの行動に出たのである。

さて、ヘンリーはこの時点で、これらの事実のどれだけをキャサリンに伝えることができたのか、将軍からどれだけの事実を知ったのか、どの部分を自分の推測で補ったのか、どの部分をジェイムズの手紙で知ったのか――こうしたことはすべて、賢明な読者のご判断にお任せしたい。本来なら、登場人物がひとりひとり別々にお話しすべきところを、作者の私がまとめてお話ししたのである。ともあれキャサリンは、これらの事実を知らされてこう思った。私はティルニー将軍に、妻殺しや、妻幽閉の嫌疑をかけてしまったけれど、将軍の性格をそれほど見誤ったわけではないし、将軍の残忍性をそれほど誇張したわけではない、と。

父親に関するこれらの事実を話さなければならないヘンリーは、それを最初に聞かされたときと同じくらい情けない気持ちになった。あまりにも心の狭い父の振る舞いを、キャサリンに説明しなければならないと思うと、思わず顔が赤くなった。ノーサンガー・アビーでの親子の会話は非常に険悪なものだった。キャサリンにたいするひどい仕打ちを知らされ、父の考えを聞き、彼女のことは忘れろと命令されたときのヘンリーの怒りはすさまじく、彼は父の命令を即座に断固拒否した。いつも家族に命令することに慣れている将軍は、息子が多少不服そうな態度はしても、まさかはっきりと言葉に出して反抗するとは思ってもいなかった。理性の声と良心の命令に従った息子の断固たる反抗には、到底我慢がならず、将軍の怒りもすさまじかった。だが自分の正義を確信しているヘンリーは、将軍の怒りに多少は驚いたが、それでおじけづくようなことはなかった。自分の道義心のためにも、キャサリンにたいする愛情のためにも、父の命令に従うわけにはいかないのだ。「なんとしても射止めよ」と父に命じられたキャサリンの心は、すでに間違いなく自分のものだと確信している。だから、その命令が破廉恥にも突然取り消され、理不尽な怒りによって正反対の命令をされても、ヘンリーの誠実な心はすこしも揺らぐことはなかったし、その誠実な心によってなされた決意は微動だにしなかった。

あのヘレフォード行きの約束は、キャサリンを屋敷から追い出すために将軍が思いついたものだったが、ヘンリーはそのヘレフォード行きをきっぱりと断わり、同じようにきっぱりと、キャサリン・モーランドにプロポーズすると宣言した。将軍は激怒し、父と子は憎しみ合う敵同士のように別れた。ヘンリーは激しく動揺し、しばらくひとりにならないと気持ちが静まりそうもないので、とりあえずウッドストンの牧師館に戻り、つぎの日の午後にフラートン村へ向かったのだった。

第三十一章

「お嬢さまとの結婚をお許しください」とヘンリー・ティルニーから言われたときのモーランド夫妻の驚きは、それはもうたいへんなものだった。キャサリンがヘンリーを好きになることも、ヘンリーがキャサリンを好きになることも、夫妻は考えたこともなかったからだ。でも考えてみれば、キャサリンが若い男性から愛されるのはきわめて自然なことなので、夫妻はうれしい驚きと、感謝に満ちた誇りをもって、すぐにその事実を受け入れ、モーランド家としては何の反対もしなかった。ヘンリーの感じのいい態度と良識は、それだけで十分すぎるほどの推薦状となった。夫妻は彼の悪い噂など聞いたことがないし、「でも何か悪い噂があるかもしれない」などと疑うような夫婦ではなかった。誠実な気持ちが経験不足を補ってくれるだろうし、あらためて人物調査をする必要はなかった。「キャサリンはおっちょこちょいの奥さまになりますよ」とモーランド夫人は言い、「でも何事も練習ですからね」とすぐに慰めの言葉をつけ加えた。

要するに、この結婚の障害はたったひとつしかないのだが、モーランド夫妻としては、その障害が取り除かれるまでは、この婚約を正式に認めるわけにはいかなかった。夫妻は温厚な性格だが、しっかりした信念の持ち主であり、ヘンリーの父親が反対しているあいだは、この話をこれ以上進めるわけにはいかなかった。夫妻は気むずかしい人間ではないので、「息子の嫁に欲しいとティルニー将軍がお願いに来るべきだ」とか、「将軍が心から賛成しなければ娘をあげるわけにはいかない」とか、うるさいことを言うつもりはない。でもせめて将軍に、同意の気持ちらしきものを示してもらいたい。そうすれば、そういつまでも反対しないだろうと夫妻も安心して、すぐに正式に認めてやるつもりだ。夫妻が望むのは、将軍の同意だけだった。将軍のお金は当てにしていないし、当てにする権利もない。しかしヘンリーは、両親が結婚したときに交わされた財産継承契約によって、かなりの財産が約束されているし、現在の収入だけでも十分裕福に暮していけるので、キャサリンにとっては、これは金銭的にもたいへんな良縁だった。

ヘンリーとキャサリンは、この決定に驚きはしなかった。ふたりとも嘆き悲しんだが、モーランド夫妻の決定に腹を立てるわけにはいかなかった。あまり望みはないけれど、早く将軍の気が変わって、両方の親から祝福された恋人同士として会える日が来ることを祈りながら、ふたりは別れた。ヘンリーは、いまは彼の唯一の家となったウッドストンの牧師館に帰り、作りはじめたばかりの庭の手入れをし、家のあちこちを改善し、キャサリンと一緒に住む日が一日も早く来ることを願った。フラートンに残されたキャサリンは、しばらくは泣いて暮した。ヘンリーと離れ離れになった苦しみが、秘密の文通によって慰められたかどうかは、あえて詮索しないことにしよう。少なくともモーランド夫妻は詮索しなかった。夫妻はとても心がやさしいので、ふたりに文通禁止の約束などさせなかったし、誰かからキャサリン宛の手紙が届いても――しばらくはかなり頻繁に届いたのだが――いつも見て見ぬ振りをした。

さて、このような状態で愛し合う若いふたりの運命やいかに――。この先いったいどうなるのか、ヘンリーとキャサリンの不安はもちろん、ふたりを愛する人たちの不安もたいへんなものだったと思うが、残念ながら、その一部始終を読者の皆さまにお伝えするのはむずかしい。でもご覧のとおり、残されたページはほんのわずかであり、あと一、二ページでこの小説は終わるのだから、われわれが大急ぎでめでたしめでたしの結末に向かっていることはおわかりだろう。疑問はただひとつ、ふたりはなぜそんなにすぐに結婚できたのかということだ。ティルニー将軍のような性格の人間が、そんなにすぐに気持ちを軟化させるとは、どういう事情の変化があったのだろう？　いちばん役に立ったのは、娘エリナーの結婚である。エリナーはその年の夏に、地位も財産もある人物と結婚して、貴族の爵位まで得た。それで将軍は上機嫌の発作に襲われ、エリナーが将軍にヘンリーの許しを請うと、「そんなに馬鹿な結婚をしたいなら勝手にしろ！」という許可を与えたのである。そして将軍の異常な上機嫌は、そのあともいっこうにおさまらなかった。

エリナー・ティルニーの結婚は、彼女を知るすべての人たちを喜ばせたにちがいない。エリナーは自分の選んだ男性と、自分の選んだ住まいへ移り、ヘンリーの追放以来すっかり陰気な家になってしまったノーサンガー・アビーから離れることができたのである。エリナー・ティルニーが結婚して、作者の私もほんとうにうれしい。あのような多くの美点と謙虚さを備えた彼女ほど、幸せになる資格がある女性はいないと思うし、あのような日々の苦しみに耐えてきた彼女ほど、幸せな家庭を築く準備ができている女性はいないと思う。

ところで、エリナーがこの紳士を好きになったのは最近のことではないし、彼のほうも、ずっと以前からエリナーに思いを寄せていたのだが、自分の身分が低いために、プロポーズを控えていたのである。ところが、思いがけなく貴族の爵位と財産を得たために、すべての障害が取り除かれたのだった。エリナーは長いあいだ父といっしょに暮し、父の役に立ち、父のためにずいぶんつらいことも我慢してきたのだが、将軍は、レディーの称号を得た娘にむかって、「奥様《ユア・レディーシップ》！」と呼びかけたときほど、娘をかわいいと思ったことはなかった。エリナーの夫は、ほんとうに彼女にふさわしい人物だった。爵位と財産と愛情を別にしても、世界一すばらしい青年だった。彼の美点を称えるのに、これ以上の説明は必要ないだろう。世界一すばらしい青年と言えば、どんな感じの青年か、だいたい想像できるだろう。この紳士については、もうひとつだけつけ加えればいいだろう（ストーリーに関係のない人物を突然登場させるのは、小説作法のルールに反するということを思い出していただきたい）。エリナー・ティルニーと結婚したこの紳士は、われらがヒロイン、キャサリン・モーランドを恐ろしい冒険に巻き込んだ、あの洗濯屋の請求書と関係のある人物だということだ。つまりこの紳士は、ノーサンガー・アビーに長期間滞在したことがあり、うっかり者の召使が、洗濯屋の請求書の束を飾り簞笥に置き忘れたのである。

この紳士とエリナー、すなわち子爵と子爵夫人は、もちろんヘンリーのために大きな力となったが、もうひとつ大きな力となったのは、モーランド家の財産状態が、将軍に正確に伝えられたことである。将軍が耳を傾ける気になると、モーランド氏本人から伝えられ、将軍はこういう事実を知った。ジョン・ソープが最初に吹聴した言葉、つまり、モーランド家は大金持ちだというのは事実と違っているが、彼が悪意によって前言を否定した言葉、つまり、モーランド家は非常に貧乏な一家だというのは、それ以上に事実と違っていた。モーランド家はお金にはまったく困っていないし、ぜんぜん貧乏ではないし、キャサリンは三千ポンドの持参金をもらえるという事実を、将軍は知ったのである。これはいままで聞いていた事実とはたいへんな違いであり、将軍の傷ついたプライドをなだめるのに大いに役立った。それに、将軍が苦労して入手した秘密情報も少なからず役に立った。つまり、フラートンの土地は、現在の所有主であるアレン氏の自由になるということで、したがって、「いずれは、アレン氏に気に入られたキャサリンに……」などと、欲の皮が突っ張った想像ができるのである。

これらの情報に力を得た将軍は、エリナーの結婚後まもなく、ノーサンガー・アビーへのヘンリーの帰宅を許し、モーランド氏宛に、一ページにわたる丁重かつ内容空疎な同意の手紙を書き、ヘンリーに持参させた。そしてこの正式の許可がおりると、ただちに式が挙行された。ヘンリーとキャサリンは結婚し、教会の鐘が鳴り、誰も彼もがほほえんだ。将軍の残酷な仕打ちによって多少は遅れたけれど、ふたりが出会ってから一年以内に結婚式が行なわれたのだから、それほど重大な被害は受けずにすんだと言っていいだろう。二十六歳と十八歳という年齢で、申し分のない幸せな結婚生活を始めることができたのだから、ともかくめでたい話である。さらに私はこう思う。将軍の不当な干渉は、ふたりの幸せを邪魔したどころか、むしろその助けになったのではないだろうか。つまり、将軍の不当な干渉のおかげで、ふたりはより一層お互いを知ることができ、より一層お互いの愛を深めることができたのではないだろうか。では、この小説は、親の横暴な干渉を推奨しているのだろうか？　それとも、子供の断固たる反抗を褒めたたえているのだろうか？　それは、読者の皆さまのご判断にお任せしたいと思う。

訳者あとがき

『ノーサンガー・アビー』のヒロインは、純な心をもった十七歳の夢見る少女。田舎育ちの平凡な少女が、華やかな温泉リゾート地ですてきな男性とめぐり会い、大好きなホラー小説に出てくるような古いお屋敷に滞在し、見るもの聞くものすべてに感激し、夢のような毎日を過ごす。でも現実はそんなに甘くはない。過剰な夢と期待はたちまち大きな不安と幻滅に変わる。しかし、天性の性格の良さがすべてを救い、めでたしめでたしの結末となる。『ノーサンガー・アビー』は、ジェイン・オースティンのいちばん若々しい作品であり、辛口ではあるけれど、元祖ラブコメの名に恥じない軽快な楽しい作品である。

ところで、主人公キャサリン・モーランドは、小さいころはとても不器量で、男の子の遊びが大好きなお転婆娘で、勉強もできないし、音楽や絵の習い事もさっぱりだった。いやしくも小説のヒロインなら、美人で、おしとやかで、頭が良くて、みごとなピアノの演奏で、客間の人々をうっとりとさせ、思いを寄せる男性の横顔のひとつも描けなくてはならない。そして願わくば、できるだけかわいそうな境遇のほうがいい。平凡な牧師一家でのびのびと育ったというのでは話にならない。つまりキャサリン・モーランドは、小説のヒロインとしては完全に失格なのだが、ジェイン・オースティンは、田舎育ちの普通の女の子をあえて主人公に据えた。つまりオースティンは、当時の小説のワンパターンのヒロイン像に異を唱え、これをからかうパロディ小説を書いたのである。

しかし、オースティンがこの作品を書いた十八世紀末から、すでに二百年以上の歳月が流れ、現代では、普通の女の子が小説の主人公になるのはごく普通のことであり、むしろそのほうが多いかもしれない。パロディ小説としての面白さはともかくとして、『ノーサンガー・アビー』は、普通の女の子がいろいろな経験をして精神的に成長する小説として、それ自体で十分な魅力をもった作品であり、その意味でたいへん現代的な、というよりいつの時代にも通用する作品である。田舎育ちの平凡な少女キャサリンは、温泉リゾート地のバースでどんな人たちに出会うのだろう。

まず、付き添い役《シャペロン》として同行するアレン夫人は、悪い人ではないけれど頭がからっぽで、衣装道楽しか能のない、おっとりタイプの喜劇的人物。キャサリンが真剣な相談をしても、「ね、キャサリン、私のドレスをくしゃくしゃにしないで」というのがアレン夫人の返事。ゴシック小説に登場する老獪な付き添い役のパロディ。夫のアレン氏は、フラートン村の大地主で、この浅薄な妻に似合わぬ分別も知性もある人物。

キャサリンの運命の人、ヘンリー・ティルニーは、知性と教養にあふれた美男子で、冗談好きな牧師で、たいへんなインテリだが、「いい小説を読む楽しみを知らない人間は馬鹿ですよ」と言うほどの小説好き。キャサリンはヘンリーの話を聞くたびに、自分が向上するような気がする。

イザベラ・ソープは、誰もが目を見張るような派手なタイプの美人で、しかもとても美しい言葉を口にする。「私は親友のためなら何でもするわ。中途半端に人を愛することができないの。それが私の性分なの。私の愛情は過剰なほど強烈なの」などなど。キャサリンは、こんなイザベラとの熱い熱い友情に感激し、キャサリンの兄ジェイムズもイザベラに夢中になるのだが——。

ミス・ティルニー(ヘンリーの妹エリナー)は、イザベラとは対照的な、清楚で気品のある美人。良識、誠実さ、やさしさ、率直さ、とあらゆる美点を備え、当時流行の小説なら、まさに完璧なヒロインのような女性。

ジョン・ソープ(イザベラの兄)は、自分が美男子に見えすぎないかと、あらぬ心配をするカンチガイ男。たいへんな馬車好きで、二百年後なら、真っ赤なポルシェを乗り回すカーキチ。キャサリンにプロポーズして色よい返事を得たつもりになる三枚目だが、キャサリンは、彼の虚言癖のおかげで再三危機に見舞われる。ヒロインを誘惑する悪役のパロディ版。そして、ジョンとイザベラの母親ソープ夫人は、親バカを絵に描いたような人。

小説後半のストーリー展開で主軸的な役割を果たすティルニー将軍（ヘンリーの父）は、由緒あるお屋敷ノーサンガー・アビーの当主。堂々たる風格を備えた美男子で、物腰もまさに洗練の極み。田舎娘のキャサリンをなぜかとても丁重に扱ってくれるが、キャサリンは将軍にたいしてなんとなく怖いようないやな感じを抱き、『ユードルフォの謎』に登場する極悪人モントーニを連想する。ティルニー家の長男フレデリック（ティルニー大尉）もたいへんな美男子だが、キャサリンはひと目見ていやな感じを抱く。そして彼女の直感どおり、大尉はうぬぼれ屋のプレイボーイで、イザベラに軽いちょっかいを出す。

さて小説の後半は、舞台は華やかな温泉リゾート地から、グロスター州の谷間に建つ、由緒あるカントリー・ハウスへと移り、ゴシック小説のパロディ仕立てとなる。現代のホラー小説の元祖であるゴシック小説は、一七六四年に出版されたホレス・ウォルポールの小説『オトラント城』の第二版に、「あるゴシック物語」という副題がつけられたのが始まりとされる。イギリス十八世紀の文学は、アレグザンダー・ポープの詩（『ノーサンガー・アビー』の作中にも引用されている）などに代表されるように、理性尊重の風潮が強かったが、その反動もあって、この種の恐怖小説が大流行した。そしてキャサリンがバースで読みふけったのが、ゴシック小説の傑作とされるアン・ラドクリフの

『ユードルフォの謎』である。

キャサリンの最大の長所は性格の良さだが、最大の欠点は、小説の読みすぎで夢と現実を混同する点にある。そして、ティルニー家の屋敷はノーサンガー・アビーだと聞いた瞬間から、夢と現実を混同したキャサリンの迷走が始まる。「アビー」とは、むかし修道院だった古いお屋敷につけられる名前であり、よくゴシック小説の舞台になるからだ。ああ、私はラドクリフ夫人の小説に出てくるような古いお屋敷に行って、小説のヒロインのような恐ろしい経験をするのだ、とキャサリンの空想が羽ばたきはじめ、妄想がふくらんでゆく。どんな妄想がどんな迷走をさせるかは、読んでのお楽しみである。

ホラー小説の読みすぎを揶揄した小説『ノーサンガー・アビー』には、小説家オースティンのマニフェストのような文章がある。オースティンが小説の読者として、また作者として生きた、十八世紀後半から十九世紀初頭、(ゴシック小説の大流行のせいもあってか）小説蔑視の傾向はまだまだ根強かったようで、オースティンは手紙でこんなことを言っている。「私の家族はみんな小説を読むのが大好きで、それを恥じていません」

格調高い詩の愛好家に比べ、小説ファンはずいぶん引け目を感じていたらしい。それに小説家自身、ずいぶん卑屈な態度が見られたらしい。『ノーサンガー・アビー』のなかでオースティンは怒っている。こんなにムキになって戦闘的なオースティンも珍しい。

「小説家は、自分も書いてその数を増やしている小説というものを、自分で軽蔑して非難して、その価値をおとしめたり、自分の敵と一緒になって、小説に情け容赦のない悪罵を浴びせ、自分の小説のヒロインが作品の中で小説を読むのを許さず、ヒロインが偶然小説を手にしても、つまらないページをつまらなそうにめくる姿ばかりが描かれる。ああ！　小説のヒロインが、別の小説のヒロインから贔屓にされなければ、いったい誰が彼女を守ったり、尊敬したりするだろうか？　私はあのような愚かな慣習に従うつもりはまったくない！」

かくして『ノーサンガー・アビー』のヒロイン、キャサリン・モーランドは、作中で堂々と小説を読みふける。『ユードルフォの謎』は相当長い小説だが、知性と教養にあふれたヒーロー、ヘンリー・ティルニーも、あまりの面白さに二日で一気読みしたそうだ。しかしキャサリンは、この『ユードルフォの謎』に夢中になりすぎて、ホラー頭になってとんでもない思い違いをする。そしてキャサリンの反省の弁。

「ラドクリフ夫人の小説はすごく面白いし、その模倣者たちの小説もとても面白いけれど、たぶんああいう小説には、人間性の忠実な描写を期待してはいけないのだ。アルプス山中やピレネー山中には、天使のような汚れなき人間と、悪魔のような邪悪な人間の二種類しかいないのかもしれない。でもイギリスはそうではない。イギリス人の心と習慣は、みんな同じというわけではないけれど、たいてい善と悪が入り混じっている」

オースティンはゴシック小説の面白さを十分堪能したうえで、しかし、自分がめざす小説について、作中で堂々とこう宣言する。

「つまり小説とは、偉大な知性が示された作品であり、人間性に関する完璧な知識と、さまざまな人間性に関する適切な描写と、はつらつとした機知とユーモアが、選び抜かれた言葉によって世に伝えられた作品なのである」

小説について語るオースティンの言葉は熱い。善と悪が入り混じったさまざまな人間性を、機知とユーモアをもって描く。これがオースティンの終始一貫した明快な基本姿勢である。

そして、若き日の戦闘的なオースティンといえば、もうひとつつけ加えたいことがある。オースティンによると、当時の若い男女の恋愛に関する常識は、というより礼節は、

「若い女性が恋に落ちるのは、男性から愛を告白されたあとでなければならない」

というものだったそうだ。しかし、『ノーサンガー・アビー』の恋愛のかたちはどうか。

「彼の愛情は、彼女にたいする感謝の気持ちから生まれたものなのである。つまりヘンリーは、キャサリンから愛されていると確信したために、彼女のことを真剣に考えるようになったのである」

つまりキャサリン・モーランドは、非常に控えめな感じではあるけれど、はしたなくも、男性から愛を告白される前に恋に落ちたのである。これはまさに、「恋愛物語とし

ては新しいパターンかもしれないし、ヒロインの名誉を著しく傷つけることになるかもしれない」。しかしオースティンは二百年前に、この軽快なラブコメ的な小説に、「女性から先に好きになって何が悪い」という精一杯のメッセージをこめたのである。

『ノーサンガー・アビー』は『スーザン』という題名で、二十二、三歳ごろに書かれ、二十七歳のときにロンドンの出版社に十ポンドで売られたが（このときに推敲がなされたと推測される）、広告は出たが出版はされなかった。三十三歳のときに、匿名で出版社に問い合わせをしたが、出版は実現しなかった。一八一六年初め、四十歳のときに再び出版に意欲を示し、兄に原稿を買い戻してもらい、（一八〇九年に同名の小説が出ため）題名を『キャサリン』に変え、「作者からのお知らせ」を執筆したが、やはり出版には到らなかった。結局この作品は、オースティンの死後、兄ヘンリーによって題名を『ノーサンガー・アビー』と改められ、一八一七年十二月、最後の長編小説『説得』との合本全四巻のかたちで出版された。版権が売れてから出版の実現まで苦難の道をたどったが、後年の推敲がほとんどないと推測され、スティーヴントン時代の若きオースティンの作風が、いちばんストレートに伝わる作品である。

オースティンの簡単な伝記については、ちくま文庫版『高慢と偏見』（上・下）の「訳者あとがき」と「ジェイン・オースティン年譜」を参照して頂ければ幸いです。

本書はJane Austen, *Northanger Abbey* (1818) の全訳である。底本にはMarilyn Butler. (ed.) *Northanger Abbey* (Penguin Classics, 2003) とR. W. Chapman (ed.) *Northanger Abbey*, vol. V of The Novels of Jane Austen, 5 vols., 3rd edition (London : Oxford University Press, 1933, Reprinted 1988) を用いた。なお、初版本は*Persuasion*と共に四巻本で出版され、第一巻と第二巻が*Northanger Abbey*で、それぞれ十五と十六の章番号を立てているが、本訳書は全三十一章の通し番号とした。本書には富田彬訳(『ノーザンガー寺院』、角川文庫、一九四九年)、中尾真理訳(『ノーサンガー・アベイ』、キネマ旬報社、一九九七年)があり、たいへんお世話になりました。

最後に、ちくま文庫編集部の鎌田理恵さんに深謝。十年計画でこっそり始めた大仕事も、残るはあと一作となりました。

二〇〇九年四月二十九日

中野康司

本書は「ちくま文庫」のために新たに翻訳したものです。

ギリシア悲劇（全4巻）
大場正史訳

荒々しい神の正義、神意と人間性の調和、人間の激情と心理。三大悲劇詩人（アイスキュロス、ソポクレス、エウリピデス）の全作品を収録する。

バートン版
千夜一夜物語（全11巻）
古沢岩美・絵

めくるめく愛と官能に彩られたアラビアの華麗な物語――奇想天外の面白さ、世界最大の奇書の名訳による決定版。鬼才・古沢岩美の甘美な挿絵付。

ガルガンチュア
ガルガンチュアとパンタグリュエル1
フランソワ・ラブレー
宮下志朗訳

巨人王ガルガンチュアの誕生と成長、冒険の数々、さらに戦争とその顚末……笑いと風刺が炸裂するラブレーの傑作を、驚異的に読みやすい新訳でおくる。

文読む月日（上・中・下）
トルストイ
北御門二郎訳

一日一章、一年三六六章。古今東西の聖賢の名言・箴言を日々の心の糧となるよう、晩年のトルストイが心血を注いで集めた一大アンソロジー。

ランボー全詩集
アルチュール・ランボー
宇佐美斉訳

束の間の生涯を閃光のようにかけぬけた天才詩人ランボー――稀有な精神が紡いだ清冽なテクストを、世界的ランボー学者の美しい新訳でおくる。

ボードレール全詩集Ⅰ
シャルル・ボードレール
阿部良雄訳

詩人として、批評家として、思想家として、近年重要度を増しているボードレールのテクストを世界的な学者の個人訳で集成する初の文庫版全詩集。

高慢と偏見（上・下）
ジェイン・オースティン
中野康司訳

互いの高慢さから偏見を抱いて反発しあう知的な二人がやがて真実の愛にめざめてゆく……絶妙な展開で深い感動をよぶ英国恋愛小説の名作の新訳。

分別と多感
ジェイン・オースティン
中野康司訳

冷静な姉エリナーと、情熱的な妹マリアン。好対照をなす姉妹の結婚への道を描くオースティンの永遠の傑作。読みやすくなった新訳で初の文庫化。

荒涼館（全4巻）
C・ディケンズ
青木雄造他訳

上流社会、政界、官界から底辺の貧民、浮浪者まで巻き込んだ因縁の訴訟事件。小説の面白さをすべて盛り込み壮大なスケールで描いた代表作。（青木雄造）

ソーの舞踏会
バルザック
柏木隆雄訳

名門貴族の美しい末娘は、ソーの舞踏会で理想の男性と出会うが身分は謎だった……驕慢な娘の悲劇を描く表題作に、『夫婦財産契約』『禁治産』を収録。

コスモポリタンズ
サマセット・モーム
龍口直太郎訳
舞台はヨーロッパ、アジア、南島から日本まで。故国を去って異郷に住む〝国際人〟の日常にひそむ事件のかずかず。珠玉の小品30篇。（小池滋）

眺めのいい部屋
E・M・フォースター
西崎憲/中島朋子訳
フィレンツェを訪れたイギリスの令嬢ルーシーは、純粋な青年ジョージに心惹かれる。恋に悩み成長する若い女性の姿と真実の愛を描く名作ロマンス。

ダブリンの人びと
ジェイムズ・ジョイス
米本義孝訳
20世紀初頭、ダブリンに住む市民の平凡な日常をリアリズムに徹した手法で描いた短篇小説集。リズミカルで斬新な新訳。各章の関連地図と詳しい解説付。

オーランドー
ヴァージニア・ウルフ
杉山洋子訳
エリザベス女王お気に入りの美少年オーランドー、ある日目をさますと女になっていた——4世紀を駆ける万華鏡ファンタジー。（小谷真理）

バベットの晩餐会
I・ディーネセン
桝田啓介訳
バベットが祝宴に用意した料理とは……。一九八七年アカデミー賞外国語映画賞受賞作の原作と遺作「エーレンガート」を収録。（田中優子）

キャッツ
T・S・エリオット
池田雅之訳
劇団四季の超ロングラン・ミュージカルの原作新訳版。あまのじゃく猫におちゃめ猫、猫の犯罪王に鉄道猫。15の物語とカラーさしえ14枚入り。

ヘミングウェイ短篇集
アーネスト・ヘミングウェイ
西崎憲編訳
ヘミングウェイは弱く寂しい男たち、冷静で寛大な女たちを登場させ「人間であることの孤独」を描く。繊細で切れ味鋭い14の短篇を新訳で贈る。

動物農場
ジョージ・オーウェル
開高健訳
自由と平等を旗印に、いつのまにか全体主義や恐怖政治が社会を覆っていく様を痛烈に描き出す。『一九八四年』と並ぶG・オーウェルの代表作。

トーベ・ヤンソン短篇集
トーベ・ヤンソン
冨原眞弓編訳
ムーミンの作家にとどまらないヤンソンの作品の奥行きと背景を伝える短篇のベスト・セレクション。「愛の物語」「時間の感覚」「雨」など、全20篇。

誠実な詐欺師
トーベ・ヤンソン
冨原眞弓訳
〈兎屋敷〉に住む、ヤンソンを思わせる老女性作家。彼女に対し、風変わりな娘がめぐらす長いたくらみとは？　傑作長編がほとんど新訳で登場。

動物農場　ジョージ・オーウェル　開高健 訳

自由と平等を旗印に、いつのまにか全体主義や恐怖政治が社会を覆っていく様を痛烈に描き出す。『一九八四年』と並ぶG・オーウェルの代表作。

ヘミングウェイ短篇集　アーネスト・ヘミングウェイ　西崎憲 編訳

ヘミングウェイは弱く寂しい男たち、冷静で寛大な女たちを登場させ「人間であることの孤独」を描く。繊細で切れ味鋭い14の短篇を新訳で贈る。

カポーティ短篇集　T・カポーティ　河野一郎 編訳

妻をなくした中年男の一日を、一抹の悲哀をこめ、ややユーモラスに描いた本邦初訳の「楽園の小道」他、選びぬかれた11篇。文庫オリジナル。

イギリスだより　カレル・チャペック旅行記コレクション　カレル・チャペック　飯島周 編訳

風俗を描かせたら文章も絵もピカ一のチャペック。イングランド各地をまわった楽しいスケッチ満載で、今も変わらぬイギリス人の愛らしさが冴える。

コスモポリタンズ　サマセット・モーム　龍口直太郎 訳

舞台はヨーロッパ、アジア、南島から日本まで。故国を去って異郷に住む"国際人"の日常にひそむ事件のかずかず。珠玉の小品30篇。（小池滋）

女ごころ　サマセット・モーム　尾崎寔 訳

美貌の未亡人メアリーとタイプの違う三人の男の恋の駆け引きは予期せぬ展開を迎える。第二次大戦前夜のイタリアを舞台にしたモームの傑作を新訳で。

バベットの晩餐会　I・ディーネセン　桝田啓介 訳

バベットが祝宴に用意した料理とは……。一九八七年アカデミー賞外国語映画賞受賞作の原作と遺作「エーレンガート」を収録。（田中優子）

エレンディラ　G・ガルシア＝マルケス　鼓直／木村榮一 訳

大人のための残酷物語として書かれたといわれる中・短篇。「孤独と死」をモチーフに、大著『族長の秋』につらなるマルケスの真価を発揮した作品集。

素粒子　ミシェル・ウエルベック　野崎歓 訳

人類の孤独の極北にゆらめく絶望的な愛――二人の異父兄弟の人生をたどり、希薄で怠惰な現代の一面を描き上げた、鬼才ウエルベックの衝撃作。

スロー・ラーナー［新装版］　トマス・ピンチョン　志村正雄 訳

著者自身がまとめた初期短篇集。「謎の巨匠」がみずからの作家生活を回顧する序文を付した話題作。驚異に満ちた世界。（高橋源一郎、宮沢章夫）

競売ナンバー49の叫び　トマス・ピンチョン　志村正雄訳

「謎の巨匠」の暗喩に満ちた迷宮世界。突然、大富豪の遺言管理執行人に指名された主人公エディパの物語。郵便ラッパとは？（巽孝之）

お菓子の髑髏　レイ・ブラッドベリ　仁賀克雄訳

若き日のブラッドベリが探偵小説誌に発表した作品のなかから選ばれた15篇。ブラッドベリらしい、ひねりのきいたミステリ短篇集。

ブラウン神父の無心　G・K・チェスタトン　南條竹則／坂本あおい訳

ホームズと並び称される名探偵「ブラウン神父」シリーズを鮮烈な新訳で。「木の葉を隠すなら森のなか」などの警句と逆説に満ちた探偵譚。（高沢治）

生ける屍　ピーター・ディキンスン　神鳥統夫訳

独裁者の島に派遣された薬理学者フォックス。秘密警察が跳梁し、魔術が信仰される島で陰謀に巻き込まれ……。幻の小説、復刊。（岡和田晃／佐野史郎）

コンパス・ローズ　アーシュラ・K・ル＝グウィン　越智道雄訳

物語は収斂し、四散する。ジャンルを超えた20の短篇が紡ぎだす豊饒な世界。「精神の海」を渡る航海者のための羅針盤。（石堂藍）

郵便局と蛇　A・E・コッパード　西崎憲編訳

日常の裏側にひそむ神秘と怪奇を淡々とした筆致で描く、孤高の英国作家の詩情あふれる作品集。新訳一篇を追加し、巻末に訳者による評伝を収録。

氷　アンナ・カヴァン　山田和子訳

氷が全世界を覆いつくそうとしていた。私は少女の行方を必死に探し求める。恐ろしくも美しい終末のヴィジョンで読者を魅了した伝説的名作。

〝少女神〟第9号　フランチェスカ・リア・ブロック　金原瑞人訳

少女たちの痛々しさや強さをリアルに描き出し、全米の若者を虜にした最高に刺激的な〈9つの物語〉。大幅に加筆修正して文庫化。（山崎まどか）

短篇小説日和　西崎憲編訳

短篇小説は楽しい！　大作家から忘れられたマイナー作家の小品まで、英国らしさ漂う一風変わった傑作を集めました。巻末に短篇小説論考を収録。

怪奇小説日和　西崎憲編訳

怪奇小説の神髄は短篇にある。ジェイコブズ「失われた船」、エイクマン「列車」など古典的怪談から異色短篇まで18篇を収めたアンソロジー。

せどり男爵数奇譚　梶山季之

せどり＝掘り出し物の古書を安く買って高く転売することを業とすること。古書の世界に魅入られた人々を描く傑作ミステリー。（永江朗）

川三部作
泥の河／螢川／道頓堀川　宮本輝

太宰賞「泥の河」、芥川賞「螢川」、そして「道頓堀川」と、川を背景に独自の抒情をこめて創出した、宮本文学の原点をなす三部作。

私小説 from left to right　水村美苗

12歳で渡米し滞在20年目を迎えた「美苗」。アメリカにも溶け込めず、今の日本にも違和感を覚え……。本邦初の横書きバイリンガル小説。

ラピスラズリ　山尾悠子

言葉の海が紡ぎだす、〈冬眠者〉と人形と、春の目覚めの物語。不世出の幻想小説家が20年の沈黙を破り発表した連作長篇。補筆改訂版。（千野帽子）

増補 夢の遠近法　山尾悠子

「誰かが私に言ったのだ／世界は言葉でできていると」。誰も夢見たことのない世界が、ここではじめて言葉になった。新たに二篇を加えた増補決定版。

兄のトランク　宮沢清六

兄・宮沢賢治の生と死をそのかたわらでみつめ、兄の死後も烈しい空襲や散佚から遺稿類を守りぬいてきた実弟が綴る、初のエッセイ集。

真鍋博のプラネタリウム　真鍋博　星新一

名コンビ真鍋博と星新一。二人の最初の作品『おーいでてこーい』他、星作品に描かれた挿絵と小説冒頭をまとめた幻の作品集。（真鍋真）

鬼譚　夢枕獏 編著

夢枕獏がジャンルにとらわれず、古今の「鬼」にまつわる作品を蒐集した傑作アンソロジー。坂口安吾、手塚治虫、山岸凉子、筒井康隆、馬場あき子、他。

茨木のり子集　言の葉（全3冊）　茨木のり子

しなやかに凜と生きた詩人の歩みの跡を、詩とエッセイで編んだ自選作品集。単行本未収録の作品なども収め、魅力の全貌をコンパクトに纏める。

言葉なんかおぼえるんじゃなかった　田村隆一・語り　長薗安浩・文

戦後詩を切り拓き、常に詩の最前線で活躍し続けた伝説の詩人・田村隆一が若者に向けて送る珠玉のメッセージ。代表的な詩25篇も収録。（穂村弘）

ちくま文庫

ノーサンガー・アビー

二〇〇九年九月十日　第一刷発行
二〇二一年六月五日　第十刷発行

著　者　ジェイン・オースティン
訳　者　中野康司（なかの・こうじ）
発行者　喜入冬子
発行所　株式会社　筑摩書房
東京都台東区蔵前二―五―三　〒一一一―八七五五
電話番号　〇三―五六八七―二六〇一（代表）
装幀者　安野光雅
印刷所　星野精版印刷株式会社
製本所　株式会社積信堂

ISBN978-4-480-42633-8 C0197